ドイツ・ロマン主義美学

フリードリヒ・シュレーゲルにおける芸術と共同体

田中　均
Tanaka Hitoshi

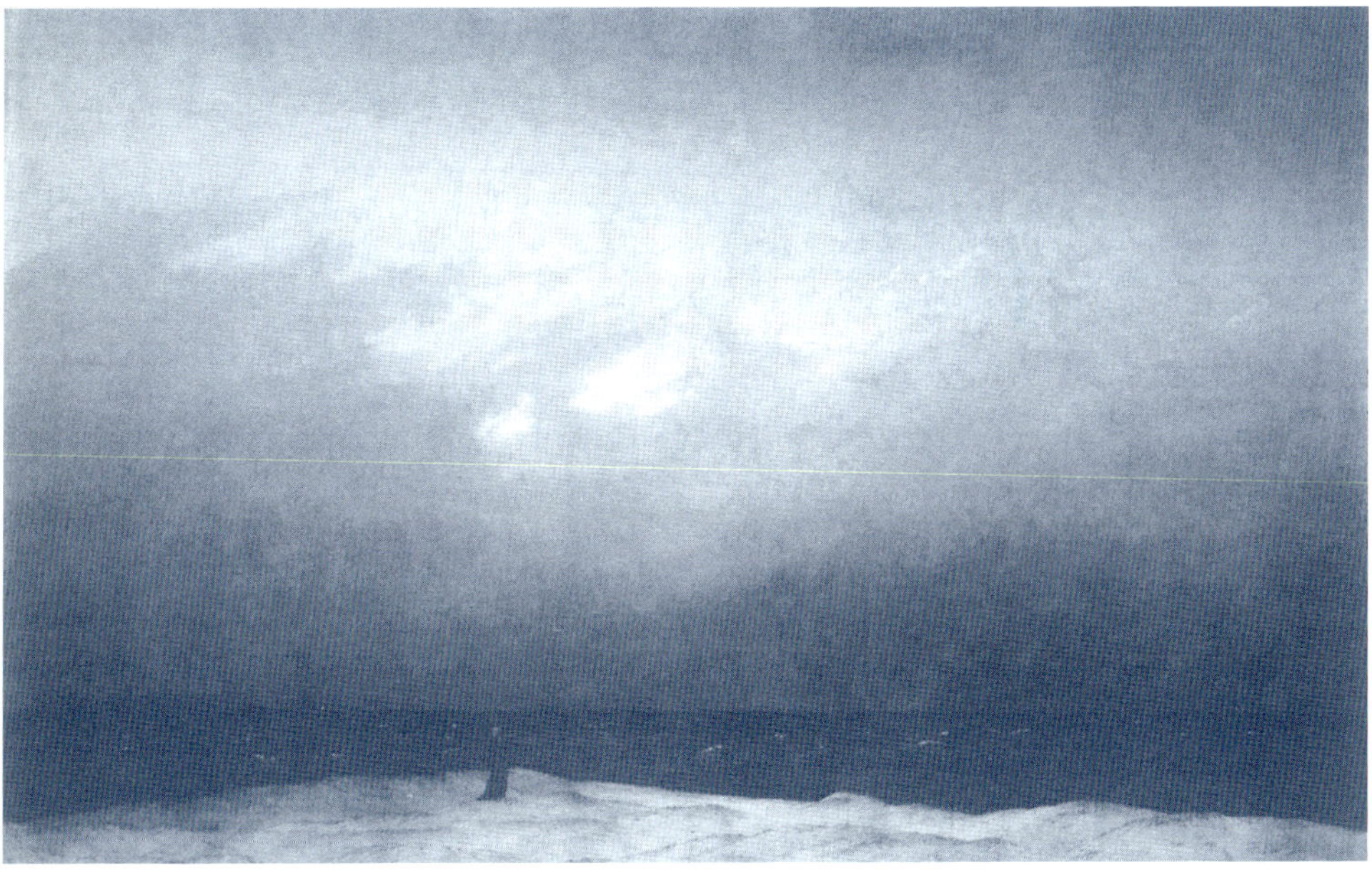

御茶の水書房

ドイツ・ロマン主義美学——フリードリヒ・シュレーゲルにおける芸術と共同体

目次

目次

問題設定 3

第一章 「ギリシア文学の研究について」における「アイロニーの欠如」――最初期シュレーゲルの芸術の歴史哲学 11

序 11

一 アイロニーと「無限の完全化可能性」 13

一 「リュツェーウム断片集」におけるアイロニーの概念 14

二 芸術の「無限の完全化可能性」 21

二 ドイツ的特性とフランス的特性の統合 30

三 芸術の「絶対的最高点」と「相対的最高点」 35

四 ゲーテ論の両義性 40

結語 43

第二章 「共和制は必然的に民主制である」?――共和制をめぐるカントとシュレーゲル 49

序 49

一　カント『永遠平和のために』――なぜ(「本来の意味における」)民主制は「必然的に専制である」のか　51
二　シュレーゲル「共和制の概念についての試論」――共和制の基礎としての「道徳の共同性」　57
結語　「国家の可視的な世界霊」としての君主　64

第三章　シラーの「情感的」概念のシュレーゲルによる受容――「関心を惹く文学」から「ロマン的文学」へ　71

序　71
一　シラーにおける「情感文学」とシュレーゲルにおける「関心を惹く文学」　74
一　「情感文学」における理想と現実　76
二　「関心を惹く文学」の頂点としての「哲学的悲劇」　79
二　「ギリシア文学の研究について」序論における「情感文学」　83
三　『ギリシア・ローマ文学史』のホメロス論――叙事詩における詩人の主観性の不在　89
四　「アテネーウム断片」第二三八番における「超越論的文学」　94
一　「アテネーウム断片」第一一六番における「詩的反射の累乗」　97
二　「ゲーテのマイスターについて」における、詩的表現の変容と反復　100
三　「情感文学」から「ロマン的文学」への移行としての「超越論的文学」　104
四　文学の文学としての「超越論的文学」　106
五　「小説についての書簡」における「情感的なもの」　109

結語 119

第四章 「理想とは理念であると同時に事実である」――理想概念をめぐるカントとシュレーゲル 127

一 理想概念の前史――ヴィンケルマンにおける、美の理想的な形成と個性的な形成 127

二 カントにおける理念と理想 130

一 『純粋理性批判』における理想概念 130

二 『判断力批判』における「美の理想」 133

三 シュレーゲルにおける理想概念 136

結語 145

第五章 『ルツィンデ』における親密性と芸術 153

序 153

一 二つの恋愛の挫折と「公論」からの離反 156

一 リゼッテの感覚主義的趣味とその生の「商品的」性格 156

二 「崇高な女友達」とユリウスの芸術の失敗 159

二 ルツィンデとの恋愛と芸術家ユリウスの成熟 160

三 友情による恋愛の相対化と、女性の芸術創造の周縁化 165

結語 171

第六章 神話と哲学——「新しい神話」の公教性と秘教性 177

序 177

一 『ギリシア・ローマ文学史』における神話と哲学 180

二 「神話についての演説」における神話と哲学 186

三 「哲学の発展」、「ヨーロッパ文学」講義における神話と哲学 193

結語 202

結論 207

あとがき 219

文献表 221

人名索引

ドイツ・ロマン主義美学

――フリードリヒ・シュレーゲルにおける芸術と共同体

問題設定

本書は、フリードリヒ・シュレーゲル（Friedrich Schlegel: 一七七二―一八二九）[1]の一七九五年から一八〇五年までの公刊著作・遺稿・講義録を分析することによって、彼の思想において、芸術と共同体がどのように関係づけられているのか、とりわけそこで「親密性」がいかなる意義を果たしているのか解明することを目指す。

しかしフリードリヒ・シュレーゲル（以下本論文ではシュレーゲルと呼ぶ）と言えばむしろ、「共同体」から最も縁遠い唯美主義者の一人として知られているのではないだろうか。シュレーゲルの同時代人でこのようなイメージを形成し、後世におけるシュレーゲルの受容に決定的な影響を与えたのは、『美学講義』（Vorlesungen über die Ästhetik）におけるヘーゲルであり、前世紀においてこのイメージを強化したのは、『政治的ロマン主義』（Politische Romantik: 九一九）におけるカール・シュミットである。以下、二人の議論を概観しておこう。

ヘーゲルは『美学講義』の「真の芸術概念の歴史的演繹」（Historische Deduktion des wahren Begriffs der Kunst）において、シュレーゲルの芸術理論を端的に「アイロニー」の理論として規定し、これがフィヒテ哲学の原理を芸術に適用したものであると論じている。ヘーゲルによるとフィヒテ哲学の原理とは、「全くもって抽象的で形式的にとどまる自我[2]」であり、この自我にとっては、「いかなる特殊性、規定性、いかなる内容」も、自我自身が定立し承認する限りにおいてのみ有効な「仮象」（Schein）である。そしてこの自我は「生き生きとした活動する個体」（*lebendiges*, tätiges

Individuum）[3]として自己の個性を現象へもたらそうとする。このような自我が芸術家として生きるならば、彼の芸術と生のいかなる内容も彼にとって「仮象」に過ぎず、これに対して彼が「真面目」（Ernst）になることはない。この「仮象」を他者が真面目に受け取るとすれば、それはその他者が「私の立場の高さを把握してそこまで到達するための器官と能力を欠く哀れな愚か者たち」[4]だからである。ヘーゲルは、「アイロニカルで芸術的な生のこのようなヴィルトゥオーゾ性」（diese Virtuosität eines ironisch-künstlerischen Lebens）を「神的な天才性」（eine *göttliche Genialität*）と皮肉を込めて呼んで、この態度を以下のように規定する。

するとそのような神的な天才性の立場に立つ者は、他の全ての人々を高慢に見下します。これら他の人々は、法や人倫などが堅固で拘束力を持ち本質的であると依然として認めるかぎりで、偏狭な凡人とみなされるのです。ゆえに、このように芸術家として生きる個人は、確かに他人と関係を持ち、友人や恋人などと生活しますが、天才としての彼にとっては、これらの関係、つまり自分の限定された現実、自分の特殊な行為、さらに即かつ対自的に普遍的なものに対する関係は、同時に些末なものでもあり、それらに対して彼はアイロニカルに振る舞うのです[5]。

このようにヘーゲルによれば、シュレーゲルの「アイロニー」とは、自らを「天才」とみなす高慢な芸術家が、実生活では他者と関係を結びつつも、あらゆる社会関係および倫理的なものを無意味なものとして軽蔑する態度のことである。

ヘーゲルによる批判から約一世紀を経たカール・シュミットの場合、シュレーゲルはどのように批判されているのだろうか。彼は『政治的ロマン主義』において、アダム・ミュラーが最も典型的な「政治的ロマン主義者」であるとしつつ、シュレーゲルもそれに次ぐ者とみなしている[6]。政治的ロマン主義の前提をなすロマン主義的精神をシュミットは端的に「主観化された機会原因論」(subjektivierter Occasionalismus)[7]と定義し、それを以下のように説明している。マールブランシュに代表される機会原因論者は、デカルト以来の心身の相互作用の問題を解決するために、「いかなる個々の心的ないし物的な過程についても神がその真の原因であるとみなした[8]」。機会原因論における神の位置に個人の主観をすえたのがロマン主義者である。すなわち、「ロマン主義者たちは、フィヒテの個人主義の印象のもとに、自分が世界創造者の役割を演じて自分自身から現実を産出するのだと十分に強く感じた[9]」。しかし、シュミットによれば、彼らは現実世界では創造的ではありえなかったがゆえに、芸術において絶対的な創造性を発揮しようとしたのであり、それゆえに彼らは現実性よりも可能性を優位に置き[10]、現実性を単なる「美的で感情的な関心の対象」(Gegenstand ästhetisch-gefühlsmäßigen Interesses)[11]、つまり芸術創造の単なる素材とみなした。ロマン主義的芸術家は自己の主観性と共同体の全体性を「想像的構成」のなかで一体化し、「共同体は拡張した個人であり、個人は集中した共同体である」とみなす[12]。

シュミットはロマン主義的精神を以上のように規定しているが、シュレーゲルの思想を研究の対象とする本書にとってとりわけ重要なのは、シュレーゲルの「ロマン主義的アイロニー[13]」をシュミットが「主観化された機会原因論」の表現形態として以下のように規定していることである。

ロマン主義的アイロニーは、その本質に即して言えば、客観性に対して自己を留保する主観が用いる知的な手段である。[…]自己アイロニーのうちにある客観化や、主観主義的幻影の最後の残りにまで至る放棄は、ロマン主義的状況を脅かしたであろう。ロマン主義者は、ロマン主義者である限りにおいてこれを回避する。彼のアイロニーの攻撃目標は、主観ではなく、主観に配慮しない客観的現実である。ただしアイロニーは現実を無化してはならず、現実の存在という質を保ちつつ、これを手段として主観の用に供すべきである。そして主観がいかなる決定的状況をも回避することを可能にすべきである。(14)

以上のようにシュミットは、シュレーゲルの「ロマン主義的アイロニー」のうちに自己へのアイロニーは存在せず、そこにあるのは、客観的現実に対して態度をとることなく、逆にこの現実を芸術創造の素材として利用する知的な手段だけであると論じている。ロマン主義的アイロニーは芸術の素材となる限りで現実を認める、と述べているところは、シュレーゲルのアイロニーを現実に対する単なる侮蔑とみなすヘーゲルとの違いであると言えるが、ヘーゲルもシュミットも、シュレーゲルは（フィヒテの絶対的自我を経験的自我に置き換えることによって）、創造的な芸術家としての個人的主観を現実の社会関係に対して絶対的な優位に置いたと論じている。

両者の批判は現代まで影響を及ぼし続けているが、この批判が正しいのであればシュレーゲルにおける芸術と共同体について論じることにはほとんど意味がないであろう。このような先入見は、前世紀にシュレーゲルとノヴァーリスの芸術論を認識論として解釈し、ドイツ・ロマン主義美学の再評価の機縁を作ったベンヤミンによっても修正されなかった。『政治的ロマン主義』と同時期の著作である『ドイツ・ロマン主義における芸術批評の概念』（Der Begriff der Kunstkritik in der deutschen Romantik: 1919）において彼は、シュレーゲルのアイロニーの理論において、「芸術形式のアイロニー化」（die Ironisierung der Kunstform）と「素材のアイロニー化」（die［Ironisierung］des Stoffs）を区別する。(15) ベンヤミンによれば、従来シュレーゲルに向けられた批判は、「素材のアイロニー化」に向けられたものであり、「芸術形式のアイロニー化」を見落としている。「素材のアイロニー化」は、「純粋な主観主義の表出」[16]である。このような「主観主義的アイロニー」（die subjektivistische Ironie）の「精神とは、作品の素材性を軽蔑することによってそれを越えて高まる著者の精神である」。これに対して、「芸術形式のアイロニー化」は主観の態度ではなく、「作品における客観的な契機」を表す。シュレーゲルは一七九四年の論考「ギリシア喜劇の美的価値について」（Vom ästhetischen Werte der griechischen Komödie: KA I 19-33）において、アリストファネスがしばしば演劇の筋を中断し、コロスに観客へ直接語りかけさせていることを、充溢する生命と喜びの現れとみなして積極的に評価しているが、ベンヤミンは、作品を完全に破壊することなく傷つけるこの「喜劇におけるイリュージョンの妨害」（die Illusionsstörung in der Komödie）を「芸術形式のアイロニー化」の具体例とみなし、これは近代ではティークによって典型的な形で実践されたと述べる。そしてこの芸術現象を、シュレーゲルの一七九八年の批評「ゲーテのマイスターについて」（Über Goethes Meister）における、芸術批評と作品の関係についての以下の一節と関連づける。

われわれは自分たち自身の愛を越えて高まり、われわれが崇拝するものを、思考の中で否定できるのでなければならない。そうでなければ、われわれには宇宙についての感覚が欠けているのだ。[17]

ベンヤミンによれば、「喜劇におけるイリュージョンの妨害」だけでなく芸術批評も、「限定された作品を絶対者へと同化すること、その作品の没落という代償を払ってそれを完全に客観化すること」を問題としているのであり、彼は、「作品自体は維持しながらも、その作品が芸術の理念に完全に関係づけられていることを明らかに示すことができる、そのような振る舞いが（形式的）アイロニーである」[18]と定式化する。

このようにベンヤミンは、批評あるいは作品内部の批評的契機が、限定された個別的な芸術作品を否定することによって芸術の理念を開示するという事態を、アイロニーの積極的な側面として強調したが、その際に芸術家という個人や、この芸術家が他者と取り結ぶ関係は議論から排除している。

そもそもベンヤミンはフィヒテと初期ロマン主義の差異として、後者にとっては、自我ではなく芸術そのものにおいて反省が行われることをあげ、「自我から自由な反省が芸術という絶対者における反省である」（Die Ich-freie Reflexion ist eine Reflexion im Absolutum der Kunst.）[19]と規定しており、彼は初期ロマン主義の芸術論を、芸術という「反省媒質」（Reflexionsmedium）における作品と理念との関連へと限定している。さらにベンヤミンは端的に、「実践哲学はフリードリヒ・シュレーゲルの関心を惹くことが最も少なかった」[20]とも述べている。ヘーゲルやシュミットと比較するならば、ベンヤミンはアイロニーに含まれる主観主義的ではない契機を強調する議論において、フィヒテの自我の哲学との差異を強調するあまり、厳密な客観主義へと先鋭化して、芸術家という個人の主体性や、芸術家と社会との関係といった問題を排除したのだと言えよう。

しかしシュレーゲルのテクストにおいては、芸術創造を行う主体にとって他の主体と関係を取り結ぶことが必須の条件であることが繰り返し強調されている。この点に関しては、最初期の「ギリシア文学の研究について」（一七九五年）も、イェーナ・ロマン主義を代表する芸術論である「文学についての会話」（一八〇〇年）も変わらない。このことを踏まえて本書は、彼の思想を通時的に概観し、古典文献学から出発した彼の最初期の美学から、雑誌『アテネーウム』（Athenäum）の諸論考に代表されるいわゆる「イェーナ・ロマン主義」あるいは「初期ロマン主義」時代の美学への移行、さらにロマン主義サークル解体後の彼のカトリックへの傾倒が、共同体という観点から見ていかなる意味を持つのかを分析し、「唯美主義者」とは異なるシュレーゲルの像を構築することを目指す。

（「古代近代文学史」（Geschichte der alten und neuen Literatur: 一八一二）講義や「生の哲学」（Philosophie des Lebens: 一八二七）講義に代表される彼の後期思想は、本書では扱わない）。

註

（1）本書で引用するフリードリヒ・シュレーゲルの著作は以下の［　］内の略号によって表し、略号の後のローマ数字によって巻数を、算用数字によって頁数を示す。

［KA］Kritische-Friedrich-Schlegel-Ausgabe. Hrsg. von Ernst Behler unter Mitwirkung von Jean-Jaques Anstett u. Hans Eichner. Paderborn u. a.（Schöningh）1958ff.

以下の電子テクストを参照した。

Deutsche Literatur von Lessing bis Kafka. Ausgewählt von Mathias Wertram. Berlin（Directmedia）1998.

また以下の翻訳を参照した。

Dialogue on Poetry and Literary Aphorisms. Translated, introduced and annoted by Ernst Behler and Roman Struc. University Park & London（Pennsylvania State University Press）1968.

On the Study of Greek Poetry. Translated, edited and with a critical introduction by Stuart Barnett. Albany（State University of New York Press）2001.

山本定祐編訳『ロマン派文学論』、冨山房百科文庫、一九七八年

山本・平野他訳『シュレーゲル兄弟』、国書刊行会、一九九〇年

薗田宗人編『太古の夢・革命の夢――自然論・国家論集』、国書刊行会、一九九二年

浅井健二郎訳「ゲーテの『［ヴィルヘルム・］マイスター［の修業時代］』について」（ヴァルター・ベンヤミン『ドイツ・ロマン主義における芸術批評の概念』、ちくま学芸文庫、二〇〇一年）

本書では引用する際に、原著者による強調を、原文では斜体によって、訳文では傍点によって示す。引用者による補足は［　］で示す。なお、数語の短い引用の場合、特に明記せず冠詞・形容詞などの格変化を主格に変えて引用することがある。

（2）G. W. F. Hegel: Werke in 20 Bänden. Frankfurt am Main（Suhrkamp）1970, Bd. 13, S. 92.

（3）A. a. O. S. 93.
（4）A. a. O. S. 94.
（5）A. a. O.
（6）Carl Schmitt: Politische Romantik. Berlin（Duncker & Humblot）1919^{1}, 1925^{2}, S. 48, 182.（邦訳：大久保和郎訳『政治的ロマン主義』、みすず書房、一九七〇年、四三、一六七頁）
（7）A. a. O. S. 23f., 135.（邦訳二四、一一八頁）
（8）A. a. O. S. 125.（邦訳一〇七頁）
（9）A. a. O. S. 96.（邦訳八〇頁）
（10）A. a. O. S. 98.（邦訳八二頁）
（11）A. a. O. S. 122.（邦訳一〇五頁）
（12）A. a. O. S. 109.（邦訳九三頁）
（13）本論文では、形容詞“romantisch”に対応する訳語として、「ロマン的」と「ロマン主義的」を用いる。前者はシュレーゲルが用いる場合、後者は他者がシュレーゲルの思想を指して用いる場合の訳語である。シュレーゲルは自分自身の思想や著作を“romantisch”とは形容しない。
（14）A. a. O. S. 106f.（邦訳九六頁以下）
（15）Walter Benjamin: Gesammelte Schriften. Hrsg. von Rolf Tiedemann und Hermann Schweppenhäuser. Frankfurt a. M.（Suhrkamp）1974, Bd. I-1. S. 83.（邦訳：浅井健二郎訳『ドイツ・ロマン主義における芸術批評の概念』、ちくま学芸文庫、二〇〇一年、一七三頁）
（16）A. a. O. S. 82.（邦訳一六九頁）
（17）“Wir müssen uns über unsre eigne Liebe erheben, und was wir anbeten, in Gedanken vernichten können: sonst fehlt uns, [...] der Sinn für das Weltall.”（KA II 131）『ドイツ・ロマン主義における芸術批評の概念』の邦訳者が指摘しているように、ベンヤミンは引用のうち“das Weltall”を“das Unendliche”に置き換えて引用している。
（18）Benjamin, a. a. O. S. 86.（邦訳一七七頁）
（19）A. a. O. S. 40.（邦訳七四頁）
（20）A. a. O. S. 22.（邦訳三九頁）

第一章　「ギリシア文学の研究について」における「アイロニーの欠如」

——最初期シュレーゲルの芸術の歴史哲学

序

本章は、「ギリシア文学の研究について」[1]（Über das Studium der griechischen Poesie: 以下「研究論」と略す）における芸術の歴史哲学の基本構造を分析し、そこに含まれる共同体についての見解を明らかにすることを試みる。その際に糸口となるのは、この著作に言及したシュレーゲル自身のある断片である。

「研究論」の草稿は既に一七九五年に成立していたが、一七九七年に『ギリシア人とローマ人、古典古代についての歴史的批判的試論』（Die Griechen und Römer. Historische und kritische Versuche über das klassische Altertum）という著作の第一部として、その他の小論とともに出版され、その際に新たに「序論」が加えられた。シュレーゲルは「研究論」を出版した一七九七年にすでに、雑誌『リュツェーウム』（Lyceum）に公にした「批判的断片集」（Kritische Fragmente いわゆる「リュツェーウム断片集」Lyceums- Fragmente）において「研究論」に言及している。すなわち、彼は「リュツェーウム断片」第七番において、「研究論」について以下のように述べている。

ギリシア文学研究についての私の試論は、文学における客観的なものを讃える、散文の偏った讃歌（ein manierierter Hymnus in Prosa auf das Objektive in der Poesie）である。その最悪の点は、欠くべからざるアイロニーがまったく欠如していることであると思われる（Das Schlechteste daran scheint mir der gänzliche Mangel der unentbehrlichen Ironie）。そして最良の点は、文学には無限に大きな価値があるという確信に満ちた前提であろう。このことは、まるで決着済みの事柄であるかのように前提されている（KA II 147f.）。

このようにシュレーゲルは、「研究論」はアイロニーを欠いていると述べているが、それはいかなる意味であろうか。従来のシュレーゲル研究を踏まえるなら、むしろこれとは反対に「研究論」にはアイロニーがあると言うべきであるように思われる。なぜなら、研究史においては「リュツェーウム断片集」以降のいわゆる初期ロマン主義的シュレーゲルのアイロニーの理論が、すでに「研究論」において芸術の「無限の完全化可能性」（unendliche Perfektibilität）という構想によって先取りされていると指摘されてきたからである。[2] 本章の考察はこの点に着目し、「リュツェーウム断片集」におけるアイロニーの理論と、「研究論」における「無限の完全化可能性」の構想を比較し、「研究論」における「アイロニーの欠如」が意味するものを解明することを通じて、「研究論」の議論の特徴を明らかにするという方法をとる。

本章ではまず、「研究論」における芸術の歴史哲学において枢要な役割を担っている「無限の完全化可能性」の構想が、「リュツェーウム断片集」におけるアイロニーの理論と確かに一定の類似性を持っていることを指摘する。しかし、アイロニーの理論には哲学の体系的叙述の可能性への懐疑が見られるのに対して、「無限の完全化可能性」の構想は、「客観的美学理論」の普遍的体系が実現することを前提としている（第一節）。[3] この「無限の完全化可能性」の構想は、近代ヨーロッパの「作為的形成」によって、古代ギリシアの「自然的形成」が遺した文学を乗り越えて進歩することを目指すものだが、さらにフランス文化の「伝達能力」とドイツ文化の多面性および学問との統合によって、新たな普遍的で統一された共同体を創出するという理念も含意している（第二節）。しかし「研究論」には、「無限の完全化可能性」の構想と並んで、古代ギリシア文学を芸術の「絶対的最高点」とみなす歴史観が見られ、両者は相互に矛盾している（第三節）[4]。さらにこれら二つの歴史観が並置されていることによって「研究論」の歴史哲学は錯綜、混乱した様相を呈している。特にシュレーゲルは「美的革命」以降の芸術の新時代をあたかも古代ギリシア文学そのものの再生のように性格づけているが、これは「無限の完全化可能性」の構想から逸脱しており、作為的形成によってのみドイツ人が獲得しえた趣味の多面性と学問的知識によって新たな趣味の共同体を樹立するという構想にも矛盾する（第四節）。以上の分析から、「研究論」における「無限の完全化可能性」の構想は二重の理由で破綻していることが理解される。第一に、この構想は「客観的美学理論」の普遍的体系が実現するという過剰な期待に基づいているために。第二に、シュレーゲルが古代ギリシア文学の規範性に捕らわれている結果としてこの構想自体が一貫性を失っているために。これらの点に「研究論」の「アイロニーの欠如」を見出すことができる（結語）[5]。

一　アイロニーと「無限の完全化可能性」

本節では、「リュツェーウム断片集」におけるアイロニーの概念と、「研究論」における「無限の完全化可能性」という構想とを比較する。議論を先取りして言うならば、アイロニーの理論と「無限の完全化可能性」という構想の両者に共通するのは、有限なもの（限定されたもの）を無限なもの（限定されざるもの）と対置することによって有限なものを否定的に規定し、それを不断に乗り越えていこうとする契機である。

一　「リュツェーウム断片集」におけるアイロニーの概念

書かれた順序とは逆になるが、まずシュレーゲルがアイロニーの概念をどのように規定しているのかを見ておこう。[6] 彼は「リュツェーウム断片」第四二番で以下のように述べている。

哲学がアイロニーの本来の故郷であり、アイロニーは論理的な美（logische Schönheit）と定義できるだろう。というのも、話されたあるいは書かれた会話においては、完全に体系的に哲学されてさえいなければ、至る所でアイロニーを行いかつ要求すべきであり、それどころかストア派は都雅（Urbanität）を美徳とみなしたからである。もちろん修辞的アイロニー（eine rhetorische Ironie）もまた存在し、これは小出しに使われるならば、特に論争的なものにおいて優れた効果をもたらす。しかし修辞的アイロニーとソクラテスの詩神の崇高な都雅との対比は、卓越した技巧的弁論の華やかさと崇高な様式の古代悲劇との対比に等しい。文学はこの側面からのみ哲学の高みへと昇ることができるのであって、修辞学のようにアイロニカルな箇所に基づくのではない。古代および近代の詩には、アイロニーの神的な息吹を、全体的に至る所で一貫して呼吸しているものがある。そうした詩には本当に超越論的な道化芝居（transzendentale Buffonerie）が生きている。内面においてそれは、全てを見渡し限定されたもの一切――たとえそれが自身の芸術、徳、天才性であっても――を超えて無限に高まる気分である。そして外面においては、実演に見られる、通常のうまいイタリア道化の物まねの手法である（Im Innern, die Stimmung, welche alles übersieht, und sich über alles Bedingte unendlich erhebt, auch über eigne Kunst, Tugend, oder Genialität: im Äußern, in der Ausführung die mimische Manier eines gewöhnlichen guten italiänischen Buffo.）（KA II 152）。

この断片においてシュレーゲルはまず、アイロニーが本来は哲学の叙述における表現形式であると述べている。ただしそれは、哲学の体系的叙述においてではなく、対話形式の叙述において用いられるべきである。こうした哲学の表現形式としてのアイロニーの典型は、プラトンの対話篇に登場するソクラテスの態度のうちに見出される。すなわち、対話において、ソクラテスが無知であると自称しつつ、真の知に到達することを目指して問答し続けるという形式がそれである。個別的な箇所で用いられて効果を上げるような修辞的文彩としてのアイロニーとは異なって、ソクラテスのアイロニーは哲学者の基本的な態度であり、対話の全体に浸透している。そしてこのようなアイロニーは哲学だけのものではなく、文学においても可能であり、また実際に見出されるとされる。文学において表れるソクラテス的なアイロニーについては、それは外面においては「超越論的な道化芝居」として現れると言われる。ここで「超越論的」というのは、表現する主体と表現との関係が主題化されているという意味である。この場合、作品の「内面」である表現する主体は、あらゆる制限されたものを超越する気分を持つ一方で、作品の「外面」である表現は、限定された対象、その意味において平凡な対象の巧みな模倣である。

以上のように敷衍するならば、次のような印象を与えるかも知れない。すなわち、シュレーゲルのいうアイロニーとは、ヘーゲルやシュミットが批判したように、いかなる限定からも解き放たれた超越的な立場に立つ哲学者ないし著者が、限定された対象を利用して戯れる「道化芝居」であると。しかしこの断片では、「限定されたもの」のうちに著者自身の「芸術、徳、天才性」もまた数えられている。ソクラテスの例に即して言うならば、シュレーゲルの理解するソクラテスとは、自分が知者であると知りながら、あるいはそう信じながら、それを隠して対話の相手に向かって無知な者のふりをするのではなく、自分が持っている知識が有限であることを知っており、「外面」ではまさにそのような平凡で無知な者としていわば「道化」のように振る舞いつつ、「内面」では無限の高みにある真の知識に到達しようと試みる人物である。文学に即して言うならば、文学におけるアイロニーとは、その文学が著者自身の思想や感情を表現する場合にせよ、著者にとっての他者である対象や出来事を表現する場合にせよ、「外面」ではそれらを巧みに模倣するが、「内面」では、それらの表現対象を限定されたものとみなし、さらには著者による表現の行為もまた限定されたものとみなして、それら両者（表現対象と表現能力）から自由に高まり、無限なものへと高まる気分を示しているのである。

アイロニーが、哲学にせよ文学にせよ叙述する主体そのものの被限定性を主題化するという事態は、「リュツェーウム断片」第一〇八番では一層明確になっている。

ソクラテスのアイロニーは、徹底して不随意である〔選択の余地がない〕けれども徹底して熟慮〔反省〕された唯一の偽装である（Die Sokratische Ironie ist die einzige durchaus unwillkührliche, und doch durchaus besonnene Verstellung.）。これをわざとする（erkünsteln）ことも、これを思わず明かしてしまう（verraten）ことも等しく不可能である。これをもたない人には、これが最も正直に告白されたとしても謎のままである。これが欺くのは、これを詐術であるとみなす人々だけであり、このような人々は、ソクラテスのアイロニーが世界全体をからかう見事な道化ぶりに喜ぶか、あるいはそれが自分のこともまた言っているのだと予感して腹を立てるかのどちらかである。ソクラテスのアイロニーにおいては、一切がしゃれでありまた一切が真面目であるべきであり、いっさいが正直に明かされ、また一切が深く隠されているべきである。これは処世術の感覚（Lebenskunstsinn）と学問的精神（wissenschaftlicher Geist）との統一から、完全な自然的哲学（vollendete Naturphilosophie）と完全な作為的哲学（Kunstphilosophie）との結合から生じる。これは、限定されざるものと限定されたもの、完全な伝達の不可能性と必然性との、解消しえない矛盾の感情（ein Gefühl von dem unauflöslichen Widerstreit des Unbedingten und des Bedingten, der Unmöglichkeit und Notwendigkeit einer vollständigen Mitteilung）を含んでおり、この感情を引き起こす。円満な凡人が、この絶えざる自己パロディーをどのように受け取るべきかを知らず、繰り返し新たに信じたり疑ったりして、ついにはしゃれを全く真面目とみなし、真面目をしゃれとみなすことで目眩がするとすれば、それはとてもよい兆しである。レッシングのアイロニーは本能（Instinkt）である。ヘムステルホイスにおいてそれは古典的な研究（klassisches Studium）である。ヒュルゼンのアイロニーは哲学の哲学から生じ、前二者のアイロニーにはるかに優ることができる（KA II 160）。

この断片では、ソクラテスのアイロニーに見られる、知を目指す志向と無知という自称との併存が、冷静な意識をもって「熟慮」された態度であると同時に、それ以外の選択肢のないやむにやまれぬ必然的な「不随意」な態度でもあると言い表されている。シュレーゲルはこのような態度を「偽装」と規定しているが、これは通常の意味でのそれではない。すなわち、ソクラテスは本当は知者であるにもかかわらず、あえて無知な者のふりをして偽装しているというわけではない。ソクラテスの偽装の背後に真相があるとみなす者だけが、彼の振る舞いを風刺とみなして喜ぶにせよ、自分に対する当てこすりとみなして腹を立てるにせよ、騙されたと誤解するのである。ソクラテスのアイロニーはいわば真相のない偽装であり、無知を自称するソクラテスの態度は、それ自体として虚偽ではないので「正直に明かされ」ている「真面目」な態度だが、知へ到達することを目指し続けるという点ではこの自称を裏切っているので、「深く隠され」た「しゃれ」の態度でもある。ここには、「限定されざるもの」と「限定されたもの」、絶対的な知を言い表すことを試み続けることの「必然性」とそのような叙述の「不可能性」が、互いに矛盾しつつ統一されている。このような態度は「絶えざる自己パロディー」と呼ばれるが、これは周囲の常識人に、彼は本当は知者であるのに無知を装っているのではないかという疑いをひきおこしてしまう。

こうしてこの断片でも、第四二番断片と同様に、無限なものを叙述しようと試みる主体の原理的な有限性が主題となっている。さらに第四二番断片とこの断片を比較するならば、第四二番断片については、哲学の叙述には対話による叙述と体系的叙述の両者があって、前者の場合にのみアイロニーが必要とされるという読み方も可能に見えたが、第一〇八番断片によれば、「絶対的な伝達」とは、それを試みる衝動を抑えられないという点で「必然的」であるが、主観の有限性ゆえに「不可能」なのであるから、哲学の唯一可能な叙述は、整然とした体系的叙述ではなく、アイロニーによる「絶えざる自己パロディー」しかないということになる。

この第一〇八番断片においては、「不随意」と「熟慮」以外にも、アイロニーを、やむにやまれぬ必然性と冷静な自覚との統一として捉える表現が多く見られる。すなわち、「処世術の感覚」と「学問的精神」、「自然的哲学」と「作為的哲学」、「本能」と「古典的な研究」の統一というように(ここで Naturphilosophie と Kunstphilosophie は、「自然哲学」と「芸術哲学」という意味ではなく、「自然的文学」Naturpoesie と「作為的文学」Kunstpoesie の対を哲学に応用したものであり、素朴な意識から自然発生的に生じた哲学と、洗練された知性による技巧的な哲学という意味に解すべきであろう)。この点でこの断片は、「リュツェーウム断片」第三七番と密接に関連している。そこでは「自己創造と自己否定」(Selbstschöpfung und Selbstvernichtung)の交替、すなわち「自己限定」(Selbstbeschränkung)が主題となっている。念のため付言しておくと、「リュツェーウム断片」ではアイロニーが「自己創造と自己否定」であると明言されているわけではないが、一七九八年に雑誌『アテネーウム』に公表した断片集(いわゆる「アテネーウム断片集」)では、第五一番断片において、「アイロニーに至るまで、あるいは自己創造と自己否定の不断の交替に至るまで」(KA II 172)と言われているので、ここで第三七番断片について検討することは適切でもあり必要でもあろう。「リュツェーウム断片」第三七番では、芸術家、とりわけ作家にとっての「自己限定」の必要性が以下のように説かれている。

ある対象についてうまく書きうるためには、この対象にもはや関心を持っては（interessieren）ならない。また、熟慮して表現すべき思想は、すでに完全に過去のものになっており、表現する人を本来もはや捉えないのでなければならない。芸術家が創造し熱狂している（erfindet und begeistert ist）限り、彼は少なくとも伝達のためには不自由な状態にある。この場合に彼は全てを言おうとするだろう。これは若い天才の誤った傾向であるか、老いた無能者の正しい先入見である。これによって芸術家は自己限定の価値と尊厳を見誤るが、自己限定は芸術家にとっても人間にとっても最初にして最後のもの、最も必然的であり最も高次のものである。最も必然的というわけは、自分自身を限定しない者は、世界によって限定されるからであり、これによってこの者は奴隷になる。最も高次というわけは、人が無限の力を持っている点と側面、すなわち自己創造と自己否定においてのみ彼は自己を限定できるからである。友人同士の会話でさえ、無制限の意志をもっていかなる瞬間にも自由に中断できるのでなければ、そこには何か不自由なものがある。しかし、ひたすら語り尽くそうとするし語り尽くしうる作家、何も保留することなく、知っていることを全て言いたがる作家は、大いに困ったものである。ただ三つの誤りだけを警戒すべきである。無制限の意志に見え、そしてそれゆえに理性の欠如ないし過剰に見えるし、そう見えてしかるべきものは、それにもかかわらず根底ではまた再び端的に必然的で理性的でなければならない。そうでなければ気分はエゴイズムになり、不自由が生じ、自己制限が自己否定になるだろう。第二に、慌てて自己限定しようとしてはならず、まず自己創造に、つまり創造と熱狂に、それらが終わるまでは余地を与えねばならない。第三に、自己限定を誇張してはならない（KA II 151）。

この断片も、一見するとヘーゲルやシュミットによるシュレーゲルへの批判を裏付けるかのような印象を与える。なぜなら、シュレーゲルはここで、作家は自分が描く対象に関心を持ってはならず、自分が叙述する思想にとらわれてはならないと述べており、これは現実を些末なものとみなしそれに芸術の素材としての価値しか認めない、という批判に合致しているように見えるからである。しかしここでシュレーゲルが言っていることの趣旨は、限定された表現対象を無限なものと取り違えてはならない、ということである。作家が自身の思想を叙述するにせよ、作家とは異なる対象を描写するにせよ、作家の意識がそれらに没入している（「創造と熱狂」）その間は、適切な表現をすることができない。なぜならそれらの思想や対象は限定されたものであり、限定されたものを表現することにとらわれると、著者は自由を失って「奴隷」になってしまうからである。シュレーゲルが勧めるのは、有限な表現対象によって限定され支配されるのではなく、著者が自分の表現を限定することによって、自由を保持することである。つまり、熱狂と創造の段階（「自己創造」）のあとに、対象と思想から冷静に距離を置く段階（「自己否定」）が続き、その距離を置いた立場から対象と思想を叙述する（「自己限定」）べきであり、そうすると叙述は、「無制限の意志をもっていかなる瞬間にも自由に中断できる」ものになる。(7)

この断片と「リュツェーウム断片」第四二番および第一〇八番とは、以下のように関係づけることができよう。真の知あるいは無限なものを表現しようとする熱狂と創造行為は、哲学者と作家にとって欠くことのできない「自己創造」である。しかしやむにやまれぬ必然的な「自己創造」だけに導かれるならば、哲学者も作家も、限定された思想や対象を無限なものと取り違え、限定されたものに支配される「奴隷」になる。それゆえに、それらの限定されたものから冷静に距離をとる「自己否定」が必要になるが、これは、限定された思想や対象に向けられる否定であるのみならず、無限なものに無媒介に到達してそれを叙述することはできないと認める点で、哲学者と作家自身の叙述能力に対する「自己否定」でもある。こうして、叙述される対象と叙述する行為それぞれの有限性を自覚したうえで叙述する「自己限定」に至るが、「自己限定」の段階にある哲学者と作家の叙述は、いつでも自由に中断できるもの、つまり体系的で網羅的であることを自覚的に放棄した断片的な叙述であり、こうした自分の叙述からの自由のうちに、間接的に無限なものへと高まる気分が表されているのである。

二　芸術の「無限の完全化可能性」

これまでは、一七九七年の「リュツェーウム断片集」におけるアイロニーの概念を検討し、それが、哲学と文学において、叙述の主体が自己の能力の有限性を自覚しつつも、無限なものへと高まろうとする態度であることを示した。

それでは、遡って一七九五年に成立した「研究論」で展開されている芸術の「無限の完全化可能性」という構想は果たしていかなるものだろうか。この構想をシュレーゲルはコンドルセの『人間精神進歩史』（Esquisse d'un tableau historique des progrès de l'esprit humain: 一七九四）から受容したが、シュレーゲルの独自性は、古代と近代の歴史の原理を峻別し、「無限の完全化可能性」が近代の「作為的形成」（die künstliche Bildung）に特有のものであり、古代の「自然的形成」（die natürliche Bildung）の歴史はむしろ「循環」をなすと規定したことにある。[8] それゆえに、以下ではまず「研究論」における「自然的形成」と「作為的形成」の関係を整理しておこう。

「研究論」によれば、そもそも「形成」とは人類が自然との闘争の中で自由を獲得し発展させていくことである。この闘争、あるいはフィヒテ風に「交互作用」(Wechselwirkung)と呼ばれる過程の「最初の決定的な一撃」を自然が与えるならば、それは「自然的形成」であり、自由が与えるならば、それは「作為的形成」である(KA I 230f.)。「自然的形成」において法則を与え主導する役割を担うのは、人間の内的自然としての衝動であって、ここで悟性は、衝動によって与えられた法則に従いそれを知性的に表現するという極めて限定された役割しか持っていない。それに対して逆に「作為的形成」では、悟性が衝動に法則を与え主導する。「自然的形成」における活動の源泉は「無規定的な欲求」(ein unbestimmtes Verlangen)であり、「作為的形成」では「規定された目的」(ein bestimmter Zweck)である。

シュレーゲルによれば、人類史では自然の作用のほうが自由の作用に先立つことは経験的に明らかであり、ゆえに「自然的形成」は「作為的形成」に歴史的に先立つ。そして「自然的形成」が失敗に終わって初めて「作為的形成」が始まる(つまり「自然的形成」の時代と「作為的形成」の時代は重複せず、前者から後者への移行は漸次的ではないとされる)。「自然的形成」が失敗するのは、「自然的形成」を指導するのが漠然とした無規定な衝動であり、この衝動には「人間性」と「動物性」とが混在しているため、この「形成」は限界を持ち没落せざるをえないからである。これに対して、「作為的形成」で悟性は、明確に概念によって目的を規定し、それに従って行為が秩序づけられる。ゆえに「自然的形成」とは異なり、「作為的形成は正しい立法、持続的な完全化、最終的な完全な充足へと至ることが少なくとも可能である」(KA I 231f.)。

しかし、明確な目的に導かれる近代の「作為的形成」が産みだした近代ヨーロッパ文学は、最初から古代文学を乗り越えていくわけではない。シュレーゲルは近代文学の成立から彼の同時代までの文学の特徴を「特性的なもの」ないし「関心を惹くもの」(das Charakteristische, das Interessante)と呼び、これを古代文学の「客観的で美しいもの」(das

Objektive und Schöne）と対置して批判した。近代文学が「関心を惹くもの」をその特徴とするのは、「作為的形成」において目的を設定する役割を担う「悟性」が、それ自体として目的になってしまうがゆえに、近代文学では美ではなく認識が最高の価値となり、認識の関心を惹くような個性の表現が近代文学の特徴となったからである（KA I 245）。そうした個性をシュレーゲルは、「新奇なもの、刺激的なもの、目立つもの」（*das Neue, Piquante und Frappante*: KA I 228）とも呼んでいる。これに対して、「研究論」序論の表現によれば、「美の特性的なメルクマールは、美に対する適意が関心を持たないことである」（KA II 213）。しかしシュレーゲルによれば、「主観的で関心を惹くもの」を特徴とする近代文学と、それを正当化する文学理論に対して、人々の美を求める不満が高まり、彼の時代には懐疑主義が一般的になっている。この状態をシュレーゲルは「美的無政府状態」（die ästhetische Anarchie: KA I 224）と呼んでいる。しかしこの「美的無政府状態」は、必ずしも否定的にのみ評価すべきではない。なぜなら、期待と落胆とが繰り返されて絶望にまで落ち込んだところでのみ、全く新たな原理への転回が可能になるからである。彼はこの転回を「美的革命」（die ästhetische Revolution: KA I 269）と呼び、「美的革命」によって「客観的で美しいもの」が再興されるべき時が来ていると、以下のように切迫した語調で述べている。

> すでにしばしば差し迫った必要が対象を産みだしてきたし、絶望から新たな安息が生まれた。そして無政府状態は良き結果をもたらす革命の母である。我々の時代の美的無政府状態は同じような幸運な転回（eine ähnliche *glückliche Katastrophe*）を期待することが許されないものであろうか。おそらく決定的な瞬間がやって来たのであり、趣味に全面的な改善が迫っているか（この改善の後に趣味が再び没落することは決してありえず必然的に進歩する）、あるいは芸術は永遠に倒れ、美と真正の芸術の復興を我々の時代は完全に断念しなければならないか、そのど

ちらかである（KA I 224）。

シュレーゲルはここで、趣味の「全面的な改善」が迫っていると述べているが、その理由は単に「美的懐疑主義」が極限まで行き着いたからというだけではない。彼は自分の同時代に新たな希望の徴を見出している。「美的革命」は「作為的形成」のうちで生じる以上、概念的知に主導されねばならないが、その役割を担いうる「客観的美学理論」がまさに成立しようとしていると彼は考えているのである。シュレーゲルは、これまでの様々な美学理論が、美の定義を約束しつつも結局は「主観的で関心を惹くもの」しか与えなかったが、いまや全く異なる理論が生まれつつあると考えており、近代美学史について以下のような歴史的見取り図を提示している。

> 理論化する本能の実践的予行演習（die *pragmatischen Vorübungen*）（その原理は権威であった）（第一の時代）ののち、本来の科学的理論が成立した。およそちょうどそのころ合理論美学と経験論美学の独断的体系（die *dogmatischen Systeme der rationalen und der empirischen Ästhetik*）が発展し形成され（第二の時代）、さまざまな偏向した理論が美学上の懐疑主義（der *ästhetische Skeptizismus*）を引き起こした（第二の時代から第三の時代への移行の危機）。この危機は「美的判断力の批判」（*Kritik der ästhetischen Urteilskraft*）への準備であり契機であった（第三の時代の始まり）。批判哲学の諸帰結から共通に出発した美学者たち自身が原理についても方法についても互いに一致していない。そして批判哲学自身が、懐疑主義との粘り強い闘いを未だ完全には終結させていない。そもそも、ある偉大な思想家［原註：フィヒテの「学者の使命」（Über die Bestimmung des Gelehrten）］によれば、実践的なことについてはまだ多くのことがなされねばならない。しかしフィヒテによって批判哲学の基礎が発見されて以来、カントの実践哲学の

綱領を修正、補足、実行する確実な原理が存在している。そして実践的および理論的な美学的諸学問の客観的体系（*ein objektives System der praktischen und theoretischen ästhetischen Wissenschaften*）の可能性について、根拠を有するような疑念はもはや存在しない（KA I 357f.）。

ここでは近代美学史が三つの時代にまとめられているが、「権威」（die Auktorität）に基づく第一の時代とは、アリストテレスの権威に基づいて三統一の法則を規範とみなしたフランス古典主義の詩学理論を指している。第二の時代として言及されているのは、エドマンド・バークに代表される感覚主義的美学と、「研究論」の別の箇所でも挙げられるバウムガルテンおよびズルツァーに代表される、ライプニッツ＝ヴォルフ学派の合理論美学である。そして第二の時代に様々な美学理論が競合した結果生じた「懐疑主義」の危機から生まれたのが、カントの『判断力批判』（一七九〇年）、とりわけその前半部分である「美的判断力の批判」であり、さらにフィヒテがカントの批判哲学の基礎を発見して以来、客観的美学の体系が確実に期待しうるものになった、と述べている。

こうした美学史の見取り図は、シラーがいわゆる「カリアス書簡」（Kallias-Briefe: 一七九三）において美を説明するための四つの可能な形式を挙げていることと比較しうる。すなわちシラーは、美を説明する仕方には、感性的（sinnlich）または合理的（rational）の区別と、主観的（subjektiv）または客観的（objektiv）の区別が可能であり、この区別を組み合わせて四通りの説明法が可能であると述べて、その例を挙げている。それによれば、感性的で主観的なのはバーク、合理的で客観的なのは「バウムガルテン、メンデルスゾーンおよび完全性論者の人々全体」（Baumgarten, Mendelssohn und die ganze Schar der Volkommenheitsmänner）、合理的で主観的なのはカント、そして感性的で客観的なのはシラー自身と分類し、その分類に従って、有名な「現象における自由」（Freiheit in der Erscheinung）という美の定義を展開している。[9]

シラーによる美の説明の分類と比較すると、シュレーゲルの同時代の美学への視線の特徴が明確になる。シラーはカントの実践哲学における「自己規定」(Selbstbestimmung) の理念を高く評価する一方で、カントの『判断力批判』が「趣味の客観的な原理の不可能性[10]」を主張することを批判し、「自己規定」の理念を美に適用することによって、自由の感性的な現れが美であるという定義を提起したが、シュレーゲルの場合も、『判断力批判』の意義を認めつつも、それがそのまま新しい「客観的美学理論」になると考えるのではなく、カントの実践哲学を深化させたフィヒテが、美学の客観的な体系もまた可能にしたと考えている。しかしシラーが自ら「現象における自由」という積極的な美の定義を提示したのに比べると、「研究論」のシュレーゲルは、未だ美学的著作を著していないフィヒテに、従来の混乱に終止符を打つような決定的な美学理論の体系を期待しているという点で、楽観的で過剰な期待を寄せている。

こうした、新たな「客観的美学理論」に対するシュレーゲルの過剰ともいえる期待については後述するが、ここでシュレーゲルの「美的革命」の理念のさらなる独自性として指摘すべきなのは、「美的革命」のためには「客観的美学理論」だけでなく、(この論考の表題にもあるように) ギリシア文学の研究が必要であると主張している点である。「美的革命」を招来するためには、「美学理論の諸法則が公論の大多数によって承認される」(Die Gesetze der ästhetischen Theorie [sind] von der Majorität der öffentlichen Meinung anerkannt und sanktioniert worden) ことによって「真の権威」を持たねばならない (KA I 273)。そのためには「客観的美学理論」の諸概念に対応する「芸術の普遍的な博物誌」(*allgemeine Naturgeschichte der Kunst*: KA I 273) が必要である。なぜなら、(カントによって定式化された概念と直観の関係のように)、概念的な理論は実例を伴わなければ「空虚」であるからである。シュレーゲルは以下のように、ギリシア文学の歴史がこの実例を与えると主張する。

ギリシア文学は、趣味と芸術についてのすべての根本諸概念にとっての完全な実例のコレクション（eine vollständige Sammlung von Beispielen）を包含しており、この実例は理論体系に驚くほど合目的的である。それはちょうど、形成する自然がいわばへりくだって、認識を求める悟性の望みを叶えたかのようである。ギリシア文学においては芸術の有機的展開の循環全体（der *ganze Kreislauf der organischen Entwicklung der Kunst*）が閉じて完成しており、美の能力が最も自由かつ完全に発現することのできた芸術の最高の時代が趣味の完全な段階的発展過程を含んでいる。美の構成要素のありうる限り多種多様な組合せの、純粋な全種類が汲み尽くされ、移行の順序やその性質さえもが内的な法則によって必然的に規定されている。ギリシア文学の諸ジャンルの境界は随意の分離や混合によって作為的に定められたものではなく、形成する自然自身によって産出され規定されている。それどころか、可能な全ての純粋文学ジャンルの体系は、変種や、未発展の幼年時代の未熟なジャンルや、さらには、没落した模倣時代に既存の真正な全てのジャンルから作り出された最も単純な雑種に至るまで、完全に汲み尽くされている。ギリシア文学は趣味と芸術の永遠の博物誌〔自然史〕である（Sie ist eine ewige *Naturgeschichte des Geschmacks und der Kunst.*）（KA I 307f.）。

「自然的形成」の歴史であるギリシア文学史は、悟性による「随意的な分割や混合」を知らず、「形成する自然自身によって形成され規定され」ており、閉じて完結した、「芸術の有機的展開の循環全体」とみなされる。「ギリシア文学においてはいかなるものも、偶然的にただ外的な作用によって暴力的に規定されたりはしていない」（KA I 306）。

このことを踏まえると、「研究論」におけるNaturgeschichteとは、「客観的美学理論」の諸概念に実例を提供する「博物誌」を意味するだけでなく、悟性的な「作為的形成」の影響を被ることなく衝動が完全に展開した、「自然的形成」の歴史を同時に意味している。

以上見たように、「美的革命」において「作為的形成」は、「客観的美学理論」と、それを実例によって確証するギリシア文学史すなわち「自然的形成」の歴史に導かれる。視点を変えて言い換えるならば、「美的革命」以降の「作為的形成」は、「無規定な衝動」に従って無自覚的に展開した「自然的形成」を、概念的な理論へと転換して自己のうちへとりいれ、「自然的形成」が達成しえたよりも高次の段階を目指して発展すると考えられている。すでに一七九四年にシュレーゲルは、兄アウグスト・ヴィルヘルムに宛てた書簡（二月二十七日付、KA I LXXXVI）で、「私たちの文学の問題は、本質的に近代的なものと本質的に古代的なものの統一（die Vereinigung des Wesentlich-Modernen mit dem Wesentlich-Antiken）だと思います」（KA I LXXXVI）と書いているが、「自然的形成」の成果を「作為的形成」が文学史という学問的知に転換し、これによって「客観的美学理論」の体系を基礎づけ、「絶対的な美」へ向けた「無限の完全化可能性」へ進む、という構想のうちにこそ、「本質的に古代的なもの」と「本質的に近代的なもの」との「統合」が見られる。この議論の道筋は、一七九七年の「序論」において、以下に引用するように簡潔に整理されており、この点において「序論」は一七九五年成立の「研究論」の枠組みを継承し、「客観的美学理論」の普遍的体系が実現することを確信している。

「最も幸運な自然的形成もまた、それが完全化能力および持続に関して制限されざるをえないがゆえに、美的命法（der *ästhetische Imperativ*）を完全には満たせない」ということ、そして「作為的な美的形成は、自然的形成の完全な解体の後にしか続きえないし、自然的形成が終わったところで（つまり関心を惹くものから）始めざるをえないのであって、客観的理論の法則と古典文学の例に従って客観的で美しいものに到達しうるまでにはいくつかの段階を通過しなければならない」ということが証明されるならば、それとともに、以下のことも証明される。「関心を惹くものは、美的素質の無限の完全化可能性への必然的準備として美的に許容される」（daß das Interessante, als die notwendige Vorbereitung *zur unendlichen Perfektibilität* der ästhetischen Anlage, *ästhetisch erlaubt sei*）。というのも美的命法は絶対的（*absolut*）であり、決して完全に満たされえないがゆえに、少なくとも作為的形成が無限に接近することを通じて次第に多く達成されねばならないからである（KA I 214）。

「作為的形成」は、最高の美を実現せよという「美的命法」を完全には満たせないが、「美的素質」の無限の完全化を通じて最高の美に無限に接近できる。しかし「作為的形成」が「客観的で美しいもの」に到達するためには「客観的理論」および「古典古代」の例、つまり古代ギリシアの「自然的形成」が遺した遺産の助けが必要である。このように定式化された芸術（とりわけ文学）の制作のプロセスは、実現された作品を、美学理論によって指し示される無限なもの、つまり最高の美の理念と照らし合わせて、有限なものとして否定的に規定し、その上で無限なものへの接近を目指して新たな制作を試みる、という過程である。ここにはアイロニーとの親縁性が見て取れる。文学におけるアイロニーとは、表現対象の被限定性のみならず、著者の表現行為の被限定性をも意識しつつ表現するという「自己限定」において、無限なものへと向かう気分を間接的に呈示する態度であり、ここには「完全な伝達の不可能性と必然性との解きがたい対立の感情」が見られるが、この感情は、最高の美が実現不可能であることを自覚しつつそれに無限に接近しようとする「美的素質の無限の完全化」という過程に適合している。しかし、すでに触れた両者の差異にも留意すべきである。「リュツェーウム断片集」のシュレーゲルによればアイロニーは文学にも哲学にも適用しうるのであり、哲学においては、無知であることを自認しつつも、真の知に到達しようとして自覚的に試みと失敗を果てしなく繰り返すソクラテスの対話こそが唯一可能な哲学の叙述形式とみなされ、包括的で整然とした哲学体系の叙述の可能性は否定的に捉えられている。これに対して、「研究論」は、それ自体が自己の真理を疑わない「真面目」な芸術哲学の書物であるだけでなく、フィヒテ以降の哲学によって、芸術創造を指導しうるような「客観的美学理論」が普遍的な体系として成立すると予言する書物でもある。芸術の「無限の完全化可能性」という構想は、確固とした「客観的美学理論」の体系がギリシア文学史と結合されて初めて可能になるのである。以上の検討からは、「研究論」の「無限の完全化可能性」の構想が、芸術創造については「リュツェーウム断片集」におけるアイロニーと共通点を持つものの、哲学のとらえ方という点では異なることが理解される。

芸術の「無限の完全化可能性」についての以上の分析を踏まえて、次節では芸術と共同体という問題に関して持つ含意について検討する。

二　ドイツ的特性とフランス的特性の統合

前節で見たように、「美的革命」において「作為的形成」は「客観的美学理論」と、それを実例によって確証するギリシア文学史、すなわち「自然的形成」の歴史に導かれる。しかしシュレーゲルによれば、「美的革命」はこのような理論的知識だけでは成就しない。その実現の社会的条件という点に即してみるならば、これは古代と近代との統合であるだけでなく、近代の内部におけるドイツ人の特性とフランス人の特性との統合でもある。

シュレーゲルは、人間の形成の必然的条件として「力、合法則性、自由、共同性」（Kraft, Gesetzmäßigkeit, Freiheit und Gemeinschaft）を挙げる。すなわち、「美的な力の合法則性が客観的な基礎と方向性によって確保されて初めて、美的形成は芸術の自由と趣味の共同性によってすみずみに至るまで徹底し公共的になることができる」（KA I 360）。シュレーゲルは、美的形成の「力」は近代ヨーロッパ人にも備わっているとみなしており、その養成については特に問題にしていない。「合法則性」はこれまで検討した「客観的美学理論」の体系によって保証されるとみなしている。残るは「芸術の自由」と「趣味の共同性」であるが、シュレーゲルはこの両者について、ドイツ人とフランス人に大きな差異を認める。彼は、ドイツの作家と芸術愛好家たちには「自由」と「共同性」が著しく欠けており、さらにはそれを正当化していると以下のように批判している。

とりわけドイツの詩人と文学愛好家にはとても危険な、本来自由に反する考え方が支配的である。この考え方は、ドイツ人の元来の特性である伝達能力（Mitteilungsfähigkeit）の欠如を正当化して原則にする。ドイツ国民の崇高な冷淡さと、卑小な精神のねたみによる敵視によって、功績は多いが虚栄心の強い男性たちは不快な気分を抱き、この気分は陰険な辛辣さにまで硬化することがありうる。彼らはふくれっ面をして、自分たちの要求が侮辱されたことを尊大な嘲笑によって隠し、自分の才能をまったく自分のうちに隠してしまうか、あるいはいつでも不機嫌な顔をして公衆と交わる。彼らの心情は狭い現在を超えて高まることができないがゆえに、そもそも真正の美は神秘（ein *Myster*）であり、美的形成の公共性はまったく不可能であるとみなしている。社交性（*Geselligkeit*）によってのみ粗野な独自性は洗い落とされ緩和され、暖められ晴朗にされる。そして内的な炎は明るみに出るようにと穏やかに促され、外的な形態は修正され規定され、円かにされ研ぎ澄まされる（KA I 360f.）。

この引用においてシュレーゲルは、作家が自己の作品を読者公衆に伝達することの自由と、その公衆が統一された趣味を持つという共同性に関して、ドイツの作家と読者層が非常に否定的な態度をとっていると批判している。彼が示唆しているのは、多数の領邦国家に細分化されたドイツでは小規模な公衆が分散し、相互に疎遠であるという状況であり、遠方の作家に対する読者の無関心と、作家相互の党派的な敵対関係によって、ドイツの作家は伝達への意欲を失い、「真正の美は神秘である」と称して読者を侮蔑するというわけである。これはいわば、自ら望んだのでもなければ、内容からして必然的でもない、状況によって強いられた秘教主義であると言える（「研究論」のシュレーゲルがこのように「神秘」を否定的に捉えていることは、第六章との関連で重要である）。これに対してシュレーゲルは「孤独」ではなく、作家と読者が相互に交流する「社交性」こそが趣味の洗練をもたらし「美的形成」を促進すると主張する。

　彼によれば、ドイツ人とは対照的に、近代ヨーロッパの諸国民の中で伝達能力において最も進歩しているのは、首都パリを中心に中央集権的に統治されているため、大規模な単一の公衆を形成しているフランス人である。

> 知識、道徳、趣味の伝達においてフランス人はすでにかなり以前から我々をはるかに凌駕している。まさにそのことゆえにフランス人は公共的ギリシア的文学においてヨーロッパの他の文明化された諸国民よりも高次の完全性に到達することができる。そのような次第で、予期せざる現象が起きれば人はおそらくそれを新しい政治形態から説明しようとするだろうが、しかしこの新しい政治形態は、長く存在してきた力を豊かに開花させる幸運な一撃以上のものではない。はっきりと規定された国民性格のうちに、理想化された語りの機軸と輪郭になりうるような個々の美しい特徴がいくつかあって、音楽と文学の才能がまったく欠けているというのでも

なく、いくらか美的な形成が存在するならば、公共的道徳、公共的意志、公共的傾向性、すなわち国民の一つの魂と声が存在するのと同時により高尚な叙情詩が自ずから成立するに違いない。至極明確で限定された一面性は叙情詩の美に絶対に不都合であるわけではない。ドーリア人の場合のように、範囲の不足が卓抜した力と高貴さによって補われればよいのである（KA I 361f.）。

シュレーゲルはこの引用だけでなく他の箇所でも、「公共的な道徳が存在しないところで、いかにして公共的な趣味が可能であろうか」（wie wäre da ein öffentlicher Geschmack möglich, wo es keine öffentliche Sitten gibt?: KA I 219）と述べて、国民の道徳的な統一がその趣味の統一の前提条件であることを明確にしている。この引用に見られるように、フランス人に見られる優れた「伝達能力」は、必ずしも革命によって生じた「新しい政治形態」によって初めて成立したものではなく、「新しい政治形態」は「幸運な一撃」として「伝達能力」を豊かに開花させる契機となったに過ぎない。それゆえにドイツ人は、まずフランス人の「伝達能力」を学び「社交性」を身につける必要があるのだが、だからといって「新しい政治形態」を必要としないわけではない。なぜなら、以下に引用するように、シュレーゲルによれば、形成の「力」は表現に対する抑圧が取り除かれて初めて発揮されうるので、政治における自由は「美的革命」の不可欠の要件だからである。

学問と歴史は、天才が稀であるのは人間本性のせいではなく、不完全な機械的技術、すなわち政治の粗雑な仕業（*politischer Pfuscherei*）のせいであることを知っている。この仕業が持つ不幸な鋭さは人間の自由を縛り、共同的な形成を妨げている。抑圧された炎がそれにもかかわらずひとたび透き間を空ければ、この炎は奇跡として驚きの目で見られるわけだ。形成に自由を与えなさい、そしてその形成に力が欠けているかどうかを見ようではないか（KA I 359f.）。

シュレーゲルは先の引用において、フランス国民について、単一の「公共的な道徳、意志、傾向性」が成立しさえすれば「ドーリア人の場合のように」自ずから「高尚な叙情詩」が生じると述べていたが、この同じフランス人は、その国民的性格の一面性ゆえに、優れた叙情詩を産みだすことはできても「美しい劇詩」を作り出すことはできないと論じる（KA I 362f.）。この議論はギリシア文学史の諸ジャンルについての彼の考え方に即したものであって、彼は別の箇所（KA I 292）で「ドーリア叙情詩」について、「合法則性」と「力」において優れているけれども、「範囲」が完全ではなく「美しくはあるが一面的な独自性」によって限定されており、その点においてドーリア叙情詩は、ギリシア文学の最高のジャンルであるアッティカ悲劇、とりわけソフォクレスの悲劇の準備段階に過ぎないとされている。

一面的な国民性格に制限されているフランス人に対して、ドイツ人はヨーロッパ諸国民の中でこの一面性から最も自由である、とシュレーゲルは主張する。なぜなら、ドイツ人は従来、自己の独特な国民性を持つことなく他の諸国民の文学の独自な性格を模倣し吸収してきたのであり、「美的形成」のこのような多面性は、一面的な国民性格から自由な普遍妥当性を準備するものであると彼は考えているからである。

さらに、一面的な国民性格から自由なドイツ人は、「客観的美学理論」と古代文学史の研究においてもフランス人に勝っているとされる。「ドイツにおいては、そしてドイツにおいてのみ、美学とギリシア研究は、詩芸術と趣味の全面的改造を必然的にもたらさざるをえないようなある高みに達した」（KA I 364）ので、「フランス人はドイツ人の学校に通わねばならないであろう」（KA I 363）と彼は述べる。

ここでシュレーゲルは学問を進歩させたドイツ人の例として、具体的に、哲学的美学における「合理的体系」の創始者であるバウムガルテンとズルツァーを挙げ、さらに「批判的体系」の創始者であるカントを挙げている。ギリシア研究に関してシュレーゲルは具体的な名前を挙げているわけではないが、ヴィンケルマンによって開拓された古代美術史と、とりわけギリシア文学史においてはフリードリヒ・アウグスト・ヴォルフとクリスティアン・ゴットロープ・ハイネのことを念頭に置いていることは確かであろう。

このように、「本質的に古代的なもの」と「本質的に近代的なもの」との「統合」によって古代ギリシア文学を乗り越えて進歩するという、芸術の「無限の完全化可能性」の構想は、近代ヨーロッパの内部においてフランス人とドイツ人の特性を統合し、新たな趣味の共同体を形成することを要求する。すなわち、フランス人が元来持つ優れた「伝達能力」と、それを促進させた「新しい政治形態」とは、ドイツ人が持つ「美的形成」の「多面性」および高度の「美学理論とギリシア研究」と結合されなければならない。そしてもしこの結合が果たされるならば、そのときに成立する共同体は、古代よりも優れた芸術を生み出すという点で、古代ギリシアの趣味の共同体を凌駕することになろう。

三　芸術の「絶対的最高点」と「相対的最高点」

本章のこれまでの検討によれば、「研究論」における芸術の「無限の完全化可能性」の構想とは、近代ヨーロッパ文学が、来るべき「客観的美学理論」と、それを「芸術の博物誌（＝自然史）」として確証するギリシア文学史に導かれて、古代ギリシア文学の達成した限界を超えて、最高の美へと無限に進歩するというものである。この枠組みは、一－二でも見たように、一七九七年の序文にも継承されている。しかし「研究論」にはこのような理解を逸脱する議論が存在している。

これまでの議論によれば、「作為的形成」が目指すべき「最高の美」とは、決して達成できず、無限の進歩によって無限に接近することだけができるものであったが、その一方シュレーゲルは、ギリシア文学の「黄金時代」の作品、とりわけソフォクレスの悲劇の到達点を、「最高の美」と呼ぶ。彼によれば、「ギリシア文学の最高峰」をなす作品がもたらす喜びには、「補足できる」し、これは「それ以上美しいものが考えられないような美、というようなものではない」。しかし、これらの作品は、芸術の「到達不可能な理念」に到達することはもちろんできないけれども、これらの作品において「理念はいわば完全に可視的になる」し、これらの作品において形成は、「全体の均斉ある完全性のうちにいかなる期待も残らない」(in gleichmäßiger Vollständigkeit des Ganzen keine Erwartung unbefriedigt bleibt)「完全で自足」した状態にあり、この段階の作品は、「全芸術の限界」という基準によってのみ計れる(KA I 287f.)。

一方でギリシア文学の「黄金時代」に「最高の美」を見出しそれを「全芸術の限界」という基準によって評価するということと、絶対的に無限な芸術の「到達不可能な理念」を措定することとは、いかなる関係にあるのか。

シュレーゲルは、芸術の発展において、到達しえない「絶対的最高点」と、到達しうる「相対的最高点」とを区別し、その区別の根拠として、芸術には二つの異なる課題があることを指摘している。

> 芸術は無限に完全化可能であり、芸術の不断の発展において絶対的最高点はありえない(Die Kunst ist unendlich perfektibel und ein absolutes Maximum ist in ihrer steten Entwicklung nicht möglich.)。しかし限定された相対的最高点(ein

bedingtes *relatives Maximum*）、これ以上超えることのできない固定された近接点（ein unübersteigliches *fixes Proximum*）はありうる。というのも芸術の課題は二つのまったく異なる構成要素からなるためである。一つを成すのは規定された法則であり、これはただ、完全に充足するか完全に逸脱するかしかありえない。もう一つを成すのは飽くことを知らない無規定的要求（unersättliche, unbestimmte *Forderungen*）であり、この要求に関しては最高度の実現にもさらに補足がなされる。現実のあらゆる所与の力は拡大できるし、実在するあらゆる有限な完全性は無限に成長できる。しかし諸関係にはそれ以上もそれ以下もありえない。というのもある対象の合法則性は増大も減少もしえないからである。それゆえ芸術の現実の全構成要素は、個別的には無限に成長しうるが、これらさまざまな構成要素の構成には相互の関係についての絶対的法則がある（KA I, S. 288）。

この引用によれば、芸術の課題の一つはその「構成要素」を無限に成長させることであり、もう一つの課題は、それら要素の構成における絶対的な「合法則性」[11]である。この指摘からは以下のような推測が成り立つであろう。すなわち、芸術作品の「合法則性」が達成されるためには、「構成要素」の成長がある有限な段階で限定されなければならないのであって、「構成要素」の無限の成長がある限界を超えると、もはや要素間の関係における「合法則性」が維持されえないのではないか、という推測である。ソフォクレスの作品は、「合法則性」が維持される限りで最大限に要素を成長させたがゆえに、「最高の美」と呼ばれるのであろうか。

しかしこの推測は、その後に続く以下の議論と合致しない。

芸術と趣味の構成要素がすべて均等に展開し、発達し、完成する場合にのみ、つまり、自然的形成においてのみ最高の美は可能である。作為的形成においてこの均斉（*Gleichmäßigkeit*）は、操作する悟性による恣意的な分離や混合によって取り返しのつかない仕方で失われる。個々の完全性や美に関して作為的形成は自由な発展にはるかに勝ることができるだろう。しかしその最高の美は生成し有機的に形成された全体（*organisch gebildetes Ganzes*）であり、ごくわずかの分離によっても引き裂かれ、ごくわずかな偏りによっても破壊される。操作する悟性の作為的な仕掛けは、形成的自然の芸術の黄金時代が持つ合法則性を獲得することができるが、この黄金時代の均斉を完全に再現することはできない。というのも一度解体された原初的な塊は二度と組織されないからである。それゆえに芸術の自然的形成の頂点（*Der Gipfel der natürlichen Bildung*）はいつの時代にとっても作為的進歩の高度の原像（*das hohe Urbild der künstlichen Fortschreitung*）である（KA I 293）。

この引用によれば、ソフォクレスの作品に見られる「最高の美」が最高であるゆえんは、「構成要素」の成長と「合法則性」の調和とは異なる点に求められる。「作為的形成」は芸術の「構成要素」を無限に成長させられるだけでなく、「合法則性」も獲得できるとされる。それゆえに、「構成要素」の成長と「合法則性」との調和に「最高の美」が見出されるならば、それは「作為的形成」によっても再現可能であろう。しかし、ソフォクレスの作品における「最高の美」を「作為的形成」は決して再現できない。なぜなら、「作為的形成」は、「原初的な塊」を「解体」し、「随意的な分割や混合」をする「悟性」に導かれているがゆえに、「有機的」全体性としての「均斉」をけっして再現できないからである（KA I 293）。つまり「ギリシア文学の最高峰」が「最高の美」に到達したとするならば、その最高であるゆえんは「有機的」全体性としての「均斉」にあると結論される。前節を振り返ると、シュレーゲルがギリシア文学の歴史を「芸術の普遍的博物誌」とみなしたのも、その歴史が全体として「有機的」全体性を持っているからであった。言うなれば、ソフォクレスの作品は、ギリシア文学史が総体として達成した「有機的」全体性を一つ一つの作品内部で再現している。シュレーゲルによれば、「ギリシア文学の集合体は一つの自立し内的に完結した完全な全体（ein selbständiges, in sich vollendetes, vollkommnes Ganzes）であり、その隅々に渡る関係を結び合わせる単純な紐帯は美しい有機体（eine *schöne Organisation*）の単一性である。この有機体のどんなに小さな部分も全体の法則と目的によって規定されていながら、自立して存在し自由である」（KA I 305）が、このような「有機体」の規定（部分が全体に適合しながら同時にそれ自体自由である）はそのまま「ギリシア文学の最高峰」の作品に適用されるであろう。

「超えることのできない固定された近接点」としての「最高の美」がギリシア文学の「黄金時代」に到達された、とみなすならば、近代ヨーロッパ文学における芸術の「無限の完全化可能性」という構想自体が成立しえないことになる。なぜなら、芸術の「無限の完全化可能性」という考え方は、「客観的美学理論」によって悟性が原理的に到達不可能な芸術の「絶対的最高点」を目指して終わりのない進歩をするというものだが、「最高の美」は「自然的形成」でのみ可能でありそれは実際に到達された、とみなすならば、「作為的形成」のもとにある近代ヨーロッパ文学は、歴史的に実際に到達された「最高の美」を決して超えられないことになる。この「最高の美」が「無規定な衝動」に導かれる「自然的形成」によってしか可能ではなかった以上、芸術の「最高点」への接近という「規定された目的」をもつ事自体が、美から近代人を遠ざける、という逆説的な帰結が生じるであろう。

このように、「研究論」では、芸術の「無限の完全化可能性」という構想と、「最高の美」はギリシア文学で実現された、という相互に矛盾する歴史観が併存している。この二つの歴史観の背後には、二つの異なる美の尺度がある。「無限の完全化可能性」の前提となるのは、不変の「合法則性」と無限に発展する「構成要素」とが美の尺度であるという態度であり、ギリシア文学の「黄金時代」に「最高の美」を見る立場の前提には、「有機的」全体性としての「均斉」に美の尺度をおく態度がある。

四　ゲーテ論の両義性

二つの歴史観が併存することによって、「美的革命」以降の文学の規定は両義的な様相を示している。シュレーゲルはゲーテについて、「この偉大な芸術家は美的形成の全く新たな段階への展望を開く」(KA I 262) と述べ、「美的革命」以降の「客観的で美しいもの」へと向かう文学を告知する存在としてゲーテを規定している。ゲーテの作品における「関心を惹くもの」と「客観的で美しいもの」との関係について、「研究論」では以下のように論じられる。

> ゲーテは関心を惹くものと美しいものとの中間、個性的に偏ったものと客観的なものとの中間にいる(*Er* [Goethe] *steht in der Mitte zwischen dem Interessanten und dem Schönen, zwischen dem Manirierten und dem Objektiven.*)。だから、わずか数点の作品においてかれ自身の個性がまだうるさくなることとか、その他たくさんの作品で彼が気まぐれに変化して他人の個性的な偏向を受け入れることを奇妙と思ってはならない。これらはいわば、特性的で個性的なものの時代の名残であるが、彼は可能な場合偏りのうちにさえある種の客観性をもたらすことを知っている。そういうわけで彼は時折、そこかしこで非常に浅薄で無意味になるような些末な素材を好む。それはまるで、彼が――内容のない空虚な思考が存在するように――素材の一切ない完全に純粋な詩(ganz reine Gedichte ohne allen Stoff)を作り出すことに真剣に取り組んでいるかのようである。こうした作品において美の衝動はいわば無為であり、これらは表現衝動だけの純粋な作品(ein reines Produkt des Darstellungstriebes)である。このこと

から、彼の芸術の客観性があたかも生得的な才能だけではなくて、まるで形成の成果でもあるかのように思われるかもしれない。これに対して彼の作品の美は、彼の根源的自然の不随意の贈与である（KA I 261）。

ゲーテの作品は、「個性的に偏ったもの」（das Manirierte）すなわち「関心を惹くもの」と、「客観的なもの」との中間にあるとされる。彼の作品には時折、ゲーテ自身あるいは他人の個性が突出してみられるが、ゲーテはそのような個性を扱いながらそこに「客観性」をもたらすことができる。なぜならば、ゲーテは「そこかしこで非常に浅薄で無意味になる些末な素材」を表現の対象とするので、作品の中では、表現される素材よりも、表現を促している「表現衝動」という普遍的な能力の働きの方が主要な役割を担う。それはあたかも、ゲーテが「素材の一切ない完全に純粋な詩」を意図的に目指しているかのようである。この「完全に純粋な詩」は、シュレーゲルによって「内容のない空虚な思考」に喩えられている。また、「そこかしこで非常に浅薄で無意味になる些末な素材」という表現からは、シュレーゲルの一七九八年の批評「ゲーテのマイスターについて」（Über Goethes Meister）においてアイロニーに言及する以下の一節を想起させる。「詩人自身が様々な登場人物と出来事を非常に軽く気まぐれに取り上げ、主人公にアイロニーなしに言及することがほとんどなく、自分の傑作自体を自分の精神の高みから見下ろして笑っているように見えるからといって、彼に最も神聖な真剣さが欠けているなどと勘違いしてはいけない」（KA II 133）。この一節を踏まえると、芸術の「無限の完全化可能性」のみならず、「研究論」のゲーテ論にもアイロニーの理論の先行形態を見出すことが可能であると理解される。「リュツェーウム断片」第三三番では、著者が表現対象にひたすら熱狂するならば著者は対象によって限定されその奴隷となると述べていたが、これは「研究論」においては「関心を惹くもの」の描写にとらわれる従来の近代文学のあり方に相当している。断片第三三番では、表現対象にもはや関心を持たず、距離をとることがむしろ「よく書く」ために必要であるとされているが、これはあえて「些末な素材」を描写することによって客観性をもたらそうとするゲーテの手法と一致する。

「研究論」のゲーテ論において注目すべきは、表現される対象よりもむしろ表現を行う精神の働きが主題化されるような文学のあり方にシュレーゲルが着目し、これを「関心を惹くもの」から「客観的なもの」への移行期の文学として規定していることであり、この規定自体は、「作為的形成」の中にありながら文学が「関心を惹くもの」から離脱する過程をよく説明している（この論点は、第三章で論じる「アテネーウム断片」第一一六番における「ロマン的文学」において、「進歩性」と「古典性」の統合の理念として再びとりあげられる）。しかし、この考察を展開する際のシュレーゲルの言葉遣いには、ゲーテの作品を「作為的形成」の産物としてではなくあたかも「自然的形成」の産物であるかのように性格づけようとする意図が垣間見られる。ゲーテの作品は、悟性によって導かれる「作為的形成」の産物であるのだから、彼の作品の客観性もまた、「作為的形成」による意図的な行為によって生み出されたものでなければならないはずだが、シュレーゲルは、「彼の芸術の客観性はあたかも生得的な才能だけではなくて、まるで形成の成果でもあるかのように思われるかもしれない」と接続法を用いることによって、彼の作品の客観性が「生得的な才能だけ」によってもたらされたものであることを示唆している。さらに、作品において主題化される精神の働きをシュレーゲルは「表現衝動」と呼ぶが、彼の理論において「衝動」は本来「自然的形成」を導くものであり、「作為的形成」を導くのは、「悟性」と「概念」であったはずである。またこのゲーテ論では「表現衝動」による産物のほかに、「美の衝動」の産物としての作品も想定されている。そして、そうした作品の美については、「彼の根源的自然の不随意の贈与」と規定され、その作為性は考慮の外にある。

シュレーゲルは、「美的革命」以降の文学を告知するゲーテを特徴づける際に、「客観的美学理論」やギリシア文学史といった学問的知に導かれた芸術の「無限の完全化可能性」という構想とゲーテを結びつけないだけでなく、そもそもゲーテの作品があたかも「自然的形成」の産物であるかのように、言い換えれば、あたかも古代ギリシアの文学の再来であるかのように語っている。このように古代の「自然的形成」の再来を待望する性格を持つゲーテ論は、芸術の「無限の完全化可能性」という構想と相容れないだけでなく、「研究論」の歴史哲学の根本原理である「自然的形成」と「作為的形成」との区別をも逸脱している。また、芸術の「無限の完全化可能性」の構想に含意されている、フランス人の特性とドイツ人の特性という理念について言えば、ドイツ人の優れた特性とされる趣味の多面性と学問とは、どちらも「作為的形成」によって可能になったものである。なぜなら、ドイツ人が趣味の多面性に到達したのは、古代ギリシアの客観的な趣味を模倣することによってではなく、近代ヨーロッパの諸国民の個性的で独創的な趣味を模倣することによってであるし、美学と古代ギリシア研究において高度な成果を上げることができたのは、「作為的形成」においては認識を追求する悟性が法則を与え主導するからに他ならない。それを踏まえると、シュレーゲルは、ゲーテの作品を古代ギリシアの自然的形成の再来の兆候とみなすことによって、ドイツ人が「作為的形成」においてのみ獲得しえた優れた特性に「自由」と「共同性」を与えることによって新たな趣味の共同体を形成するという構想を、自ら破綻させていることになる。

結語

これまでの「研究論」の分析を踏まえて、冒頭に引いた「アイロニーの欠如」という表現に立ち戻るならば、この表現を以下のように解釈できる。

既に見たように、「研究論」における芸術の「無限の完全化可能性」の構想は、最高の美の実現不可能性を意識しつつもそれに接近しようと制作を繰り返すというものだが、これは、個々の芸術作品の価値の被限定性の意識を伴いつつ表現するという「自己限定」において、無限なものへ向かう気分を間接的に呈示するという、文学におけるアイロニーを先取りしている。また、「研究論」のゲーテ論では、近代の「作為的形成」のなかで「関心を惹くもの」から「客観的なもの」への移行として、あえて「些末な素材」を描写するゲーテの手法が注目されているが、これは「リュツェーウム断片」第二三番において、表現対象から冷静に距離をとることによって、著者が有限な表現対象による束縛から逃れるべきであると述べていることによく一致しており、この点でも「研究論」は文学におけるアイロニーを先取りしている。

しかし芸術の「無限の完全化可能性」の構想には、二重の意味でアイロニーが欠如している。なぜなら、この構想は「客観的美学理論」の普遍的体系が実現されることを前提としており、この点で、「リュツェーウム断片」第一〇八番が哲学の体系的叙述の不可能性を指摘し、それに代わるものとしてアイロニーを挙げていることと対立する。その点で「研究論」には哲学的アイロニーの欠如が見出される。美学理論が体系として確立されるというシュレーゲルの予言が実現されなかったことを示唆するものとしては、彼自身が一七九五年に「詩芸術における美について」(Von der Schönheit in der Dichtkunst: KA XVI 5-31)という詩学的草稿を残しているが、これが断片的なものに留まり完成しなかったという事実を挙げることができる。

また、芸術の「無限の完全化可能性」の構想による文学的アイロニーの先取りは、「研究論」のなかで十分に確立されていない。なぜなら「研究論」のなかには、古代ギリシア文学の有限な美は無限に進歩する近代文学によって乗り越えうるという議論と、この構想を否定する議論、すなわち古代文学の有限な遺産である芸術の「相対的最高点」が決して乗り越えられない「最高の美」であるという議論とが並置され、「研究論」の内部で破綻をきたしているからである。これを近代文学の古代文学に対する態度という観点から見ると、芸術の「無限の完全化可能性」の構想は、古代文学を学問的知識（美学理論の実例としての文学史）に転換し自己のものとすることで近代人が古代文学の有限な成果を超えて無限に進歩するという構想である限り、近代文学の古代文学に対するアイロニーの意識を示している。しかしこの構想は、古代文学を乗り越え不可能な「最高の美」とみなす議論と並置されている。この議論では、古代文学の達成が絶対視され、ゲーテの作品は自然的形成の再生とされている。そこには、古代文学との関係において近代文学に文学的アイロニーの欠如が見られる。ドイツ人が作為的形成によってのみ到達しえた趣味の多面性と高度な学問的知識を、フランス人の伝達能力および政治的自由と結合することによって、古代ギリシア人よりも優れた趣味の共同体を実現するという理念も、この文学的アイロニーの欠如ゆえに、既に「研究論」の内部で破綻している。

以上の検討を踏まえると、「研究論」における「アイロニーの欠如」について以下のようにまとめることができる。すなわち、近代文学の無限の進歩の条件として「客観的美学理論」の普遍的体系を待望するという点で哲学的アイロニーの欠如であると同時に、その無限の進歩の理念さえも保ちえず、古代ギリシア文学の美を絶対視しているという点で文学的アイロニーの欠如でもある。

註

（1）「研究論」では、古代ローマ文学は古代ギリシア文学の「模倣」（Nachbildungen）であり、失われたオリジナルについての知識を伝えるという理由で、広義の古代ギリシア文学に包括されている（KA II 206）。

（2）例として以下を参照。Richard Brinkmann: Romantische Dichtungstheorie in Friedrich Schlegels Frühschriften und Schillers Begriff des

Naiven und Sentimentalischen, In: Friedrich Schlegel und die Kunsttheorie seiner Zeit.（Wege der Forschung Bd. 609）Hrsg. von Helmut Schanze. Darmstadt（Wissenschaftliche Buchgesellschaft）1985,（Zuerst in: Deutsche Vierteljahrsschrift für Literaturwissenschaft und Literaturgeschichte 32. 1958）S. 271. Franz Norbert Mennemeier: Unendliche Fortschreitung und absolutes Gesetz: Das Schöne und das Häßliche in der Kunstauffassung des jungen F. Schlegel. In: a.a.O.（Zuerst in: Wirkendes Wort 17. 1967.）S. 346f. および、Ernst Behler: Unendliche Perfektibilität: Europäische Romantik und Französische Revolution. Paderborn u.a.（Schöningh）1989, S. 286f. u. 291f.

（3）「無限の完全化可能性」の構想に即して「研究論」の議論を要約したものとして以下を参照。Brinkmann: Romantische Dichtungstheorie … S. 255-260.

（4）「研究論」は新旧論争を十八世紀末において再論したものと言えるが、本論文で見るように「研究論」のうちには、芸術の「完全化可能性」を主張する近代人派としての立場と、古代文学を乗り越え不可能な「最高の美」とみなす古代人派との立場が併存して混乱している。「研究論」の立場を古代人派とみなす代表的な論考として以下を参照。Hans Robert Jauß: Schlegels und Schillers Replik auf « Querelle des Anciens et des Modernes ». In: ders.: Literaturgeschichte als Provokation. Frankfurt a. M.（Suhrkamp）1970, S. 67-106. ヤウスは、シュレーゲルはシラーを受容して近代人派へ転向したと述べている。これに対して、「研究論」の立場を近代人派とみなす代表的な論考として以下を参照。Szondi, Peter : Antike und Moderne in der Ästhetik der Goethezeit. In: ders.: Poetik und Geschichtsphilosophie I. Frankfurt a.M.（Suhrkamp）1974, S. 99-148　ソンディは、「研究論」の議論を「近代の前提からギリシア人の客観性を再び獲得すること」をめざすものとみなし、シュレーゲルの立論にはゲーテの『タウリスのイフィゲーニエ』という実例が大きな役割を果たしたと論じている（S. 106, 111）。

（5）「リュツェーウム断片」第七番についての考察としては以下を参照。仲正昌樹『モデルネの葛藤――ドイツ・ロマン派の〈花粉〉からデリダの〈散種〉へ』、御茶の水書房、二〇〇一年、二二〇頁以下。

（6）シュレーゲルにおけるアイロニーの概念については以下の研究が古典的であるが、そこでは「ロマン主義的アイロニー」が芸術論の枠組みの内部でのみ論じられており、哲学の叙述におけるアイロニーについては論じられていない。Ingrid Strohschneider-Kohrs: Die romantische Ironie in Theorie und Gestaltung. Tübingen（Niemeyer）1960. この点については以下の邦語論文も同様である。小川伸子「初期フリードリヒ・シュレーゲルの芸術論――アイロニーの概念を中心として」（『美学』一七九号、一九九四年、一二三―一三三頁）。

（7）シュトローシュナイダー・コールスもポール・ド・マンも、「自己限定」がフィヒテ哲学の用語に由来することを指摘している。以下を参照。Ingrid Strohschneider-Kohrs: Die romantische Ironie in Theorie und Gestaltung, S. 28ff. ポール・ド・マン（上野成利訳）『美学イデオロギー』、平凡社、二〇〇五年、三一四―三二二頁。

（8）Behler: Unendliche Perfektibilität. S. 265ff. およびコンドルセの『人間精神進歩史』についてのシュレーゲルの批評（Über Condorcet: Esquisse d'un Tableau des Progrès d'Esprit humain（1995）. In: KA VII 3-10）を参照。

（9）Friedrich Schiller: Sämtliche Werke. Hrsg. von Gerhard Fricke und Herbert G. Göpfert. München:（Carl Hanser）1962, S. 394f. シラーの著作のうち、「カリアス書簡」のみこのハンザー版著作集から引用する。

（10）A. a. O.

（11）芸術作品の「構成要素」とそれが満たすべき「合法則性」の内実について、シュレーゲルは以下のように述べている。「可能なものと現実であるものを混合する」「表現芸術」（die darstellende Kunst）の「構成要素」は「普遍的なものの感性化」と「個別的なものの模倣」とに分けられる。そして「表現芸術」には二つの「技術上の絶対的法則」（absolute *technische* Gesetze）がある。第一に、「自由な表現芸術の目的は限定されざるものであり、個別的なものがそれ自体目的であってはならない」けれども、「個別的なもの」は「手段」として「絶対に必要であって、少なくとも自由に奉仕するように見えなければならない」。この条件を満たすことが「客観性」と呼ばれる。第二の法則は「いかなる個々の芸術作品も自分自身と矛盾してはならず、一貫して自分自身と一致しなければならない」というもので、これは「技術上の正しさ」（*technische* Richtigkeit）、ないし「内的な一致」（innere Übereinstimmung）と呼ばれる（KA I 291f.）。この点については以下の論考で整理されている。Matthias Dannenberg: Schönheit des Lebens: Eine Studie zum "Werden" der Kritikkonzeption Friedrich Schlegels. Würzburg（Königshausen & Neumann）1993, S. 238.

第二章　「共和制は必然的に民主制である」？
――共和制をめぐるカントとシュレーゲル

序

第一章では、「研究論」における芸術の「無限の完全化可能性」の構想のうちに、ドイツ的特性とフランス的特性を統合することによる新たな共同体の樹立という理念が含まれていることを指摘した。しかし、間近に到来すると「研究論」のシュレーゲルが信じた「客観的美学理論」の普遍的体系は実現しなかったため、この理念は理念のままに留まったし、さらに「研究論」のなかには、古代ギリシア文学の美を絶対視し、ゲーテの作品を「自然的形成」の再来とみなすことによって、この理念を否定する立場も存在した。

「研究論」の後のシュレーゲルの議論をみると、芸術と共同体の関係についての彼の見解が変化していることが理解される。「研究論」では、客観的理論の普遍的体系がギリシア文学史という実例に裏付けられた上で「公論」に受け入れられ、「真の権威」を獲得することが芸術の「無限の完全化可能性」の前提とされており、この点で趣味の共同体が芸術家個人の創造を可能にするという枠組みになっているが、その後の著作、とりわけ『ルツィンデ』（一七九九年）や「文学についての会話」では、芸術家個人の精神のうちに無限な創造性が潜在的に存在しており、この潜在的な創造性が現実化するためには、共同体の「公論」ではなく、恋愛と友情という親密性の関係が必要とされるという思想が展開されている。

しかしこの議論の移行は唐突に行われたものではない。本論文の第三章では、芸術家個人の精神の潜在的な無限性をシュレーゲルが主題とするようになった過程を追跡する。

それに先だって第二章では、シュレーゲルの一七九六年の政治論文「永遠平和についてのカントの書物に促された、共和制の概念についての試論」(Versuch über den Begriff des Republikanismus veranlaßt durch die Kantische Schrift zum ewigen Frieden)(「共和制論」)を取り上げる。その理由は、この論文には、政治制度の基礎を共同体の「公論」に求める議論と、統治者個人の精神に求める議論とが併存し、前者の議論が(逆説的に)後者の議論を正当化するという構造が見られるからである。この点で「共和制論」には、趣味の共同体から芸術家個人の精神へというシュレーゲルの美学理論の移行と平行する現象が見いだせる。

「共和制論」の議論の構造を解明するために、第二章ではこの論考をイマヌエル・カントの『永遠平和のために――イマヌエル・カントの哲学的構想』(Zum Ewigen Frieden. Ein philosophischer Entwurf von Immanuel Kant: 1795)(以下『平和論』と略す)と比較する。[1]「共和制論」の政治理論は、その題名が既に示唆しているように、『平和論』に対するシュレーゲルの批判と密接に関係している。「共和制は必然的に民主制である」(*Der Republikanismus ist* [...] *notwendig demokratisch*: KA VII 17)というシュレーゲルのテーゼも、カントに対する批判的コメントとして理解せねばならない。この命題は、「言葉の本来の意味における民主制[の国家形態]は必然的に専制」(die [Staatsform] der *Demokratie* im eigentlichen Verstande des Worts [ist] nothwendig ein *Despotism*: AA VIII 352)であり従って共和制ではない、というカントによる民主制の定義に反論している。

この対立関係を考慮すると、『平和論』の政治理論は保守的でありさらには反民主主義的であるという印象を与える。そして反対に「共和制論」の政治理論はリベラルで民主主義を支持する選択肢であるように見える。若きシュレーゲルは政治的に革命派であったが後に反動に転じた、という広く流布したイメージもこうした理解に適合する。[2]しかし「共和制論」における別のテーゼ、例えば独裁制の肯定的評価はこうしたイメージと矛盾する。実際、以下に示すように、共和制という概念から見た二つのテクストの関係は、一見した印象よりも複雑である。[3]

以下第一節では、カントは『平和論』において持続的な平和のためにあらゆる国家に共和制を要求しているにもかかわらず、「言葉の本来の意味における」民主制を退けているのはなぜかを明らかにする。第二節では『平和論』における共和制の概念を「共和制論」におけるそれと比較する。結論ではシュレーゲルの共和主義の帰結として「アテネーウム断片」第三六九番を分析する。

一　カント『永遠平和のために』――なぜ（「本来の意味における」）民主制は「必然的に専制である」のか

『平和論』において「共和制」（die republikanische Verfassung）は「根源的契約の理念（die Idee des ursprünglichen Vertrags）――人民によるあらゆる合法的立法はこの理念に基づいていなければならない――に由来する唯一の国制」（AA VIII 350）であると定義されている。この定義には、共和制が国民（Staatsbürger）[4]の一般意志（カントはこれを「公的意志」（der öffentliche Wille）と呼ぶ）による立法の必要条件であることが含意されている。共和制の概念は『平和論』においてさらに厳密に二つの方法で説明されている。第一の方法（A）は、共和制の原則を列挙するものであり、第二の方法（B）は二つの政体（共和制と専制）を相互に比較するものである。

A：カントの挙げる共和制の三つの原則とは、①「（人間としての）社会の成員の自由」（die *Freiheit* der Glieder einer Gesellschaft（als Menschen））、②「単一共通の立法への（臣民としての）全員の従属」（die *Abhängigkeit* aller von einer einzigen gemeinsamen Gesetzgebung（als Unterthanen））、③「（国民としての）全員の平等」（die *Gleichheit* derselben（als *Staatsbürger*））である（AA VIII 349f.）。

②の従属の原則は、カントによればすでに国制の概念に含まれているので、『平和論』では詳論されていない。しかし彼は註においてその他の二つの原則について具体的に論じている。①の原則における自由は「外的（法的）自由」と呼ばれる。カントによればそれは、「私がそれに同意を与えることが可能であったもの以外の外的法律には従わない権能」（die Befugniß, keinen äußeren Gesetzen zu gehorchen, als zu denen ich meine Beistimmung habe geben können: AA VIII 350（Anm.））である。[5] ③の平等の原則は以下のように規定されている。「国民のこの関係によれば、誰かが他人を法的に何かに拘束するためには、自分自身が同時に法律に従属し、この法律によって相互に自分も他人と同じ仕方で拘束されうるのでなければならない」（ebd.）。

B：カントは国政の分類について二つの方法を区別している。①「支配の形式」（die Form der Beherrschung, *forma imperii*）による分類と②「統治の形式」（die Form der Regierung, *forma regiminis*）による分類である（AA VIII 352）。前者の分類は「最高の国家権力」（この文脈では執行権）を持つ者の数によるもので、君主制、貴族制、民主制を区別する。これに対して後者の分類は「国家がその絶対権力をいかに行使するか」を顧慮し、国制を共和制または専制に分類する。

共和制は執行権（政府）の立法権からの分離という国家原則であるのに対し、専制は国家が自分で立法した法律を自分で執行するという国家原則である。従って、この際に法を制定するのは公的意志ではあっても、統治者がその公的意志を自分の私的意志として取り扱う限りでのことである（AA VIII 352）。

引用した箇所において君主制または貴族制だけが問題となっているのであれば、この箇所を理解するのは容易であろう。一人ないし幾人かが執行権を独占しているような国家が（Aの定義による）共和制の三つの原則に適合して共和的であると称するためには、立法権が執行権から分離され国民の一般意志に譲渡されねばならない。ゆえに先の引用は以下のような問いを呼ぶであろう。民主制国家が共和的であるためには、立法権を執行権から分離するのではなく両者を統一するべきではないか、という問いである。というのも、Bの定義によれば民主制は、全ての国民が既に執行権を所有しているという「支配の形式」を特徴とするからである。しかしながら、カントならばこの問いに否と答えたに違いない。なぜなら彼は、本章の冒頭で触れたように「言葉の本来の意味における民主制」を必然的な専制に分類しているからである。その根拠は以下のように述べられている。

国家の三形態のうち、言葉の本来の意味における民主制は必然的に専制である。というのも、民主制が設立する執行権においては、全員が個人について決定し、場合によってはさらに個人に逆らって決定するのであって（従ってこの個人は賛成していない）、したがってそこでは全員ではない全員が決定するからである（da alle über und allenfalls auch wider Einen (der also nicht mit einstimmt), mithin Alle, die doch nicht Alle sind, beschließen）。これは一般意志の自己矛盾でありまた自由との矛盾である。

つまり代表制（*repräsentativ*）でない統治形式はどれも本来ゆがんだ形式（eine *Unform*）である。というのもその場合同一人格において立法者が同時にその意志の執行者でありうることになるからである（それは理性推理において、大前提の普遍が同時に小前提における特殊の普遍への包摂であるのと同様に不可能な話である）（AA VIII 352）。

カントはAの定義で共和制を、一般意志（公的意志）による立法に唯一適合した国家形態と呼んでいるが、執行府に関しては一般意志による決定の可能性を排除している。しかし立法権による決定と執行権による決定とは何が違うのだろうか。カントは先の引用の最後で政治的決定と論理判断の類比を用いてこの差異を明らかにしようとしている。カントによれば、立法権による決定と執行権による決定との関係は、「大前提の普遍」と「小前提における特殊の普遍への包摂」との関係と同じである。この類比は以下のように理解できる。立法府では法律が普遍的なものとして決定されるのに対して、執行府では個別の事例が特殊なものとして普遍的な法律に包摂されるのであると。カントが執行権においては一般意志による決定が不可能であるとみなしているのはなぜかという問いには、この区別に基づいて以下のように答えることができる。すなわち、普遍的な法律は全ての国民を同じように拘束するべきである（共和制の第三の原則を見よ）から、この法律はさまざまな特殊利害から独立していなければならない。つまり一般意志に基づいていなければならない。執行府は反対に、普遍的なものに還元できない自分固有の利害を誰もが持ちうるような個々の特殊な事例を扱う。このことからは、執行権では多様な私的意志だけが決定できるのであって一様な一般意志が決定することはできないということが帰結する。従って民主制国家の執行府においては多様な特殊意志から妥協が導き出されるか、さもなければ多数者の特殊意志が少数者の特殊意志に優越することになる。「全員ではない全員」というカントの表現はこのことを示唆しているのである。そうすると、カントが先の引用で民主制を、「公的意志」すなわち一般意志を「統治者が自分の私的意志［すなわち特殊意志］として取り扱う」専制として非難している理由を理解するのは難しくない。民主制国家で両方の権力を独占する国民「全員」は、統一的な一般意志の主体ではなく多様な特殊意志の担い手として理解できる。[6]

前の段落では『平和論』における政治的判断の理論を分析したが、この理論からは、たとえ何人によって統治されようとも執行府においては一般意志に即して決定されることがないということが帰結する。[7] それゆえに共和制では立法府が執行府から分離されねばならない。カントは両者を媒介するために「代表制」（repräsentatives System）を提案している。[8]『平和論』の議論は簡潔でありカントは「代表制」について詳細に規定していないが、文脈から推論すると、『平和論』における「代表制」は二つの要素から成る。一方で執行権の保持者は、自分の特殊意志を、立法において表現される一般意志から自覚的に区別すべきであり、他方で前者を後者に従属させるべきである。[9]

カントは、代表制を欠いた国制は必然的に専制であると述べる一方、他方では、代表制のない国制でも「代表制の精神に即した統治様態」（eine dem *Geiste* eines repräsentativen Systems gemäße Regierungsart: AA VIII 352）は可能であるとも論じている。彼はその例として、「少なくとも、国家第一の下僕であると言ったフリードリヒ二世」（AA VIII 352）を挙げている。専制君主は、その定義によれば自分の私的意志によって法律を決定するのだが、理念としてのみ存在する人民の一般意志を自分の私的意志から区別して、後者（フリードリヒ二世の表現では「下僕」）を前者（下僕の主人）に適合させるよう試みるならば、「代表制の精神に即して」統治することができる、と言うのである。カントによれば、民主制では反対に「代表制の精神」がなおざりにされる、というのも「誰もが主人であろうとするからである」（weil Alles da Herr sein will: AA VIII 353）。おそらくカントはこの表現を以下の意味で用いているのだろう。民主制において両方の権力を掌握している意志は、すでに明らかになったように、多様な特殊意志の妥協の産物であるかまたは多数派の意志であるが、この意志は自分を一般意志（「主人」）と取り違えてしまうのである。このことからは、民主制において統治する意志は一般意志に適合しようと試みないし、それどころか一般意志と自己自身との差異を認識しないということが帰結する。[10]

『平和論』における共和制概念の中心には、諸個人の私的利害は立法から排除されねばならないという思想がある。

その際にカントは国民の道徳性に頼らない。彼にとって共和制の問題は倫理学には関わりのない単なる政治制度の問題である。彼は『平和論』の第一補足「永遠平和の保証について」(Erster Zusatz. Von der Garantie des ewigen Friedens.) において以下のように述べている。

国家創設という問題とは、とても難しいことのように聞こえるかもしれないが、悪魔から成る人民にとってすら(彼らが悟性を持ちさえすれば)可能であって、以下のような問題なのである。「一群の理性的存在者があり、彼らは全体としては自己保存のために一般的〔普遍的〕法律を要求するが、各人は密かにその法律から逃れたいとねがっている。こうした理性的存在者たちを秩序づけ彼らの政体〔憲法〕を制定することによって、彼らが私的な心情では互いに対立してもそうした心情を互いに抑制し、公的な振る舞いにおける帰結が、そうした邪悪な心情を彼らが持たないような場合と同一であるようにすること」。こうした問題は解決可能である。というのも問題は人間の道徳的改善ではなく自然のメカニズム(der Mechanism der Natur)なのである。自然のメカニズムについて例の課題は以下の点を知るように求める。すなわち、ひとは人間における自然のメカニズムをどのように利用すれば、ある人民の非平和的な諸心情による抗争を誘導して、それらの心情自身が強制的な法律への従属を相互に強要して、法律が力を持つ平和状態をもたらさざるをえないようにできるか、ということである(AA VIII 366)。

カントによれば「国家創設」に際しては「人間の道徳的改善」が問題なのではなく、人間における「自然のメカニズム」をいかに正しく利用できるかが問題である。それゆえに国家創設のための根源的契約は、「悪魔から成る人民（彼らが悟性を持ちさえすれば）」にとってさえ可能でなければならない。

二 シュレーゲル「共和制の概念についての試論」——共和制の基礎としての「道徳の共同性」

前節では、カントが共和制を、執行府の立法府からの分離として理解している理由について論じた。この権力分立の構想をシュレーゲルは「共和制論」で以下のように批判している。

「共和制は執行権を立法権から分離する国家原理である」という主張と、最初に与えられた定義〔共和制の三原則〕および「共和制は代表によってのみ可能である」［…］という命題とはいかにして合致するのだろうか——国家権力の全体が人民の諸代表（Volksrepräsentanten）の手にあるのではなく、世襲君主と世襲貴族との間で分けられて、前者は執行権を占め、後者は立法権を占めるという具合になっているのだろうか。すると分割にもかかわらず、国制は代表制ではなく、従って（著者自身の説明に従えば）専制であることになろう。そうでなくても国家官僚の世襲［…］は共和制と相容れないのだから（KA VII 13）。

カントを批判するこの議論は二つの点で注目に値する。第一にシュレーゲルはカントの権力分立の構想を、君主と世襲貴族という二つの世襲権力の併存と言い換えている。従って彼は権力分立を、人民の世襲諸身分への分割に対応した制度として解釈しているのである。第二にここでは代表制の概念が『平和論』とは別様に理解されている。シュレーゲルは「国家権力の全体」を「人民の諸代表」（シュレーゲルは別の箇所で「代議士と委員会」（Deputierte und

Kommissarien: KA VII 17）と表現している）が掌握することを共和制であるとみなしている。この二つの観点からは、一国の人民が統一された全体を成すならば、「人民の諸代表」が国家権力の全体を占有するべきであるという立場をシュレーゲルが取っているという結論が引き出される。彼はこの立場から、「人民の一般意志が特定の期間ある一人に国家権限の全体を委任する（übertragen）こと（譲渡する（abtreten）ことではなく）を決定することは政治的に可能である」と述べて、一定期間の全権委任という形式の独裁制を共和制的な形式の代表制として正当化している。シュレーゲルは「共和制的」独裁制を規定する際に、権力分立の必要性について論じているが、彼が言っているのは、様々な「政治的人格」（*politische* Personen）への諸権力の分割であり、シュレーゲルによればそれらの権力を同時に「一つの物理的人格」（eine physische Person）が担うことは矛盾なく許されるのである（ebd.）。

カントの権力分立の概念に対するシュレーゲルの論難はある問いへと導く。すなわち、シュレーゲルの理論において一般意志は存在しうるのか、というものである。この問いは不可避である。なぜなら、『平和論』において権力分立は、一般意志による立法のための不可欠の条件として非常に重視されているからである。「共和制論」のシュレーゲルは、以下に引用するように、一般意志の「近似値」となりうるような「経験的意志」を、「擬制」によって一般意志として通用させることを解決策として呈示している。

しかしいかにして共和制は可能であろうか。というのも、一般意志は共和制の必然的条件であるが、絶対的な一般意志（従って絶対的に固定された意志）は経験の領域では現れえず純粋な思考の世界でのみ存在しえるのだから。個別的なものと普遍的なものはそもそも無限の隔たりによって分かたれており、これを超えて彼方へと渡るには死の跳躍をもってするしかない。この際、アプリオリに考えられた絶対的な一般意志の代替（*Surrogat*）

として、経験的な意志を擬制（eine *Fiktion*）によって通用させるしかない。そして、政治的問題の純粋な解決は不可能であるから、この実践的Xの近似値（die *Approximation* dieses praktischen x）によって満足するしかない（KA VII 16）。

ここでシュレーゲルが提案する「擬制」とは結局のところ多数決原則に他ならない。そしてこの原理を彼は「民主制」と呼んでいる。

唯一有効な政治的擬制は、平等の法則に依拠した擬制である。すなわち、多数者の意志が一般意志の代替として通用すべきである。従って共和制は必然的に民主制なのであって、民主制は必然的に専制であるという証明されざる逆説が正しいことはありえない（KA VII 17）。

ここで補足しておくべきは、シュレーゲルはその世界史観において多数派の経験的意志がアプリオリな一般意志へ不断に接近することを前提としていることである[11]。この点で彼は、「研究論」（および「研究論」序論）において展開している、芸術の「無限の完全化可能性」の構想を、政治の領域においても堅持している。それを踏まえてもなお「共和制論」における「政治的擬制」は、『平和論』においては注意深く予防されている多数派の専制に対して無防備であるように見える。

確かにシュレーゲルが多数派の専制の危険について考慮している箇所もある。彼は非世襲の「貴族身分」（das Patriziat）の導入を提案しており、その原則は「票の有効性を、数に即してではなく重みに即して（nach dem *Gewicht*）決定する（つまり、各個人が意志の絶対的普遍性に近似している程度に即して決定する）」（KA VII 17）というものである。この貴族身分に属するのは「その人の私的意志が、推定される一般意志にとりわけ近い、そのような人々」であり、「政治的貴族」（*politische Edle*）と呼ばれる。シュレーゲルによれば、彼らの票はその他の人々の票よりも重視されねばならない。しかし実際のところ、「貴族身分」によって多数派の専制の危険が取り除かれるわけではない。なぜなら依然として「人民の多数派」（Volksmehrheit）が、誰が「政治的貴族」に選ばれいかなる権力を持つべきかを決定せねばならないからである。

しかしシュレーゲルの理論のナイーヴさを批判するだけでは、彼の政治理論の特殊性を正当に判定することはできないであろう。その一例を以下に挙げよう。シュレーゲルは、カントが『平和論』で、代表制を欠いている点で古代民主制を批判していることを、「的はずれ」（schief）な判断であるとして、以下のように述べる。

> 道徳の共同性（*Gemeinschaft der Sitten*）という点において近代人の政治的文化は古代人のそれに対し未だ子供時代にあり、いかなる国家も未だ英国を上回る量の自由と平等に到達していない。ギリシア人とローマ人の政治的形成についての無知が人類史における名状しがたい混乱の源であり、近代人の政治哲学にとっても大きな不利益となっている。この点に関して近代人は古代人からまだ多くのことを学ばねばならない（KA VII 18）。

シュレーゲルによれば、近代人は古代人の政治制度の不完全性を批判するよりもむしろ古代人の「政治的形成」、とりわけ彼らの「道徳の共同性」を模範とすべきである。[12] そうした主張の背景には、国制の不完全性は共同体の統一によって補足されうるという考えがある。この統一によってのみ「政治的擬制」の多数決原則は多数派の専制に移行する危険から免れるというのである。したがって、「共和制論」で構想された民主制的共和制は、共通の「道徳」を持つ文化的に同質な共同体の存在を前提としているのである（第一章で見たように、「研究論」では「公共的な道徳」が「公共的な趣味」の前提であるとされていた）。「共和制論」におけるこうした前提は、「政治的命法」の「実践的命法」からの導出にも見て取れる。後者（「自我が存在すべきである」（das Ich soll sein: KA VII 15））では他者への関係を度外視した個々の人格が問題となっているのに対して、前者では共存する人間相互の関係が問題となっており、この命法は「人類の共同体が存在しなければならない。つまり自我が共有されねばならない」（*Gemeinschaft der Menschheit soll sein, oder das Ich soll mitgeteilt werden*: ebd.）というものである。このように古代人の「道徳の共同性」がシュレーゲルにとって政治的命法の模範となっていることは明らかである。

シュレーゲルにとって共同体の同質性が国制の完全性よりも優越していることのもう一つの例は、「共和制論」における抵抗権擁護の議論に見出される。そこでシュレーゲルは、二種類の権力を区別している。一方で「構成された権力」（die konstituierte Macht: KA VII 25）は、立法府、執行府、司法府といった諸制度に体現されるが、他方で「構成する権力」（die konstitutive Macht: KA VII 18）は諸制度に先行しそれらを創設する。政府の諸制度に対する人民の「反乱」（Insurrektion）は構成する権力の「独裁的」で「暫定的」な行使と定義され、「独裁官が自分の権力を決められた期間を超えて保持する場合、また構成された権力が構成行為すなわち自己の正当な存在の基礎を破壊し、従って自己自身を破壊する場合、等々」（KA VII 25）に反乱は許容されねばならないとされる。

ここで一つの問いが立てられねばならない。シュレーゲルが古代に見出していると信じている共同体の統一性が、近代人――その「政治的形成」は「古代人のそれに対して未だ子供時代にある」（KA VII 18）――にとって所与ではなく将来到達すべき目標であるならば、近代人の現在の政治的形成にとってはいかなる国制が適しているのだろうか。

これに対する答えは以下のようなものである。

> 統治の形式が専制的であるが、精神は代表制的つまり共和制的である［…］ならば君主制が成立する。偶然公正な君主に専制的権限が委ねられることもありうる。その公正な君主は共和制的に統治するにもかかわらず専制的な国家形式を維持するかもしれない。というのもそれは、ある国家の政治的文化の段階あるいは政治的状況が暫定的な（従って専制的な）統治を至極必然的にし、また一般意志自体がそれを承認できるであろう、そのような場合だからである。君主制の基準（君主制が専制から区別される基準）は共和制の最大限可能な促進である。君主の私的意志が意志の絶対的一般性に近似する度合いが君主制の完全性の度合いを定める。共和制の原理がまだ子供時代にあるか（太古の英雄時代のように）、あるいはまったく死に絶えているか（ローマ皇帝の時代のように）、そうしたいくつかの段階の政治的文化には君主制の形式が完全に適している。また君主制の形式は、フリードリヒやマルクス・アウレリウスのような、稀ではあるが実在する例において至極明白で大きな利点をもたらす（KA VII 20）。

未熟な、あるいは堕落した政治文化にとっては民主制よりもマルクス・アウレリウスやフリードリヒ二世のような「公正な君主」による専制が適しているというのである。「公正な」君主の「擁護」に関して言うと、『平和論』と「共和制論」の間には一見違いがないように見える。しかし、ある国制が人民にとって適切かどうかはその人民の政治文化に左右されるという「共和制論」のテーゼは、『平和論』には見出すことができない。『平和論』によれば専制君主制は代表制の導入によって制度的に共和制へと改革されるべきであるが、「共和制論」における「公正な」君主は、共和制の道徳的基盤としての政治文化を促進するという人民の教育者の役割を演じている。これについては、シュレーゲルは未だ存在しない統一された共同体の代わりに「公正な」君主に構成する権力を担わせていると言える。第一章との関係で付言すれば、「研究論」においては、ゲーテという個人の作品があたかも古代の「自然的形成」の再来の兆候であるかのように記述されていたが、「共和制論」の「公正な」君主は、政治の領域において古代ギリシアの共同体の復興を促進する役割を担っていると考えられる。

以上のように「共和制論」の政治理論を分析することで、「共和制論」と『平和論』は政治と道徳との関係について対立する立場に立っているということが結論づけられる。前節で明らかになったように、カントにおいて政治の問題は道徳から切り離されている。「国家創設という問題とは、とても難しいことのように聞こえるかもしれないが、悪魔から成る人民にとってすら(彼らが悟性を持ちさえすれば)可能である」(AA VIII 366)。これに対してシュレーゲルは、道徳的に同質な共同体の構成する権力に政治制度の構成された権力を従属させているように、道徳による政治の基礎づけを構想している[13]。しかしシュレーゲルの構想の弱点は、「道徳の共同性」が古代に投影された理想に過ぎず現実には存在しない点にある。この理想的共同体の不在がシュレーゲルの共和主義の逆説的な構造の原因である。すなわち、彼は民主制を擁護して議論しているにもかかわらず、その実現を不特定の将来に先送りしているのである。

シュレーゲルがこの矛盾をいかに解決したかは、一七九八年の「アテネーウム断片」第三六九番に表されている。結論ではこの断片をシュレーゲルの共和主義の帰結として分析する。

結語 「国家の可視的な世界霊」としての君主

以下が当該の断片である。

代議士（Der Deputierte）は代表者（der Repräsentant）とは全く異なるものである。代表者とは、自分の人格において政治的全体を表現する——いわば政治的全体と同一になるという仕方でそれを表現する（das politische Ganze in seiner Person, gleichsam identisch mit ihm, darstellt）——人物に他ならず、選挙で選ばれても選ばれなくてもよいのであり、彼はいわば国家の可視的な世界霊（die sichtbare Weltseele des Staats）である。明らかにこの観念はしばしば君主制の精神であったが、この観念がスパルタほど純粋かつ首尾一貫して実行されたところはおそらくないだろう。スパルタ王たちは同時に最高の神官、軍の指揮官、公教育の長官であった。彼らは本来の行政とはあまり関わりがなかった。というのも彼らはあの観念の意味における王以外のものではなかったからである。神官、司令官、教育者の権力はその本性からして無規定的で総合的（universell）であり、多かれ少なかれ合法的専制（ein rechtlicher Despotismus）である。合法的専制は代表の精神によってのみ緩和され正当化されうる（KA II 232f.）。

「共和制論」と比較してまず目につくのは、代表者の概念が異なる意味を持っていることである。前節で示したように、「共和制論」における代議士は代表者の概念に含まれており、その際に代表者は、「代議士と委員会」（KA VII 17）にせよ、「共和制的」独裁官にせよ、人民の多数派によって選出されねばならない、という仕方で制度化されている。引用した断片ではこれと反対に、代表者は代議士から区別され、前者は選挙と本質的な関係を持たない。「アテネーウム断片」第三六九番における代表者と代議士との違いを明確にするために、「共和制論」における構成された権力と構成する権力の概念対を利用することができる。代議士は構成された権力の担い手として「本来の行政」に従事する一方、代表者は構成する権力を体現する。というのも代表者の権力には戦争、宗教、教育の最高決定権が含まれているので、共同体の存立はその権力に左右されるからである。この観点からすると、先の断片における代表者は、「共和制論」における、存在しない統一された共同体の代わりに構成する権力を行使すべき「公正な」君主と同一であるとみなしうる。

しかし両者の間には重要な差異がある。確かに「共和制論」において君主制は正当化されているが、あくまでも「公正な」君主が共和制に適合する政治文化を促進する限りのことである。したがって君主制は、将来民主制的共和制の創設によって取って代わられるべき暫定的な国制として規定されている。これと反対に、「アテネーウム断片」第三六九番では代表者が「政治的全体」を代議士よりもよく表現し、それどころか比喩的に「国家の可視的な世界霊」と呼ばれうると明言されているという点において、代表者は単に暫定的な意味を持ってはいない。この比較からは、「共和制論」では不特定の将来に先送りされているけれども政治文化の歴史的発展の目標として規定されていた民主制的共和制の理念が、二年後には目標としての地位を失い、以前はこの目標によってのみ許容されていた専制君主が本来の（もはや暫定的ではない）代表者の地位を占めている、という結論を導くことができる[14]。

「共和制論」と「アテネーウム断片」第三六九番との間には確かに政治理論の重要な変化が認められるが、この変化は、民主制的共和制を擁護する議論がその実現の先送りの口実を含んでいるという、シュレーゲルの共和主義の内的な矛盾の必然的な帰結として理解されねばならない。この理由からこの章の最初に立てた問いには以下のように答えねばならない。すなわち、従来シュレーゲルの反動への政治的転向と思われているものは、実際には彼の共和主義の首尾一貫した展開であって、一見すると人民主権の擁護であるように見える「共和制論」の議論からは全ての権力を唯一の人格へ無条件に譲渡することの弁明が成立しえたのである。これに対して、カントは『平和論』で断固として権力の分立に固執したのである。

註

（1）イマヌエル・カントの著作は以下の著作集から引用し、［ ］内の略号によって示す。

［AA］Immanuel Kant: Kants Werke: Akademie Textausgabe. Hrsg. von der Preussischen Akademie der Wissenschaften. 1902ff. Reprint: Berlin（de Gruyter）1968.

さらに以下の電子テクストを参照した。

Kant im Kontext PLUS. Berlin（Karsten Worm）1997.

Deutsche Literatur von Lessing bis Kafka. Ausgewählt von Mathias Wertram. Berlin（Directmedia）1998.

また以下の日本語訳を参照した。

『カント全集』、岩波書店、一九九九年―二〇〇六年

宇都宮芳明訳、『永遠平和のために』、岩波文庫、一九八五年

小倉志祥訳、『カント全集　第十三巻（歴史哲学論集）』、理想社、一九八八年

原佑訳『純粋理性批判』、平凡社ライブラリー、二〇〇五年

（2）例えばカール・シュミットは『政治的ロマン主義』においてシュレーゲルの革命派から反動への転向に言及している。彼によればこの転向は「機会原因主義的態度の帰結」、すなわち受動性の表れである。「革命が現存している限り、政治的ロマン主義は革命派であり、革命の終結とともに保守的になる」（Carl Schmitt: Politische Romantik. Berlin（Duncker & Humblot）1919[1], 1925[2], S. 160.）。マンフレート・フランクは革命派のロマン主義者の詳細なリストを示している（Manfred Frank: Wie reaktionär war eigentlich die Frühromantik? In: Athenäum. Jahrbuch für Romantik. 7. Jg. Paderborn（Schöningh）1997, S. 141-166.）。

（3）カントとシュレーゲルの政治理論の比較は以下の論考でも詳しく行われているが、シュレーゲルの『共和制論』における個人による独裁の問題には触れられていない。フレデリック・バイザー（杉田孝夫訳）『啓蒙・革命・ロマン主義』、法政大学出版局、二〇一〇年。

（4）カントの政治理論では男性名詞の「国民」（Staatsbürger）だけが用いられるが、それは彼が能動的国民と受動的国民を区別してい

ることに基づく。『人倫の形而上学』四六節では受動的国民が以下のように規定されている。「商人や手工業者の所の職人、被雇用者（国家に雇用されている者を除く）、（自然としての、あるいは市民としての）未成年、全ての女性、そしておよそ自分の経営によるのではなく（国家以外の）他人の指図によって自分の生存（生計と保護）を維持せざるを得ないあらゆる人には、市民としての人格が欠けており、この者の存在はいわば内属（Inhärenz）に過ぎない」（AA VI 314）。これに対してシュレーゲルは、女性であるということは、ある人格に全く投票権を認めないことの合法的な根拠ではないと主張している（KA VII 17）。

（5）オトフリート・ヘッフェはこの文における完了形（「与えることが可能であった haben geben können」）を、ある国民の同意が直接的にではなく間接的に代表者を通じて与えられるというように解釈しているが（Otfried Höffe: "Königliche Völker". Frankfurt a. M.（Suhrkamp）2001, S. 210f.）、そうした解釈には根拠がない。ここでカントは、ある法律が議決される場合には、いかなる国民も、賛成ないし反対の意思表示をする機会を自分自身が持つべきであると述べているのである。ヘッフェの誤解の背景には、『平和論』における共和制を議会制的民主制として再構成しようという彼の意図がある。

ただし、彼の議論の趣旨についてはやや立ち入って検討する必要があると思われる。彼は『平和論』における共和制の第一の原則（自由の原則）について以下のように述べている。

「この第一の基準［自由の原則］は、極めて厳格な立場に由来する合意理論に、すなわち正当化に関する個人主義（ein legitimatorischer Individualismus）に対応している。これは、誰であれ当事者の同意を――より正確には、同意に値するということ（»geben können«）［この丸括弧による補足はヘッフェによる］――を要求するものである［…］。カント自身が以下のように解きほぐしているわけではないが、第一の基準はそれ自体の内で二つに分かれている。当事者が重要であるということの意味は、形式的には、権力の全体が究極的には当事者に、つまり国家理論の意味での人民（Volk）に由来するということである。そして、外的法律が――しかも全ての外的法律が［…］――同意に値するのでなければならない、ということの意味は、基準は形式的にのみならず実質的にも満たされるべきであるということである。いかなる法律も、それが当事者の同意に値することを示す立証責任を負っている［…］。そして、カントは『私』とか『私の』賛同と言っているのであるから、この基準は集合的（kollektiv）にではなく配分的（distributiv）に理解すべきである。問題となっているのは誰であれ個別の当事者の同意であって、総体としての当事者全員の同意ではない。」（Höffe: "Königliche Völker". S. 210f.）

「カントは単に原則的な意味で同意について考えているのかもしれない。つまり、法律、特に憲法の条項は全ての面で同意し得るものでなければならない、というように。しかし彼は、共和制が平和を志向することの解釈において国民の『賛同』を要求している［…］。つまり、開戦の決定のように重要な政府の決定は国民の実際の同意を必要とするということであり、これによって民主主義は既にカントにおいて強い意味での参加民主主義の性格を含んでいる。［…］従ってカントの共和制は共同体主義的な共和主義よりもかなり要求の高い民主的立憲国家――自由で法治国家的であり参加的な民主主義――に対応している。従って今日の政治学者が共和制の平和志向についてのカントのテーゼを今日の民主制に適用しているのは不当ではない。しかし彼らはその適用を限定して、最も狭い意味での民主主義、つまり単なる人民主権では十分ではないと付け加えるべきだろう。」(ebd. S. 212f.)

ヘッフェは haben geben können と言う表現を、あらゆる国民の実際の同意ではなく「同意に値すること」(Zustimmungswürdigkeit)と解釈しており、ここで彼は代表者による間接的な同意を念頭に置いていると考えられる。それゆえに彼は『平和論』における共和制を「今日の民主制」すなわち議会制民主主義に対応するものとみなしているわけだが、彼の議論の趣旨は、『平和論』における共和制が積極的な国民の関与を前提としているという「要求の高」さを強調することにある。この点に関してヘッフェの議論は評価できる。

ただしヘッフェは『平和論』の共和制における「配分的」な「正当化に関する個人主義」について論じているが、この解釈には問題があろう。なぜなら、以下に本文で詳論するように、『平和論』では立法権と執行権の分立が極めて重視されているのだが、その根拠になっているのはカントがルソーから受容した「一般意志」と「特殊意志」(および特殊意志の総計としての「全体意志」)の区別だからである。ヘッフェの解釈ではこの区別が曖昧になっているように思われる。以下も参照。Höffe: Demokratie im Zeitalter der Globalisierung. München (Beck) 1999. S. 53ff.

(6)立法権は普遍的なものに関係し、執行権は特殊なものに関係するというテーゼは、すでにアリストテレスの『政治学』に見られる。「[…] というのも法律が凡ての普遍的なものを支配し、役人はただ個々の特殊のものを支配すべきで、かかるものこそ国制であると判断すべきであるからである。」(山本光雄訳「政治学」(『アリストテレス全集』第十五巻、岩波書店、一九六九年)、一五九頁)

(7)従ってカントは『社会契約論』におけるルソーの以下のテーゼを取り入れている。「一般意志は [...] 特殊な対象を持つとその性質を変えるのであり、一般意志としては一人の人間についても一つの行為についても判定することができない」(Jean-Jacques Rousseau: Du Contrat Social; Écrits politiques. Édition publiée sous la direction de Bernard Gagnebin et Marcel Raymond. Paris (Gallimard) 1964, p. 374)

(8)近年の研究には、『平和論』の第一確定条項における民主制の批判を、直接民主制だけを批判し議会制の間接民主制を正当化する議論として解釈する傾向が見られる(以下を参照。Georg Cavallar: Pax Kantiana. Wien u.a. (Böhlau) 1992; Volker Gerhardt: Die republikanische Verfassung. Kants Staatstheorie vor dem Hintergrund der Französischen Revolution. In: Deutscher Idealismus und Französische Revolution. Vorträge von Manfred Buhr u.a. Trier (Karl-Marx-Haus) 1988; Ders.: Immanuel Kants Entwurf ›Zum ewigen Frieden‹. Darmstadt (Wissenschaftliche Buchgesellschaft) 1995.)。こうした解釈は、カントが「代表制」を提案していることに基づいている。しかしカントは『平和論』において、立法権と執行権との分離との関係で代表制を提案している。彼は全国民が立法府を

保持することを要求しており、代表制の機能は執行府にしか認めるつもりがない。それゆえに『平和論』における代表制は、執行権も立法権も代表者に委譲される今日の意味での代表制民主主義とは異なるものとして理解されねばならない。以下を参照。インゲボルク・マウス（浜田・牧野訳）『啓蒙の民主制理論——カントとのつながりで』、法政大学出版局、一九九九年。

この点でカントの代表制概念は『社会契約論』におけるルソーのそれと一致している。「法は一般意志の表明に他ならないのであるから、立法権において人民は代表され得ない、ということは明らかである。しかし執行権は法へ適用される力に他ならないのだから、執行権において人民は代表され得るし、代表されねばならない」（Rousseau: Du Contrat Social, p. 430.）。

確かにカントは『人倫の形而上学』の法論で（執行・立法・司法の）どの権力についても代表制を議論しており、これは現代の代表制民主主義のモデルに適合している。しかし『平和論』における代表制の概念は『人倫の形而上学』におけるそれと同一ではあり得ない。なぜならそれらを同一化してしまうと、『平和論』の文脈におけるこの概念の意味が覆い隠されてしまうからである。

（9）フィヒテは一七九六年に『平和論』の書評において、権力分立と代表制についてのカントの説を取りあげて、「自分の表現をカントのそれに付け加える」ことを試みている。しかし実のところ彼はカントの理論の補足というよりもむしろ自分自身の構想を示している。（Johann Gottlieb Fichte: Sämtliche Werke. Hrsg. von J. H. Fichte. Berlin (de Gruyter) 1965, Bd. 8, S. 431ff.）。確かにフィヒテはカントと同様に執行権を一人の人格ないし一つの団体（Corps: S. 432）に委譲することを求めているが、彼が執行権に対置するのは立法権ではなく「監督官」（Ephorat）の権力である。「監督官」は、「自由と法が危殆に瀕しているとみなす場合」には「それについての審判に人民を招集する」、「もう一人の行政官」（S. 433）として規定されている。立法に関してフィヒテは、全ての国民による投票は不要であるとみなしている。なぜなら、彼によると実定法は純粋な理性とそれぞれの国家の経験的状況（「国家において統合されている人間の数、彼らが占有している地域、彼らが従事している生業の分野」）から矛盾なく導き出せるからである（S. 432）。『自然法の基礎』（一七九六年）では同じ思想がより詳細に叙述されている（Sämtliche Werke. Bd. 3, S. 160ff.）。

（10）こうした議論からは、民主制における専制は君主制における専制よりも劣悪であるというテーゼが帰結する。「唯一者の主権のもとでの専制はそれでも全ての専制のうちで最も耐えやすい」（AA VIII 353）。それゆえにカントによれば古代民主制における専制は必然的に解体して唯一者の専制に移行したのである。おそらく彼はマケドニアによるギリシアの征服を示唆していると思われる。

（11）シュレーゲルとカントの政治的歴史哲学の比較は以下に見られる。Friederike Rese: Republikanismus, Geselligkeit und Bildung. Zu Friedrich Schlegels "Versuch über den Begriff des Republikanismus." In: Athenäum. 7. Jg. 1997, S. 37-71.

（12）一七九六年頃シュレーゲルはギリシア文学研究の傍ら古代の政治を研究していたのであり、この主題について大著を公刊する意図を持っていた。ハンス・アイヒナーによるKA VIIの序論を参照（S. XIXff.）。

（13）クラウス・ペーターは、カントは『平和論』で目的論的な自然概念によって「共和制を一人一人の個人に関わりなく定義した」が、シュレーゲルは「共和制論」で「あらゆる個人が自己を伝達することによって政治的過程に参画する」ことを要求した、と述べている(Klaus Peter: Stadien der Aufklärung. Moral und Politik bei Lessing, Novalis und Friedrich Schlegel. Wiesbaden (Athenaion) 1980, S. 143.)。

(14) この解釈に対しては以下のような反論がありえよう。シュレーゲルは「アテネーウム断片集」においても民主制的共和制の理念を堅持しており、「アテネーウム断片」第二一四番では、以下に引用するように、「完全な共和国」はまずもって民主制でなければならないと述べているのではないかと。

「完全な共和国は民主制であるだけではなく、同時に貴族制でもあり君主制でもなければならないだろう。つまり、自由と平等の立法の内部で、形成されたもの[教養ある者]が形成されざるもの[無教養な者]に対して優位を占めて指導し、一切が一つの絶対的な全体へと組織されねばならないだろう。」(KA II 198)

しかしこの断片では、共和制が民主制であるのは「自由と平等の立法」という点に限定されており、むしろ重点は、「形成されたもの」が「形成されざるもの」を指導するという「貴族制」と、「絶対的な全体への組織」という「君主制」の原理の方である。

この三つの政体の統合という構想は、一八〇〇年から翌年にかけての「超越論哲学」講義でより詳しく論じられている。シュレーゲルは「国家の諸形式」である民主制、貴族制、君主制には、それぞれ異なる「政治権力」が「政治的質料」として対応すると述べている(KA II 89)。民主制には、「絶対的決断の権利」を持つ「構成する権力」が対応するが、これは単に許可を与えるだけの権力であるため「消極的」権力である。これに対して君主制には、「全体それ自体を表現する」という「代表権力」(die repräsentative Gewalt)が対応する。シュレーゲルによれば、「個別的なものへと関係づけられた全体」である君主は「積極的」権力を持つ。そして君主制と民主制の中間項である貴族制には、「執行権力」が対応する(これら三種類の権力はどれも「立法的」(gesetzgebend)であるという理由によって、独立した権力としての「立法権」は否定されている)。この議論においても力点は民主制ではなく貴族制と君主制にあり、「いかなる共和国も貴族制である」、また「積極的なもの[個別的なものとしての君主]が全体に関係づけられていなければ、民主制は存在しないだろう」とも言われる。

さらに以下に引用する「アテネーウム断片」第三七〇番からは、断片第二一四番のように民主制的共和制の中で「指導」と「絶対的な全体への組織」という貴族制、君主制的原理を推進するならば、結果として民主的共和制の外観だけが残り、実質的には絶対君主制に帰着するというシュレーゲルの認識が読み取れる。

「一切の本質的なことは官房によって秘密のうちに起こり、議会には形式について華やかに公的に論じたり争うことが許されている、そのようなところは絶対的な君主制ではないだろうか。従って絶対的な君主制は、無知なものには共和制に見えるかも知れないような種類の国制をもちうるだろう。」(KA II 233)

第三章　シラーの「情感的」概念のシュレーゲルによる受容
——「関心を惹く文学」から「ロマン的文学」へ

序

前章では、シュレーゲルの「共和制論」とカントの『平和論』の比較を通して、シュレーゲルの政治理論のうちに、政治制度を道徳の共同体に基礎づける立場と、不在の共同体の全体性を先取りする君主の精神に基礎付ける立場とが共存し、前者が逆説的に後者を正当化する関係にあることを指摘した。さらに「アテネーウム断片」第三六九番では、君主はもはや民主制的共和制の実現までの暫定的存在ではなく、「国家の世界霊」としてそれ自体が（何かの代替としてではなく）国家の全体性を代表する存在とみなされていることも指摘した。

第三章では、シュレーゲルの文学理論において、芸術創造のための前提条件が、もはや趣味の共同体ではなく、創造する個人の精神の潜在的な無限性とみなされるようになる過程を追跡する。この過程において重要な役割を果たしたのは、シュレーゲルがシラーから受容した「情感的」の概念である。シュレーゲルは一七九五年成立の「研究論」においては「関心を惹くもの」を「個別的なもの、独創的なもの」の描写として否定的に評価していたが、シラーの「情感文学」論を受容することによって「研究論」序論では「関心を惹くもの」をむしろ積極的に評価するようになり、さらにシラーが「情感文学」を論じる際の用語を利用して、一七九八年の「アテネーウム断片集」および一八〇〇年の「文学についての会話」（Gespräch über die Poesie）では、「超越論的文学」および「ロマン的文学」の理論を形成したのである。

シュレーゲルの「研究論」と、フリードリヒ・シラーの「素朴文学と情感文学について」(Über naive und sentimentalische Dichtung)[1]とは、十八世紀末の美学理論の枠組みにおいて新旧論争を取り上げ直し、ヨーロッパの古代文学と近代文学を対比した歴史哲学的考察である。シラーの「素朴文学と情感文学について」は一七九五年から九六年にかけて公にされ、またシュレーゲルの「研究論」は一七九七年に公刊されたことから、シラーからシュレーゲルへの影響関係が推測されたこともあった。しかし両者の直接の影響関係は、現在の研究においては否定されている。というのも「研究論」の草稿は既に一七九五年には書き上げられ印刷にまわされていたことが明らかになっているからである。[2]

しかしこのことは、シュレーゲルに対するシラーの影響は全くなかった、ということを意味するのではない。「研究論」よりも後の時期におけるシュレーゲルの芸術論には、「素朴文学と情感文学について」との関係を示唆する箇所が多々見られる。それ故、「研究論」以降のシュレーゲルと「素朴文学と情感文学について」との関係は多かれ少なかれ多くの研究において指摘されている。その最たるものは、ラブジョイの論文「シラーとドイツ・ロマン主義の成立」であろう。[3] 彼によれば、「研究論」の段階で近代文学を「関心を惹く文学」として否定的に規定していたシュレーゲルが「ロマン的文学」の理論へと移行した背景には、近代文学を「情感文学」(die sentimentalische Dichtung)として積極的に規定するシラーの理論を受容したことがある、という。そこからラブジョイは、シラーの「情感文学」とシュレーゲルの「ロマン的文学」との間に、無限性の追求という点で共通するものをみた。この論考は今から半世紀以上前に著されたものだが、この見解自体は現在でも首肯できる。ただしラブジョイは、「情感文学」で求められる無限性が道徳的な理想化である一方、「ロマン的文学」で求められるそれは自然と生との無限な多様性の描写のことを指すと論じている。このような彼の解釈は、現在の研究水準に照らせば、「ロマン的文学」をある種のリアリズム文学に限定するものとして批判されるだろう。

これに対して、ドイツ初期ロマン主義の文学理論に関する戦後の代表的な諸研究は、シュレーゲルの膨大な未公刊断片を分析して彼自身の理論の内在的な理解をはるかに押し進めたが、逆にシラーの理論をシュレーゲルがいかに摂取したかという問題にはあまり焦点を当ててこなかったように思われる。このことはとりわけ、シュレーゲルの著作および未公刊断片における「情感的」(sentimental)という言葉の用法に関して指摘できる。[4]「情感的」という言葉はシュレーゲルの未公刊断片において頻出し、彼の代表作の一つである「文学についての会話」の一部を成す「小説《ロマーン》についての書簡」(Brief über den Roman)において、枢要な位置を与えられている。「文学についての会話」において書簡の書き手であるアントーニオは以下のように述べている。

> 私の目から見ると、そして私の用語法からすると、私たちに対して情感的な素材を想像的な形式で表現するものこそがまさにロマン的です(nach meiner Ansicht und nach meinem Sprachgebrauch ist eben das romantisch, was uns einen sentimentalen Stoff in einer fantastischen Form darstellt)(KA II 333)。

主要な研究文献において、この箇所の「情感的」という言葉はシュレーゲル独自の用法とみなされており、シラーにおける「情感文学」との関係は軽視されている。[5]たしかに一見するとこの箇所での「情感的」(sentimental)という言葉の用法には、シラーにおける「情感的」(sentimentalisch)の用法の痕跡を見ることは出来ないように思われる。しかし、後に詳述するように、一七九七年の出版に際して書かれた「研究論」の序論において、シュレーゲルはシラーの「素朴文学と情感文学（sentimentalische Dichtung）について」を指して「情感詩人（der sentimentale Dichter）についてのシラーの論文」（KA I 209）とよび、sentimental と sentimentalisch の両者を区別なく使用しているので、シラーの用語とシュレーゲルの用語との連関を問うことには十分な理由がある。本論考では、こうした問題意識に従って、シュレーゲルの思想の変化をたどっていく。まず第一節では準備的考察として、シラーの「情感文学」論と、シュレーゲルの「研究論」における「関心を惹く文学」（とりわけその頂点としての「哲学的悲劇」）の規定とを概括する。というのも、シュレーゲルは「研究論」序論において、シラーにおける「情感文学」を「関心を惹く文学」の理論の枠組みを用いて再定義しようとしているからである。第二節ではこの「研究論」序論における議論をより詳細に分析し、第三節では、「アテネーウム断片」第二三八番を検討する。そこでは「研究論」序論で「情感的」概念を受容する際に提示された論点が、「超越論的文学」（Transzendentalpoesie）の理論として新たな展開を示しているからである。第四節ではそれまでの検討を踏まえたうえで、「小説《ロマーン》についての書簡」における「情感的」概念を解釈する。以上の考察を通して、シュレーゲルが如何にシラーの理論を受容し、独自の仕方で変形していったのか。更に、そのことによってシュレーゲルの文学理論がどのように変容していったのかについて、明らかにする。

一　シラーにおける「情感文学」とシュレーゲルにおける「関心を惹く文学」

序で述べたように、シュレーゲルは「研究論」を一七九七年に出版する際に「序論」を付け加えたが、この「序論」においてて初めて、シュレーゲルは「情感的」という言葉についてまとまった考察を行っている。その際注目すべきは、シュレーゲルが「情感文学」と「関心を惹く文学」とを密接に関連づけていることである。「研究論」序論でシュレーゲルは、「研究論」本文の手稿を印刷にまわした後で「素朴文学と情感文学について」を読んだことに言及して以下のように述べている。

> 情感詩人についてのシラーの論文（*Schillers Abhandlung über die sentimentalen Dichter*）は、関心を惹く文学の特性に対する私の洞察を拡張しただけでなく、古典文学の領域の境界についてさえも新たな照明を与えてくれた。この著書［「研究論」］が印刷に渡る前に私がこの論文を読んでいたならば、近代文学の起源と、起源における近代文学の作為性とについての節の不完全さがはるかに少なかったであろう。古代芸術の最後に属する詩人たちをこれまで客観的文学の原理に従って評価してきたのは一面的で不当なことである。自然的な美的形成と作為的な美的形成とは相互に重なり合い、古代文学の遅咲きの花は同時に近代文学の先駆けでもある（KA I 209）。

この一節からは、「素朴文学と情感文学について」を読むことによってシュレーゲルが受けた影響が本質的なものであることが理解できる。彼は、この論文を読むことによって「関心を惹く文学」の特性について洞察を深めたと述べているが、それは「研究論」における近代文学の起源についての見解の変更を迫るものであり、さらには「研究論」全体の根幹をなす「自然的形成」と「作為的形成」の境界設定についても自己批判の機縁となったのである。「研究論」では、古代ギリシア文学史が生成・発展し黄金時代における完成を経て衰退・没落する過程が、「自然的形成」の閉じた有機的循環として捉えられていたが、序論ではこのような見方を改めて、「自然的形成」の末期には既に「作為的形成」が胎動していたことを認めている。第一章で見たように、「客観的美学理論」の普遍的体系の成立を確信する点で「研究論」序論は依然として「研究論」の枠組みにとらわれていたが、「自然的形成」から「作為的形成」への移行を、断絶としてではなく連続的にとらえるこの引用は、古代文学を絶対視する、〈文学的アイロニーの欠如〉の状態からシュレーゲルが離脱したことを示唆している。そして実際に、本章第二節で検討するように、シュレーゲルはこの序論で「関心を惹くもの」に積極的な意味を認める議論を展開している。

「研究論」序論自体の検討をする前に、本節では予備的考察として、「素朴文学と情感文学について」における「情感文学」の規定（一）を検討し、さらに「研究論」における「関心を惹く文学」の頂点を成す「哲学的悲劇」の規定（二）について検討する。(6)

一　「情感文学」における理想と現実

本書では「素朴文学と情感文学」の議論の全体像を提示することはできないので、そのなかでシュレーゲルによる受容との関連で重要になる三つの論点を指摘するにとどめる。

「研究論」におけるシュレーゲルは、自然と自由の交互作用としての「形成」において、自然的な衝動と悟性のどちらが主導するかによって、古代人の「自然的形成」と近代人の「作為的形成」を区別したが、シラーは、「素朴文学と情感文学について」において、理性と感性とが調和しているか、あるいは分裂、矛盾しているかによって、古代ギリシアの「自然の状態」と近代ヨーロッパの「文化の状態」を区別している。シラーによれば、「文学の概念」とは「人間性に可能な限り最も完全な表現を与えること」（*der Menschheit ihren möglichst vollständigen Ausdruck zu geben*）に他ならないが（NA XX 437）、これは「自然の状態」と「文化の状態」にあっては異なる種類の文学として実現される。「人間が自分の全ての諸力を一緒に用いてまだ調和的統一として作用し、したがって自らの自然本性の全体を現実において完全に表現するような、自然な単純さの状態においては」、詩人の課題は「現実の可能な限り完全な模倣」であるが、これに対して諸力の調和が「単なる理念」(*bloß eine Idee*) にすぎない「文化の状態」においては、詩人の課題は「現実を理想へと高めること、あるいは、一つのことであるが、理想の表現 (*die Darstellung des Ideals*)」であると論じる (ebd.)。シラーは前者を行うのが「素朴詩人」であり、後者を行うのが「情感詩人」であると規定する (NA XX 439)。

ここで注目すべきは、「情感文学」は現実と無関係にただ理想を表現するわけではなく、そこでは理想と現実との関係を主題化するということであり、これについてシラーは以下のように述べている。

> 情感文学は以下のことによって素朴文学から区別される。すなわち、素朴文学は現実の状態に留まっているが、情感文学は現実の状態を理想に関係させ理想を現実に適用するということによってである。したがって情感文学は、すでに触れたように二つの相互に争いあう対象と同時に関係する。すなわち理想と経験である (NA XX 466)。

シラーは、理想と現実との関係には三つの関係しか考えられないと述べる。すなわち、「主として心情を占めるのが現実の状態と理想との矛盾か、または調和であるのか、はたまた心情がこの両者の間で分けられているのか」(NA XX 466) の三つであり、シラーはこれらの関係に対応する「情感文学」の類型として「風刺詩、牧歌、悲歌」(*Satire, Idylle, Elegie*) を挙げる。[7] そして彼は「情感文学」の例として、アリオストやルソーら近代ヨーロッパ人の作品だけでなく、古代ローマのユウェナリウスの風刺詩やオウィディウスの悲歌も挙げている。シュレーゲルが近代文学の起源について「新たな照明」を受けたというのは、端的にはこれら古代の作家を「情感詩人」とみなすシラーの見解を指している。

シラーの「情感文学」についての議論で指摘すべき第二の点は、「情感文学」において表現される理想が「絶対的なもの」と呼ばれていることである。彼は「素朴文学」と「情感文学」について以下のように規定している。

> あらゆる文学は無限の内容を持たねばならないのであって、それによってのみ文学は文学となる。しかし文学はこの要求を二つの異なる仕方で満たすことができる。文学が対象を全ての限界とともに表現する（ihren Gegenstand mit *allen seinen Grenzen* darstellt）なら、つまり対象を個体化する（individualisirt）ならば、その文学は形式の点で（der Form nach）無限なものであることができる。対象から全ての限界を取り去る（von ihrem Gegenstand *alle Grenzen entfernt*）ならば、つまり対象を理想化する（idealisirt）ならば、素材の点で（der Materie nach）無限なものであることができる。したがって絶対的な表現（eine absolute Darstellung）によってか、あるいは絶対的なものの表現（Darstellung eines Absoluten）によって文学は無限なものになれるのである。第一の道を行くのは素朴詩人（der naive Dichter）であり、第二の道を行くのは情感詩人（der sentimentalische Dichter）である（NA XX 467f.）。

シラーは「情感文学」における理想の表現を「絶対的なものの表現」と呼んでいるが、これは「対象から全ての限界を取り去る」ことによって「対象を理想化する」ことであり、これによって「情感文学」は「素材的に無限なもの」になる。これに対して「素朴文学」における現実の対象の忠実な模倣は「絶対的な表現」と呼ばれる。これは「文学が対象をその全ての限界とともに表現する」ことによって「対象を個体化する」ことであり、これによって「素朴文学」は「形式的に無限なもの」になるのである。

「情感文学」について指摘すべき第三の点は、シェイクスピアが近代における「素朴詩人」とされていることである。これまで挙げた「情感文学」の諸特徴は、古代と近代の関係をめぐるシラーの思想と密接な関係を持っている。シラーは「素朴詩人」を主として古代詩人とみなし「情感詩人」を主として近代詩人とみなす。というのも、シラーは古代における調和的な人間本性が近代において分裂し堕落したと考えており、古代の詩人は現実の人間本性を忠実に描くことで十分だったが近代の詩人は現実を理想化せざるをえないと考えるからである。しかし「素朴」と「情感的」の対はこの論文において「古代」と「近代」の対とは必ずしも一致しない。この概念対は歴史哲学的にも使われれば超歴史的にも使われ、古代のホメロスのみならず近代のシェイクスピアも「素朴詩人」の代表とされる。その理由は、シェイクスピアの作品において「詩人はいかなるところでも捉えられなかったし、私に対して説明をしようとしなかった」（NA XX 433）ためである。詩人自身の人格が作品の中に現れて自己の感情を積極的に語ること、これをシラーは「情感詩人」の特徴とみなしており、こうした特徴を欠いているシェイクスピアのことをシラーは、「媒介を経ない直接の自然」（die Natur aus der ersten Hand: ebd.）を表現する「素朴詩人」と規定している。(8)

二　「関心を惹く文学」の頂点としての「哲学的悲劇」

第一章で見たように、「研究論」における「関心を惹く文学」は、この論考の歴史哲学的枠組みに基づいて批判されている。それによれば、古代文学は自然的な衝動に導かれ美を実現することに成功したが、近代文学においては悟性が偏重されるあまり個別的な描写対象を認識することが追求された。シュレーゲルは、認識の関心に導かれて「独創的で関心を惹く個性」（originelle und interessante Individualität）（KA I 245f.）に執着する悟性的な近代文学を「関心を惹く文学」あるいは「特性描写的文学」と呼び、これに対して関心から自由に美を実現した古代文学を「美しい文学」あるいは「客観的文学」と呼んだ。

しかしシュレーゲルは「関心を惹く文学」をひとまとめに否定したのではない。彼はそのうちに三つの段階があると考え、認識に執着する悟性的な近代文学にも一定の価値を見いだそうとしている（KA I 245-9）。そこでまず、「関心を惹く文学」の最も低い段階としてシュレーゲルが挙げるのが、①「個別的なもののそのままの模倣」（die nackte Nachahmung des Einzelnen）である。これは「模造家の技術（eine bloße Kopistengeschicklichkeit）であるにすぎず、自由な芸術ではない」。これより高次の段階にあるのが「教訓的ジャンル」（die didaktische Gattung）であり、これをシュレーゲルは「哲学的文学」（die philosophische Poesie）とも言う。「教訓的ジャンル」は②「哲学的特性描写」（die philosophische Charakteristik）と③「哲学的悲劇」（die philosophische Tragödie）に分けられる。

「教訓的ジャンル」の第一の種類である「哲学的特性描写」は、個別的なものを表現の対象とするという点で「個別的なもののそのままの模倣」と一致する。しかし「個別的なもののそのままの模倣」は単なる「模造」であって表現に「普遍的なもの」の契機が欠けているのに対して、「哲学的特性描写」は「理想的な配置」（eine *idealische Stellung*）によって個別的なものの表現のうちに「表現されたものの意味、精神、内的連関」という「この普遍的なもの」をも表現しようとする。ここで言う「普遍的なもの」とは表現対象についての深化した認識であり、ゆえに「教訓的」と呼ばれる（これと対照的に、「美しい文学」ないしは「客観的文学」における「普遍的なもの」は「美的」と呼ばれる[9]）。

このように個別的なものの表現のうちに「普遍的なもの」を表現する「哲学的特性描写」は悟性を満足させることができる。しかしそれもあくまで「悟性にとっての個別的な珍しさ、限定された認識、全体の一部分」しかもたらしえないのであって、「無限定なもの」（das Unbedingte）ないし「完全性」（die Vollständigkeit）を目指す理性を満足させることができない。完全性を目指す理性の関心をも惹くことができるのが、「教訓詩ジャンル」の第二の種類である「哲学的悲劇」である。これをシュレーゲルは「本来の哲学的文学」（die eigentliche *philosophische Poesie*）と呼んで「関心を惹く文学」の頂点に位置付けた。彼によれば「哲学的悲劇は教訓的文学の最高の芸術作品であり、純粋に特性描写的な要素からなり、その最終的帰結は最高度の不調和である」（KA I 246）[10]。シュレーゲルによれば「劇詩の対象は、人間性と運命との混合からなる現象であり、これは最も偉大な内容を最高度の統一と結びつける」が、人間性と運命を「完全な抗争において」（KA I 248）表現するのが「哲学的悲劇」である。その際に運命は人間性に対して優位にあるものとして描かれるので、「抗争の意識は絶望の感情を惹き起こす」。

「哲学的悲劇」に関してシラーとの議論との関連で注目すべきは、シュレーゲルが「哲学的悲劇」の最も優れた例として『ハムレット』を挙げていることである。シュレーゲルは以下のように『ハムレット』の特性を記述している。

> 『ハムレット』では個々の部分全てが単一で共通の中心点から必然的に展開し、その中心点へと再び遡っていく。芸術による教訓のこの名作には、異質、余分、偶然であるものは存在しない。全体の中心は主人公の性格のうちにある。驚くべき状況のために彼の高貴な本性のさまざまな力はその全てが悟性へと集中し、行為の力（die tätige Kraft）は完全になくなってしまう。彼の心情は、拷問台の上で反対の方向に引き裂かれるかのように分裂し、非活動的な悟性の過剰のうちに崩壊し没落する（zerfällt und geht unter im Überfluß von müßigem Verstand）。この非活動的な悟性の過剰は、彼の周りの誰よりも彼自身を耐え難く圧迫する。哲学的悲劇の本来の対象である解消しがたい不調和を完全に表現するものとして、ハムレットの性格にみられるような思考の力と行為の力との際限ない不均衡以上のものはない。この悲劇の全体的印象は最高度の絶望（ein *Maximum der Verzweiflung*）である。個別的に取りあげれば偉大で重要であると見えるさまざまな印象も、存在と思考の最終的で唯一の帰結として現れるもの——人間性と運命とを無限に引き離す永遠の巨大な不和（die ewige Kolossale Dissonanz）——の前ではすべ

てつまらないものとして消え去ってしまう（KA II 247f.）。

運命と人間性の抗争という壮大な対象を表現する「哲学的悲劇」は、確かに全体性を目指す理性の関心を惹くことができる。しかし「哲学的悲劇」から導かれる帰結とは、運命の「驚くべき状況」を前にして人間はそれを認識することに追われ、積極的にそれに働きかけることができずにひたすら翻弄されてしまう、というものであって、これは「最高度の絶望」を感じさせずにはいないのである。

「哲学的悲劇」をシラーにおける「情感文学」と比較すると、以下の三点を指摘することができる。第一に「情感文学」と「哲学的悲劇」は、無限なもの、絶対的なものを表現するという点で類似性を持っている。ただし、シラーの「情感文学」で表現される「絶対的なもの」とは調和的な人間本性という理想である。これに対して「哲学的悲劇」において表現される「無限定なもの」とは、互いに抗争する運命と人間性であり、「存在と思考」の包括的な全体性である。二番目として、「情感文学」が理想と現実との関係を扱うのに対して、「哲学的悲劇」では人間性と運命の関係が表現される。この点には確かに類似性を認めることができるが、シラーの場合には理想の表現が調和的な人間性の肯定的な提示であるのに対して、シュレーゲルの場合人間性は、ハムレットの性格に典型的に示されるとおり「無為な悟性」すなわち単なる認識主体に切り詰められてしまっており、行為主体としての性格を喪失しているのであって、この人間性に肯定的な倫理的内容を見ることはできない。第三にシェイクスピアに対する評価でシラーと「研究論」のシュレーゲルは大きく異なる。シラーはシェイクスピアを「情感詩人」ではなく「素朴詩人」とみなすが、その理由は、「情感文学」では詩人自身の人格が作品の中に現れて自己の感情を積極的に語ることが必須の要件だからである。この詩人の人格は「情感文学」における「絶対的なもの」ないし理想を構想する主体に他ならない。これに対して「哲学的悲劇」では詩人の人格が前面に出ることは求められない。それゆえにシュレーゲルによれば、『ハムレット』においては「連関の根拠はしばしば深く隠されており、見えない結びつきや関係は繊細であるため、きわめて鋭敏な批判的分析であっても、センスが欠けていたり、間違った期待を持ち込んだり、誤った原則から出発するならば、失敗せざるをえない」（KA I 247）のである。「関心を惹く文学」である「哲学的悲劇」において、詩人はあくまでも対象を認識しその認識内容を「関連の根拠」あるいは諸要素の「眼に見えない結びつきや諸関係」として表現する主体であって、対象を倫理的に価値評価する主体としては考えられていない。

二　「ギリシア文学の研究について」序論における「情感文学」

これまでシラーにおける「情感文学」の規定と「研究論」における「関心を惹く文学」の規定を見てきた。では「研究論」序論におけるシュレーゲルはこの両者をどのように結びつけているのか、その具体的な議論を検討しよう。彼は「研究論」序論で以下のように述べている。

> 私が注目し、自分の主張の裏付けになると考えたのは以下のことである。すなわち、シラーは情感文学の三つのジャンルを適切に性格づけているが、そのさい理想的なものの現実性への関心（eines *Interesse* an der *Realität* des Idealen）という特徴が、どのジャンルの概念においても暗黙のうちに前提とされているか、あるいははっきりと示唆されている、そのことである。しかし客観的文学は関心を知らず、現実性を要求することもない［…］。まさにそのことゆえに、関心を惹く文学が必要とするイリュージョンと、美しい文学の法則である技術上の真

> 理とはあれほど全く異なっている。情感的な牧歌があなたを熱狂させるためには、あなたが黄金時代やこの世の天国の現実性を少なくとも一時的には真面目に信じなければならない。［…］
>
> 関心を惹く文学の特性をなすこの特徴を見過ごさないことが極めて重要である。というのも、さもなければ人は情感的なもの（das Sentimentale）を叙情的なもの（das *Lyrische*）と混同するという危険を冒すことになるだろうから。無限なものを目指す努力の文学的なあらわれであれば何でも情感的であるというわけではないのであって、その中でも理想的なものと現実的なものの関係についての反省（eine Reflexion über das Verhältnis des Idealen und des Realen）と結びつけられているものだけが情感的である。［…］情感文学の特性を成す特徴は、理想的なものの現実性への関心、理想的なものと現実的なものの関係についての反省、そして詩作する主観の理想化する想像力が個別的対象に対して持つ関係である。特性描写的なもの、すなわち個体的なものの表現によってのみ情感的な気分は文学になる（KA I 211f.）。

シュレーゲルはシラーが「情感文学」の三類型として挙げた風刺詩、悲歌、牧歌に言及し、これら三つの類型の情感文学は、理想的なものが現実に存在するかどうかという関心を共有していると指摘している。そこからシュレーゲルは、「情感文学」は現実性への「関心」（das Interesse）を常に伴っているのだから、それゆえに「関心を惹く（interessant）文学」であると規定し、それに対して「客観的文学」ないし「美しい文学」は現実存在への関心を欠いていると論じる。ここでシュレーゲルは、「情感文学」が「関心を惹く文学」であることを強調するために、シラーの論文にはなかった「情感的なもの」と「叙情的なもの」との対比を行っている。シュレーゲルは「叙情的なもの」については以下のように説明している。

サッポー、アルカイオス、バッキュリデス、シモニデスの断片、そしてピンダロスの詩、およびホラティウスのギリシア風頌歌の大部分――これらは情感的ではなく叙情的である――におけるように、無限なものを目指す純粋かつ無規定的でいかなる個別の対象にも縛られない努力が感情のいかなる変転にもかかわらず心の支配的な気分であり続けるのでなければ、完全な叙情的美は不可能である（KA I 212）。

シュレーゲルの議論を整理すると、「情感的なもの」と「叙情的なもの」は「無限なもの」を目指すという点で共通するが、「叙情的なもの」は個別的なものの表現を伴わないのに対して、「情感的なもの」は「特性描写的なもの」を伴って初めて、単なる「情感的な気分」から「情感文学」に変わるのである。「関心を惹く文学」であるかどうかという点において「叙情的なもの」と「情感的なもの」は区別されるわけである。

「情感文学」を「関心を惹く文学」として規定する「研究論」序論の議論を、本章一－二で検討した「研究論」本論における「関心を惹く文学」の規定と比較すると以下のことを指摘できる。

一つには、「関心を惹く文学」に対する評価に関して差異が見られる。すでに触れたように「研究論」において「関心を惹く文学」は個別的なものに対する認識の関心にとらわれているとして批判されていたが、序論によれば「個性的なものの描写」がなければ理想的なものが実在するか否かについての「情感的な」関心は満たされない。この議論によって、「関心を惹く文学」には、現実性についての関心を欠く「客観的文学」にはない独自の価値が認められていることがわかる。「関心を惹く文学」が積極的に評価されるのは、それが「黄金時代」や「この世の天国」といった、倫理的に価値評価された積極的な理想を呈示することに適しているからである。こうした理想はシラーにおける「情感文学」にはみられたが、「研究論」における「関心を惹く文学」にはみられないものであった。

第二に、既に第一節の冒頭で指摘したように、シュレーゲルは「素朴文学と情感文学について」の読書を通じて近代文学の起源について再検討を迫られたと自ら述べており、彼がギリシア文学の黄金時代とみなすアッティカ悲劇の時代の後の古代文学にあたる、「シチリア派の牧歌詩人」（die *bukolischen Dichter der Sizilischen Schule*: KA I 209）（前三世紀後半のテオクリトスなど）に「情感文学の最初の萌芽」（der erste Keim der sentimentalen Poesie）を認め、「ローマの牧歌詩人」（die *idyllischen Dichter der Römer*: KA I 209）や「ホラティウスのいくつかの本来ローマ風の頌歌やエポディ」（einige ursprünglich *Römische Oden* und *Epoden des Horaz*: KA I 210）、さらにアキッレウス・タティオス（後二世紀後半に活躍）らの「ギリシア恋愛詩人」（die *Griechische Erotiker*: ebd.）を、漠然と無限なものへと憧れることにとどまらず、理想的な時代や生活を具体的に描いている点で「情感文学」であるとみなしている。

しかしここで注意すべきは、彼が古代後期の文学に「情感的なもの」を見出しているだけでなく、「情感的なもの」の特性の一面である「無限なものを目指す努力」が、「情感文学」に先だってすでに「叙情的なもの」のうちに表現されていると述べていることである。この議論に従えば、古代の「客観的文学」と近代の「情感文学」とが時期的に一部分重なり合うというだけでなく、「情感文学」の要素が「客観的文学」のうちで部分的に準備されていたことになる。シュレーゲルは「研究論」序論で、「内的・外的な限界へと向かう普遍的な努力が、ギリシアの共和主義とギリシア人の叙情文学の際だった特徴であるが、これは無限なものに対して覚醒した能力の最初の現れだった」（KA I 212）と述べ、古代ギリシアの叙情詩と共和制とは、自由の意識の覚醒という同じ事柄を、芸術と政治において異なった形態で表現している画期的な現象とみなしている。このように「研究論」序論においてシュレーゲルは、「研究論」本論とは異なり、古代文学と近代文学との間に断絶を見るのではなく、古代文学のかなり早い段階に近代文学の源泉を見出しているのである。

「叙情的なもの」が「情感的なもの」を部分的に準備した、という議論は、シラーの「情感文学」論には見られないものだが、「研究論」序論の議論とシラーの論考との間にはもう一つ重要な差異がある。すなわち、シュレーゲルは序論において「情感文学」について語っているにもかかわらず、その対となる「素朴文学」について言及していない。この理由は以下のように説明できる。シュレーゲルが「関心を惹く文学」の特性とみなしたのは、個別的な対象を描写することであるが、これはシラーの理論の枠組みにおいては「素朴文学」の特性である。そのような意味においてシラーは「素朴文学」を「絶対的な表現」（「個体化」）と呼んでいた。ゆえにシュレーゲルの理解する「情感文学」とはシラーにおける「素朴文学」と「情感文学」とを彼なりの仕方で統合したものであるということになる。

一七九七年頃に書かれた以下のシュレーゲルの未公刊断片を見るとそのことがより明確になっている。

> 絶対的表現は素朴であり、絶対的なものの表現は情感的である。シェイクスピアは素朴であると同時に情感的である。近代文学の巨人［…］（KA XVI v 253）。

この未公刊断片によればシェイクスピアは「絶対的な表現」と「絶対的なものの表現」、つまり「素朴なもの」と「情感的なもの」をともに備えており、それゆえに彼は「近代文学の巨人」であることになる。「絶対的な表現」と「絶対的なものの表現」、すなわちシラーにおける「素朴文学」と「情感文学」とを統合したものが「研究論」序論における「情感文学」であることが理解されよう。

しかし、このことからは以下の二つの疑問が生じる。一つは、シュレーゲルにとって「客観的な文学」と「素朴文学」とはいかなる関係にあるのか、ということである。「素朴文学」の特性である「絶対的表現」がシュレーゲルにおいては「情感文学」にいわば統合されたのであるから、何が古代文学と近代文学の差異かを改めて問わねばならなくなる。そのため次節においては、シラーが古代における「素朴文学」の代表とみなしたホメロスについて、シュレーゲルが一七九八年の著作『ギリシア・ローマ文学史』(Geschichte der Poesie der Griechen und Römer)において行った考察を検討する。

もう一つの疑問は、引用した未公刊断片において「素朴であると同時に情感的である」と呼ばれたシェイクスピアは、いかなる意味において「情感的」であるのか、ということである。なぜなら――で確認したように、シラーは彼を「情感詩人」ではなく「素朴詩人」とみなしているからである。その理由は、シェイクスピアの作品では詩人自身の人格が作品の中に現れて自己の感情を積極的に語ることがないというものであった。シュレーゲルはこの未公刊断片でシェイクスピアが「絶対的なもの」を表現していると述べるが、シラーの理論において「絶対的なもの」とは調和的な人間性という理想であり、それは作品の中で詩人の人格によって呈示される必要がある。この疑問に答えるために以下のような仮説を立てることも可能であろう。すなわち、この未公刊断片で言われる「絶対的なもの」とは、調和的な人間性という理想ではなく、「研究論」の「哲学的悲劇」論において(とりわけシェイクスピアの『ハムレット』の例において)「無限定なもの」と呼ばれている「存在と思考」の包括的な全体性であると。その場合、シュレーゲルはシラーの「情感文学」論における「絶対的なもの」を(倫理的な)理想から(運命と人間性の存在論的な)全体性へと読み替えていることになる。しかしこのような推論には難点がある。というのもすでに見たように「研究論」序論でシュレーゲルはシラーを踏まえ、また古代後期の牧歌や風刺詩を念頭に置いて、「情感文学」を、「黄金時代」や「この世の天国」といった(倫理的な)理想を提示する文学として捉えているからである。このように、シェイクスピアにおいて表現される「絶対的なもの」とは何かという問いは解消されずに残ってしまう。このことはとりもなおさず、シュレーゲルの議論がシラーの「情感文学」の議論を十分に消化しておらず、いまだ曖昧さをはらんでいることを示している。

三　『ギリシア・ローマ文学史』のホメロス論――叙事詩における詩人の主観性の不在

既に述べたようにシラーは「素朴文学と情感文学について」において、古代において「素朴文学」代表する詩人としてホメロスを挙げ、特に『イリアス』第六巻のグラウコスとガニメデスの闘いの場面を、アリオストの叙事詩『狂乱するオルランド』（一五三二年刊）第一歌と比較して、ホメロスが決して自己の主観を表現せず、淡々と対象を忠実に描写していることを指摘している。シラーのこの見解はアリストテレス『詩学』二四章の以下の一節を踏まえたものである。

ホメーロスは、他の多くの点でも称賛に値するが、とくにたたえられるべき点は、詩人たちのうちで彼だけが、詩人みずからがなすべきことをよく心得ていることである。すなわち詩人は、みずから語ることをできるかぎり避けなければならない。そういう仕方で詩人は再現する者となるのではないからである。[11]

シラーはこの『詩学』の一節を踏まえつつも、古代ギリシアにおいては調和した人間性という美しい自然がいまだ文化によって損なわれておらず、詩人は現存するこの美しい自然を模倣することに専心することができたという解釈を行っている。[12] 近代人シラーの古代人ホメロスに対するこのような評価は、古代の「素朴」な自然へあこがれる「情感的」な関心に根ざしたものである。

シュレーゲルは一七九八年の『ギリシア・ローマ文学史』の「叙事詩時代のホメロス期」(Homerische Periode des epischen Zeitalters)において、ホメロス叙事詩における詩人の主観の不在という同じ問題について、シラーとは異なる議論を展開している。まず彼は方法論的な立場として、古代文学を研究するさいに古代の批評家の議論を重視することを表明する。彼によれば、たしかに古代の批評には不正確な点が多々あるが、古代の批評家たちは古代文学の著者と近い時代を生きて芸術についての観念を彼らと共有していたし、今では失われた古代の多くの文学作品を読むことができたのである。これに対してシュレーゲルは、彼の同時代のホメロス観を以下のように批判する。

自己中心的に何でも自分と自分の状態とに関係づけ、自分たちには失われた自然らしさの騙し絵だけをホメロスのうちに感傷的に(empfindsam)愛する――これは現在ほとんど支配的な慣習である――人々よりも古代人の方がホメロスの詩の美をはるかに正確に感じとったのは間違いない(KA I 500)。

ここでは、古代に失われた「自然」を見る近代人の「感傷的」なあこがれが自己中心的な歴史観として批判されているが、ここにはシラーに対する当てこすりを見ることができる。しかし、この批判を額面通りに受け取ることはできない。なぜなら第一章で見たように、「研究論」にも「自然的形成」によってもたらされた古代文学の美を絶対視する立場が見られたからである。シュレーゲルは古代人の批評に基づいて古代文学について論じると表明しているが、既に見たようにシラーもアリストテレスの見解を踏まえた上で、それに独自の解釈を施すことによって自らの「素朴文学」論を形成している。ゆえに、シュレーゲルによる批判をそのまま受け取るのではなく、彼が古代人のいかなる批評に基づいてホメロスについていかなる議論を展開しているか、その内実をシラーの議論と比較せねばならない。

シュレーゲルは、ホメロス叙事詩における詩人の主観の不在について論じる際に、叙事詩と悲劇との差異から説き起こす。その際に彼が依拠するのは、やはりアリストテレス『詩学』の、第一四章と第二四章である。

また、おそれを引き起こすものをつくるのではなく、怪異なもの［to teratodes］をつくるために視覚的装飾を用いる人たちは、悲劇とはまったく縁のない者である。なぜなら、悲劇からはどのような種類のよろこびを求めてもよいというのではなく、悲劇に固有のよろこびを求めなければならないからである。（第一四章[13]）

さて、悲劇においても驚きをつくり出さなければならないが、驚き［to thaumaston］を生み出す最大の原因である不合理［to alogon］は、むしろ叙事詩にとって受けいれやすいものである。なぜなら、そこでは行為する者を目のあたりに見ることがないからである。（二四章[14]）

シュレーゲルは、これらの箇所を以下のように解釈する。すなわち、「驚くべきこと」（das Wunderbare）や「不合理なこと」（das Vernunftwidrige）は悲劇には相応しくないが叙事詩には相応しいと[15]。その理由について彼は、叙事詩、叙情詩、悲劇という古代文学の三つのジャンルを区別して以下のように論じている（KA I 478）。

叙事詩は可能的なものを描くジャンルであり、「全ては必然的にも現在的（gegenwärtig）にも見える必要がなく、単に偶然的に見えればよい」のであって、「想像力は、ひたすら刺激的な驚嘆をもたらしまた単に可能であると見えることができるようなものなら何でも詩に作ることが許される」。これに対して、叙情詩は現実的なものを描くジャンルであって、「たしかに個々の感情の高貴さは、現実的なものという日常的な尺度から、単に可能であるものの領域へと高まることがあるかもしれないが、全体は現実と見えねばならない」。そして悲劇は、可能的であると同時に現実的であるもの、つまり必然的なものを描くジャンルであって、統一された「筋」につらぬかれていなければならない。これに対して「叙事詩の過去、現在、未来は完全に等価」であり、偶然的な出来事の寄せ集めである。

シュレーゲルは、叙事詩は可能的なものだけを描くので現実性の見かけを要求しないが、叙情詩および劇詩はそのような見かけを要求する、という以上の区別から、叙事詩における詩人の主観性の不在という結論を以下のように導き出している。

例えばアポロニオスの『アルゴナウティカ』のように全体としては文学ジャンルの精神に忠実である叙事詩にとって、個々の叙情的な考察とか詩人が表面に現れることが非常に不愉快な障害を引き起こすのはなぜか。自己の個性を表現することはギリシア叙情詩の本質的な魅力であるし、芸術家が自分の芸術作品から決然と直截に表に出ることは古代の劇詩のジャンル全体において普遍的規則ですらあったにもかかわらず、である。こうしたことは叙事的表現においては矛盾を生じさせるのである。少しでも叙情的なものが混じっていると聴き手は現在へと移し置かれ、詩の他の部分全てからも現実性の見かけを期待するようになるが、それは無い物ねだりというものである。たとえ非常に叙事的に取り扱われ仕上げられるとしても、詩人その人が現れることは叙情的なものに近づくのだから、作品が作者の痕跡をほんの少しも残していない場合にはそれが叙事詩の重要な優秀さである（KA I 480f.）。

可能的なものだけを描くジャンルである叙事詩においては不合理なものや驚くべきものも描かれるが、詩人の主観が叙事詩において表現されるならば、これは現実性の見かけを必然的に呼び起こすので、読者は不合理なもの、驚くべきものを受け入れることができなくなる。ゆえに叙事詩において詩人の主観性が現れてはならないとシュレーゲルは論じている。この引用において、叙情詩はともかく劇詩においても詩人が全面に表れると言われるのは一見奇異に感じられるが、これはコロスが劇詩において叙情的なものを担うという見解であると考えられる。(16)

以上のシュレーゲルの議論は、シラーの議論、および「研究論」序論の議論と比較して、以下のような特徴がある。第一に、シラーによれば、ホメロスら古代ギリシアの「素朴詩人」は自分の周囲の美しい自然を忠実に模倣したとされたが、『ギリシア・ローマ文学史』の議論によれば、古代ギリシアの叙事詩人はまさにその反対のことを行った。彼らは周囲の自然を模倣したのではなく、現実性の見かけを詩作に混入させることを避けて、単に可能的なものだけを描写した。それ故に叙事詩人は、読者に抵抗を感じさせることなく、不合理なものや驚くべきものを描くことができたのである。このような議論は、シュレーゲルが「研究論」本論および序論において、古代ギリシア文学を、対象の現実性について無関心的な「客観的な美しい文学」として規定したことに適合している。

しかし『ギリシア・ローマ文学史』の独自性も同時に指摘せねばならない。それは叙情詩の規定に関わる。「研究論」序論では「情感文学」と叙情詩が区別され、後者は理想的なものと現実的なものとの関係についての反省を特徴とするのに対し、前者は「無限なものを目指す努力」だけを表現すると対比的に規定されていた。しかし『ギリシア・ローマ文学史』によれば、叙情詩は、部分的には可能的なものへ高まっても、全体としては現実としての見かけを要求する。さらに、『アルゴナウティカ』を批判する箇所によれば、ある詩に叙情的な部分が存在すれば、読者は他の部分からも現実らしい見かけを要求する。つまり叙情詩は、無限なものへ高揚する感情（＝可能的なもの）をも表現しうるが、それは「詩人その人の独自の感情や個人的関係」（＝現実的なもの）の表現のなかで一部分を成すに過ぎないと規定されている。「研究論」序論において叙情詩は、「理想的なもの」だけを表現するという点で「情感文学」を部分的に準備するものと位置づけられていたが、『ギリシア・ローマ文学史』においては、叙情詩が現実への関心を引き起こすことが強調されており、実質的に叙情詩が「関心を惹く文学」に包括されている。したがって、「研究論」と比較すると『ギリシア・ローマ文学史』では近代の始まりが古代ギリシアの叙情詩まで遡り、純粋な古代文学とは、ホメロス、ヘシオドスの叙事詩という、古代ギリシア文学の最も古いジャンルに限定されていることになる。

四　「アテネーウム断片」第二三八番における「超越論的文学」

第二節ではシュレーゲルが「研究論」序論でシラーの「情感文学」論を受容し、「情感文学」を「関心を惹く文学」として再定義していることについて検討したが、その翌年に公にされた「アテネーウム断片集」の第二三八番断片ではその受容が新たな展開を示している。

その断片は以下の通りである。

以下のような文学が存在する。すなわち、その文学にとっての一にして全が観念的〔理想的〕なものと実在的［現実的］なものとの関係であり、そのために哲学用語からの類推で超越論的文学と称すべきであろう文学である（Es gibt eine Poesie, deren eins und alles das Verhältnis des Idealen und des Realen ist, und die also nach der Analogie der philosophischen Kunstsprache Transzendentalpoesie heißen müßte.）。この文学は風刺詩として始まるが、そのとき観念的［理想的］なものと実在的［現実的］なものは絶対的に異なっている。そしてこの文学は悲歌として中間を漂い、牧歌として終わるが、このとき観念的［理想的］なものと実在的［現実的］なもの両者は絶対的に同一である。しかし、批判的でない超越論的哲学、すなわち所産とともに産出するものもまた表現する（auch das Produzierende mit dem Produkt darstellen）ことがなかったり、超越論的思想の体系（das System der transzendentalen Gedanken）のうちに超越論的に考えることの特性描写（eine Charakteristik des transzendentalen Denkens）も同時に含むことがないような超越論的哲学にはあまり価値がおかれないように、超越論的文学も詩作能力の詩的な理論のための超越論的な素材や予行演習――これは近代の詩人において稀ではない――を、芸術的な反射と自己の美しい反映（die künstlerische Reflexion und schöne Selbstbespiegelung）――これはピンダロス、ギリシアの叙情詩断片、古代悲歌において、そして近代人ではゲーテにおいてみられる――と結合すべきであるし、いかなる表現のうちにも自分自身をともに表現し、至るところで文学であると同時に文学の文学（zugleich Poesie und Poesie der Poesie）でなければならないだろう（KA II 204）。

この断片には、“das Ideale”と“das Reale”という概念対が現れるが、引用ではこれに「観念的［理想的］なもの」と「実在的［現実的］なもの」という訳語が対応している。前節で分析した「研究論」序論からの引用にもこの概念対が見られるが、これは「理想的なもの」、「現実的なもの」と訳した。その理由は、「研究論」序論ではこの概念対がシラーの「情感文学」の理論を踏まえて用いられていたのに対して、以下の分析で明らかになるように、この断片はシラーの用語法を用いつつも、シラーの議論とは異なる次元の思想を示しているからである。

「超越論的文学」を規定する際にシュレーゲルが用いる表現は、彼が「研究論」序論で「情感文学」を論じる際に用いた表現とほぼ一致している。ゆえに「アテネーウム断片」第二三八番は、一見すると「研究論」序論における「情感文学」論を定式化し直したものと考えることができる。しかし「超越論的文学」の規定と「研究論」序論における「情感文学」の規定との間には微妙な差異がある。すなわち、「超越論的文学」の三種類には、風刺詩で始まり悲歌を中間として牧歌で終わる、という順序が想定されている。「研究論」序論において「情感文学」の三種類はまとめて扱われておりその相互関係に関する言及はなかった。また遡ってシラー自身の「情感文学」論でも、風刺詩、悲歌、牧歌の三種類に関して順序ないし序列が問題になるということはなかった。「超越論的文学」の三種類の順序はいかなる意味を持っているのだろうか。

このことに関しては、以下に引用する未公刊断片（一七九七年から翌年にかけて書かれた断片群の一つ）が注目される。

超越論的文学は観念的〔理想的〕なものと実在的〔現実的〕なものの絶対的差異で始まる。それゆえにシラーはこの点で超越論的文学の創始者であるが、単なる半端な超越論的文学の創始者である。というのも超越論的文学は同一性によって終わらなければならないのだから（KA XVI 172）。

「アテネーウム断片」第二三八番と同様この未公刊断片でも、「超越論的文学」は「観念的〔理想的〕なもの」と「実在的〔現実的〕なもの」の絶対的差異で始まり同一性によって終わるべきである、という順序が示されている（絶対的差異が風刺詩に対応し、同一性が牧歌に相当することは言うまでもない)。この未公刊断片では、その順番がシラーへの評価と関連づけられている。シラーは「単なる半端な超越論的文学」の創始者と呼ばれる。なぜなら、シラーの「超越論的文学」は絶対的差異によって始まるが、同一性によって終わることがないからである。

しかしこれだけではシュレーゲルが何をもって同一性と言っているのか判然としない。この点について理解するためには、「ロマン的文学は進歩する普遍文学である」(Die romantische Poesie ist eine progressive Universalpoesie.: KA II 182)という文が冒頭にあることで有名な「アテネーウム断片」第一一六番を参照する必要があるだろう。なぜならこの断片でも、文学のあり方を論じる際に「観念的[理想的]なもの」と「実在的[現実的]なもの」の概念対が用いられているからである。

一　「アテネーウム断片」第一一六番における「詩的反射の累乗」

本章の議論で重要なのは、断片のうちのとりわけ以下の一節である。

ロマン的文学は、表現されたものによく没頭することができるので、どんな種類であれ詩的な個体(poetische Individuen jeder Art)を特性描写することが、ロマン的文学の一にして全であるかのように思われるかもしれない。しかし著者の精神を完全に表現することに、これほど適した形式は未だ存在しないので、少なからぬ芸術家は、小説《ロマーン》も一つ書いてみようと思っただけであったが、偶然自己自身を表現したのである。ロマン的文学だけが叙事詩のように周囲の全世界の鏡、時代の像となることができる。しかしロマン的文学は、表現するものと表現されるものの中間で、実在的[現実的]な関心からも観念的[理想的]な関心からも自由に、詩的反射の翼に乗って中間を漂い、この反射を何度も累乗し、鏡の無限の系列の中にあるかのように多数化することもまた最もよくできる（Und doch kann auch sie am meisten zwischen dem Dargestellten und dem Darstellenden, frei von allem realen und idealen Interesse auf den Flügeln der poetischen Reflexion in der Mitte schweben, diese Reflexion immer wieder potenzieren und wie in einer endlosen Reihe von Spiegeln vervielfachen）（KA II 182）。

この一節では、「ロマン的文学」（die romantische Poesie）――これは「小説」（Roman）と言い換えられている――による「表現」（Darstellung）について、三つの可能なあり方が挙げられている。一つは、著者からは区別された個別的な対象を特性描写することである。引用した一節によれば、対象の描写を推し進めることによって、「ロマン的文学」は「叙事詩のように」周囲の世界全体および時代全体を表現することができる。前節との関連で付言すると、この断片における、周囲の世界の描写という叙事詩の規定と、『ギリシア・ローマ文学史』における叙事詩の規定との間には整合性がない。後者において叙事詩は、可能的なものだけを表現し、それゆえに不合理なものや驚くべきものを表現するのに適したジャンルとされていたからである。彼自身の従来の用語に従えば、個別的な対象の描写は「特性描写的なもの」あるいは「関心を惹くもの」と呼ばれるべきだろう。おそらくシュレーゲルは、この断片が古代叙事詩について厳密に論じる場ではなく、近代の「ロマン的文学」とその将来についての一種の宣言文であるがゆえに、シラーの「素朴文学と情感文学について」などで流布している叙事詩についてのイメージを特に批判もせず流用していると考えられる。

「ロマン的文学」による「表現」のもう一つのあり方は、「著者の精神」を表現するというものである。これは、二つの種類が考えられる。一つは著者が一人称で語るという明示的な表現であり、その代表的な例は、著者自身の境涯や遍歴についての告白である。もう一つは、著者が一人称では語らない暗示的な表現である。その中には、著者が自分からは区別された対象を描写しつつ、その対象についての自分の価値評価や感情もともに語る場合も含まれるし、著者が特定の人物、主に主人公に自らの思想や感情を語らせる場合も含まれる。この暗示的な表現のことを指してシュレーゲルは、前の引用において、「小説」を書こうとした著者が「偶然自己自身を表現した」と述べていると推定できる。

では「ロマン的文学」における「表現」の第三のあり方は、どのようなものだろうか。引用の最後の文がこのことについて語っている。「ロマン的文学」は「実在的〔現実的〕な関心からも観念的〔理想的〕な関心からも自由」でありうるというのは、前二種類の「表現」とは異なるものを表現しうるということである。前二種類の表現が、著者からは区別される対象、ないしは著者自身の精神を、作品において「反射」させるいわば「鏡」の働きをしているのに対して、表現の第三のあり方は、この「詩的反射」自体を対象とするものであり、これを「何度も累乗」して「無限に多数化」すると言われる。ここで"Reflexion"という語は、上記の引用で二度にわたって「鏡」という言葉が用いられていることから理解されるように、思考や省察という意味での「反省」よりもむしろ、まずもって「反射」として、この場合は特にある対象の描写として理解すべきものである。

この一節は、従来たびたび指摘されてきたように、フィヒテの『全知識学の基礎』（Grundlage der gesamten Wissenschaftslehre: 1794）における、有限なものと無限なものとの間で漂い直観を成立させる「構想力」の概念を踏まえているが、[17] シュレーゲルの文学理論の変遷という枠組みのなかで解釈するには、「ゲーテのマイスターについて」（以下「マイスター論」と略す）を参照する必要がある。シュレーゲルはそこで、「ゲーテの傑作は最高の概念にのみ関係づけることが許されるのであって、それが社会生活の立場から通常受け取られるような仕方――つまり、登場人物たちとさまざまな出来事だけが最終目的であるような小説として――だけでそれを受け取ってはならない」（KA II 133）と述べて、『ヴィルヘルム・マイスターの修業時代』（Wilhelm Meisters Lehrjahre 1795-1798　以下『修業時代』と略す）には、主人公を含めた諸対象の描写とは異なる、「最高」の表現があることを示唆している。

二　「ゲーテのマイスターについて」における、詩的表現の変容と反復

この批評を参照すると、『修業時代』には、主に二つの次元において「詩的反射の累乗」が行われていることが理解される。一つは、作品の有機的な構成、部分と全体との関係に関わっている。シュレーゲルは、「徹底して組織されまた組織する作品の、自らを一つの全体へと形成しようとする生得の衝動（Der angeborne Trieb des durchaus organisierten und organisierenden Werks, sich zu einem Ganzen zu bilden）は、最も大きなまとまりにも最も小さなまとまりにも現れている」（KA II 131）、また「ここでは一切が手段であると同時に目的でもある」（ebd.）とも述べて、『修業時代』が一つの全体を成すと同時に、その各部分もまたそれぞれ全体を成すという有機的な関係を指摘している。そして彼は、それぞれが全体を成す部分が相互に結合するための原理として、「大きなまとまりが先行するまとまりから受け取ったものを自由に取り扱い、造形し、変容させること」（KA II 135）を挙げ、以下のように説明している。

結合と進歩［前進］の手段は至る所でおよそ同じである。第一部における見知らぬ男とミニョンに同じく、第二部でもヤルノが、そしてアマツォーネの出現が、われわれの期待と関心を曖昧な遠くへと誘い、形成［教養］の未だ見えざる高みを暗示する。そしてここ［第二部］においても、どの巻でも新しい情景と新しい世界が開かれる。そしてここにおいても、古い人物が若返って再来する。そしてここにおいても、どの巻も未来の巻の萌芽

を含み、前の巻の純粋な収穫を生き生きとした力によって加工してその巻独特の存在にする（KA II 135）。

この引用では、先立つ部分の人物と状況を後に続く部分が変容を加えつつ反復し、さらに先立つ部分における暗示を解き明かしながら次の部分へと暗示を受け渡す、という際限のない変形過程が『修業時代』の形成原理、推進力とされており、これを「詩的反射の累乗」の一つのあり方と見ることができる。このあり方は「アテネーウム断片」第一一六番における以下の凝縮された表現に対応している。

ロマン的芸術は、最高の、そして最も多面的な形成が可能である。それは、内から外へだけではなく、外から内へも可能である。ロマン的文学の産物において全体であるべきいかなるものについても、全ての部分が同じように組織され、それによってロマン的文学に、限りなく成長する古典性（eine grenzenlos wachsende Klassizität）が開かれることによって、可能なのである（KA II 183）。

ここで「古典性」と呼ばれているのは、「研究論」のゲーテ論において、ゲーテの詩作が近代文学の「関心を惹くもの」と古代文学「客観的なもの」との中間にあると言われていたこととの関連で理解されるべきである。ゲーテは対象を描写しつつも、その対象に没入するのではなく、これをあえて限定された「些末な対象」とみなして距離をとるのであり、それによって「客観的な文学」に接近しているという議論はここに継承されており、「アテネーウム断片」第一一六番には、「詩的反射の累乗」を際限なく行う近代文学の「進歩性」（「進歩的な普遍文学」）のうちに、描写対象への関心から自由な古代文学の「古典性」を見出すという、古代的なものと近代的なものとの総合の構想が見出される。この点は一八〇〇年の「文学についての会話」で登場人物のマルクスが読み上げる「ゲーテの初期と後期の作品における異なる様式についての試論」（Versuch über den verschiedenen Styl in Goethes früheren und späteren Werken）においても言及されており、そこでは、『修業時代』に「古典的なものとロマン的なものの調和」（die Harmonie des Klassischen und des Romantischen: KA II 346）が見出されるとされている。

さらに「マイスター論」においてシュレーゲルは、『修業時代』における部分と全体の有機的連関は、著者の精神が個々の対象の描写から自由であることを示すものとみなしている。この意味するところは、それらの対象に代わって著者自身の感情や思想が前面に出てくるということではない。登場人物や状況が新たな名前の元に変形されて反復される過程が繰り返されることによって、作品の個々の部分において表現される対象の意義が薄れ、むしろ、個々の部分を変形しつつ反復し、部分内部のまとまりを保ちつつ全体の統一も維持するという著者の表現行為が前面に現れるということである。第一章で触れたように、シュレーゲルは「研究論」において、ゲーテが「些末な素材を好む」ことを指摘して、それがあたかも「素材の一切ない完全に純粋な詩」をもたらそうとしているかのようであると述べており、これに対応して「マイスター論」でも、「詩人自身が様々な登場人物と出来事を非常に軽く気まぐれに取り上げ、主人公にアイロニーなしに言及することがほとんどない」（KA II 133）と述べている。さらにゲーテは「自分の傑作自体を自分の精神の高みから見下ろして笑っているように見える」とも言われるが、これは際限なく変形と反復を繰り返す著者にとって、個々の部分も作品全体も、限定されたものであり、これはさらなる創造へと促すものではあっても、絶対的な価値を持つ究極的なものではないことを示している。

「ゲーテのマイスター」に見出されるもう一つの「詩的反射の累乗」は、それが芸術について論じる文学であるという点に求められる。シュレーゲルは、「不完全ならざる芸術論を立てること、あるいはむしろそれを生き生きとした例と見解によって表現することが詩人の意図であったので、［…］」（KA II 131）と述べ、人形劇や鉱山労働者の芝居にはじまり、『ハムレット』論に至るまで、『修業時代』のさまざまなエピソードが、芸術論、特に演劇論の素材を詩的に表現したものであることを指摘している。演劇が主題となっているのは、「この芸術が全ての芸術のなかで最も多面的であるだけでなく、最も社交的でもあるからであり、とりわけこの芸術では文学と生活、時代と世界が接触するからである」（KA II 132）、つまり演劇が人間相互の関係を主題とし、集団によって観衆の前で上演されるという点で、生活と社会に最も密接に関係した芸術だからである、というのがシュレーゲルの見解である。

そしてシュレーゲルは、『修業時代』における芸術論が、小説のなかで異質な要素を成しているのではなく、それ自体が詩的に表現されていることを強調している。

そのようなわけで、全体が芸術作品あるいは詩であるのと同様に歴史的な芸術哲学であるかのように見えるとしても、そして詩人が、究極の目的であるかのような愛をもって仕上げる一切のものが、最後にはしかし単なる手段であるかのように見えるとしても、しかし一切はまた文学、純粋で高次の文学なのである（KA II 132）。

シュレーゲルは特に『修業時代』における『ハムレット』論がそれ自体として詩的であることを強調して、以下のように反語的に問う。「ある詩人が詩人として詩芸術の作品を直観し表現するならば、詩以外の何が生じうるだろうか」（KA II 140）。この点についてシュレーゲルの議論は以下のように再構成できる。たしかにあらゆる文学作品は批評されることを求めている。なぜなら、「あらゆる優れた作品は、それがどのようなジャンルのものであろうとも、自分が語っている以上のことを知っているし、自分が知っている以上のことを欲している」（KA II 140）からである。つまり、文学作品は、それがある無限なものを表現しようとする努力を通じて形成されているが、それを最終的、確定的に言い表しうるわけではなく、表現されないままに留まっているものがある。しかし、文学作品の批評が、ただ作品を要素へと分解して、どの点においてその作品が不完全であるか分析するだけならば、作品のいわば生命である統一する連関が失われ、作品は死んでしまう。作品を殺すことなく批評するためには、作品を素材として新たな統一的全体を形成しなければならないが、作家にはそれが可能なのである。彼によれば、「作家と芸術家は［…］表現を新たに表現し、既に形成されたものをもう一度形成しようとするだろう。彼は作品を補完し、若返らせ、新たに造形するだろう」（KA II 140）。このような、一つの芸術作品の枠を越えて、他の作家の作品の「表現を新たに表現する」という契機は、「詩的反射の累乗」の第二のあり方として理解できる。このような、文学作品は文学作品によってのみ正当に批評されうるという見解は、「研究論」における「客観的美学理論」の普遍的体系によって芸術創造を指導するという構想をシュレーゲルがもはや持っていないことを示唆している。

三　「情感文学」から「ロマン的文学」への移行としての「超越論的文学」

以上見たように、「アテネーウム断片」第一一六番における「詩的反射の累乗」は、「マイスター論」を参照するなら、文学作品の部分の間で、または異なる著者の作品の間で成立する、変容を伴う反復と再創造の関係である。こうして「ロマン的文学」による「表現」の三つのあり方が明確になった（①「実在的〔現実的〕なもの」＝「表現されるもの」つまり著者から区別される対象の描写、②「観念的〔理想的〕なもの」＝「表現するもの」つまり著者の思想や感情の描写、③「詩的反射の累乗」）が、これを本節冒頭に引用した「アテネーウム断片」第二三八番の前半部に適用するならば、この断片を以下のように説明することができる。「超越論的文学」は「実在的〔現実的〕なもの」と「観念的〔理想的〕なもの」の絶対的な差異で始まり、「中間を漂って」、絶対的な同一性で終わると言われるが、この過程は、「ロマン的文学」における表現が、第一および第二のあり方から第三のあり方へと移行する過程として理解できる。「実在的〔現実的〕なもの」と「観念的〔理想的〕なもの」が絶対的に異なる状態とは、描写される対象および思想、感情が作品において前面に出ており作品の目的となっている場合である。この場合に表現行為は、両者の表現を包括して作品に統一をもたらすことがなく、後景に退いており、著者の思想や感情を含めて、表現されたものは関連なくただ併存している。これに対して「実在的〔現実的〕なもの」と「観念的〔理想的〕なもの」が絶対的に同一であるとは、両者が独立性を失い、著者の表現行為という第三の表現のあり方のうちにいわば溶け込んでいる事態を指す。そのような作品では、個々の部分において表現される対象の意義も、そこで表現される著者の思想や感情の意義も薄れ、部分と全体それぞれの統一を保ちつつ創造を繰り返す著者の表現行為が前面に現れる。これは「詩的反射の累乗」の第一のあり方とみなせる。

「アテネーウム断片」第二三八番の前半部を以上のように解釈するなら、この断片における"das Reale"と"das Ideale"とをもはや「現実的なもの」と「理想的なもの」として理解することはできない。なぜなら、この断片はシラーの「情感文学」論の用語を用いているが、これらの用語にはもはやシラーにおけるような、またシュレーゲル自身の「研究論」序論におけるような、倫理的な意味合いはなく、著者とは異なる対象、著者の思想や感情、そして表現行為の関係を巡る、文学表現の形式の問題について語るための用語として用いられているからである。したがって、この断片で「風刺詩」、「牧歌」、「悲歌」と呼ばれているものも、シラーにおいてそれぞれが持っていた、理想と現実との抗争、調和、抗争と調和の交替という意味合いをもはやもっていない。

シュレーゲルがシラーのことを「単なる半端な超越論的文学の創始者」と呼ぶのは、シラーが「素朴文学と情感文学について」において、「素朴文学」を論じるにせよ、「情感文学」を論じるにせよ、文学作品において表現される、広い意味での内容（「実在的なもの」すなわち著者の周囲の世界と、「観念的なもの」すなわち著者の思想や感情）に専ら着目しているからである。実際にシラーは、素朴詩人ホメロスの叙事詩においては、古代ギリシア人の美しい自然本性という「実在的なもの」を称揚し、情感詩人アリオストの叙事詩においては、詩に本人として現れる著者が語る驚きと感動の感情という「観念的なもの」に共感するに留まって、それら広義の内容を表現する行為そのものが「詩的反射の累乗」によって前景化するという事態まで議論を進めていない。[18] シュレーゲルの断片を再構成するならば、「超越論的文学」において、「実在的なもの」と「観念的なもの」が変容と共に反復される表現行為の後景へと退くことによって、表現されるものへの関心に導かれる「情感文学」から、それから自由になり「古典性」と「進歩性」を兼ね備えた「ロマン的文学」へと発展するのである。したがって、「超越論的文学」とは、「情感文学」から「ロマン的文学」への移行の諸段階を包括する上位の類概念を成している。

四　文学の文学としての「超越論的文学」

「詩的反射の累乗」についての検討を踏まえれば、「アテネーウム断片」第二三八番の後半部分において「超越論的文学」は「批判的」でなければならないとされる理由も理解できる。この断片によれば、「超越論的文学」が「批判的」であるとは、「所産とともに産出するものもまた表現される」ということを指し、具体的には「詩作能力の詩的な理論のための超越論的な素材や予行演習」を、「芸術的な反射と自己の美しい反映」と結びつけることである。前者の「素材や予行演習」とは、「マイスター論」においてシュレーゲルが『修業時代』に見出した、「生き生きとした例と見解」として展開される芸術論に相当しており、後者の「芸術的な反射と自己の美しい反映」は、例としてピンダロスやギリシア叙情詩等が挙げられていることから分かるように、「研究論」序論における「叙情的なもの」にほぼ一致する。この断片においてシュレーゲルが前者と後者を結びつけるべきであると述べていることの趣旨は、断片第一一六番の検討を踏まえるなら、前者と後者を混同することなく区別し、後者の「叙情的なもの」(「観念的なもの」＝「表現するもの」)を表現するだけにとどまらず、前者をも表現すべきであるということにある。すなわち、著者が自らの思想や感情を、一人称で語るにせよ、登場人物に語らせるにせよ、吐露するだけではなく、表現行為そのものについて省察することをシュレーゲルは求めているのであり、それゆえに「超越論的文学」は、「文学であると同時に文学の文学」となるべきであるとされる。これは、著者が自己の芸術創造について批判的に省察してその被限定性の意識を表現するという、アイロニーの契機を含んでいると同時に、「マイスター論」において『修業時代』と『ハムレット』について指摘されたような、異なる著者のものを含めて他の作品を変容しつつ再創造する契機も含んでいる。

このように、文学作品の内部において、表現行為が主題とされそれに詩的な表現が与えられるという「文学の文学」には、あたかも矛盾するかのような二つの契機があると言える。つまり、著者が自分の芸術創造から距離をとり、これを限定されたものとして捉える、いわば縮小的な「自己限定」(「リュツェーウム断片」第三七番)の契機と、著者が他の作品を変容しつつ再創造し、また一つの作品のなかでも部分から部分へと表現を変容しつつ際限なく反復し続けるといういわば拡張的な契機である。しかしこれは矛盾するものではない。アイロニーの理論においても、自己のその都度の芸術創造を有限なものとみなす「自己限定」が同時に、有限なものを無限に越えて高まる気分を伴っており、さらなる芸術創造を促進する契機だったのである。

「ロマン的文学」における拡張的な契機は、「アテネーウム断片」第一一六番において以下のように語られている。

ロマン的な文学ジャンルはまだ生成しつつある（Die romantische Dichtart ist noch im Werden.）。それどころか、このジャンルの本来の本質は、このジャンルが永遠に生成するばかりで、けっして完成しえないということである。このジャンルはいかなる理論によっても汲み尽くされえず、予見的な批評（eine divinatorische Kritik）だけに、その理想を特性描写しようとする（ihr Ideal charakterisieren zu wollen）ことが許される。このジャンルだけが無限であり、また自由であって、詩人の選択意志はいかなる規則のもとにも立たないということを第一の規則として認めているのである（KA II 183）。

「詩的反射の累乗」によって無限の再創造をする「詩人の選択意志」は、いかなる規則によっても限定されることがない。またいかなる詩学理論によっても包括することができない。可能であるのは、ロマン的文学の「理想」、すなわち完成態にある個体を構想する「予見的な批評」だけであるとされる。しかし、ロマン的文学は文学史全体を包括し「決して完成しえない」のであるから、「理想」とは、実際には単一の文学作品ではなく、未来において次々と生み出されるべき作品の連鎖を指すものと理解するのが妥当だろう（理想概念については第四章で論じる）。シュレーゲルは「マイスター論」においても、「自身の選択意志」が「法則」から自由であることについて以下のように述べている。

神的な詩人にして同時に完全な芸術家によるかのように、全てが考えられ、語られている。そして副次的な形成物の最も繊細な筆致も、それ自体として存在し、固有の自立した存在を楽しんでいるように見える。それどころか、偏狭なうわべだけの真実らしさの法則に反してさえそうしているように見える（KA II 132）。

このようにシュレーゲルは「ロマン的文学」の著者の精神のうちに、再現のない反復と再創造を行うという意味において、無限の創造性を認めている。ただし、既に検討したように、著者の精神の無限の創造性といっても、そこには二つの次元を区別すべきである。すなわち、自己の著作のなかで（あるいは自分の他の著作を含めて）表現を際限なく変容し反復する、著者個人の無限の創造性と、ある著者から別の著者へと受け継がれていく、再創造の無限の連鎖である。後者の場合には、歴史のなかに現れる著者たちの総体が無限の創造性の主体である。

シラーおよび「研究論」序論のシュレーゲル（一-一、二）が「情感文学」に認めた無限なものは、著者の倫理的な理想であり、これは現実との対立関係において捉えられていた。また「研究論」の「哲学的悲劇」（一-二）における「無限定なもの」は、「存在と思考」の総体としての運命と人間性であるが、そこでも認識する個人（『ハムレット』）は運命のなかで無力に孤立する存在として規定されていた。これに対して、「超越論的文学」のうちの高次のあり方である「ロマン的文学」における著者は、自己の詩作行為の有限性をアイロニカルに意識しつつも、まさにそれゆえに、規則にとらわれることなく無限の再創造の過程へと促され、その中で、自己の思想や感情も含めた表現対象への関心から自由になるのである。

五　「小説についての書簡」における「情感的なもの」

本節では、「アテネーウム断片集」から二年後に公にされた「小説《ロマーン》についての書簡」における「情感的」概念を分析する。第二節および第四節で見たように、「情感的」概念は「研究論」序論において肯定的に受容されたが、「アテネーウム断片集」第二三八番において、シュレーゲルは「情感文学」に関する用語を素材として「超越論的文学」という独自の表現を作りだし、「ロマン的文学」についての断片第一一六番とともに、「文学の文学」ないし「詩的反射の累乗」という構想を定式化している。では「小説《ロマーン》についての書簡」ではどのような意味で「情感的」概念は用いられているのだろうか。書簡の書き手アントーニオは（既に序において見たように）「私たちに対して情感的な素材を想像的な形式で表現するものこそがまさにロマン的です」と述べている。アントーニオはその一節に続けて以下のように「情感的なもの」を規定している。

> では情感的なものとは何でしょう。感情が、それも感覚的な感情ではなく精神的な感情が支配しているところで私たちに語りかけてくるものです。これらの感情全ての源泉と魂は愛（die Liebe）であり、愛の精神はロマン的文学において至るところで不可視的可視的に（unsichtbar sichtbar）漂っています。先の定義はこのことを言うべきものです。ディドロが『運命論者』（Fatalist）の中で非常に陽気に嘆いているように、近代人の文学では、格言詩から悲劇に至るまで、いかなるところでも恋の情熱から逃れることができませんが、この恋の情熱は情感的なものとしては最低のもので、むしろ言うなれば、これはけっして例の精神の外面をなす文字ではありませんし、場合によっては無であり、あるいはなにかとても愛らしくなく愛を欠いたものです。情感的なものはこのようなものではなく、音楽の響きにおいて私たちに触れる、神聖な息吹です（der heilige Hauch, der uns in den Tönen der Musik berührt）。［…］この神聖な息吹は無限の存在であり、その関心が個人、出来事、状況、個別の性向にのみ執着することは決してありません。詩人にとってこれら全てのことは、それがいかに密接に彼の魂をつつんでいようとも、より高いもの、無限なものへの示唆に過ぎませんし、単一永遠の愛の象形文字、そして、形成する自然の神聖な生命の充溢の象形文字に過ぎません（Hindeutung auf das Höhere, Unendliche, Hieroglyphe der Einen

ewigen Liebe und der heiligen Lebensfülle der bildenden Natur）（KA II 333f.）。

「情感的なもの」は、「愛」をその「源泉と魂」とするような「精神的な感情」が支配する文学において読者に語りかける「神聖な息吹」であり、このような文学が「ロマン的文学」である。[19] アントーニオによればこの場合の「愛」は、感覚的なものではなく精神的なものであり、「恋の情熱」といった個別的で具体的なものはその最も低い段階にある。「情感的なもの」という「無限な存在」に浸透されている「ロマン的文学」において、人物、出来事などの個別的な対象はそれ自体として重要ではない。これは「より高いもの、無限なものの示唆」に過ぎないとされる。ではその「より高いもの、無限なもの」の内実は何だろうか。その表現のすぐ後で、「単一永遠の愛」および「形成する自然の神聖な生命の充溢」が言及されている。しかし先の引用全体の文脈を考慮すると、「愛」は「より高いもの、無限なもの」そのものではなく、個別的な対象が無限なものを指示する関係を打ち立てようと目指す感情である。シュレーゲルによる他のテクストも参照すると、「愛」という言葉は、有限な存在が自らに欠けている無限なものを求める感情を指すことが明確になる。彼は一七九七年の「リュツェーウム断片」第六九番において、欠如を感じ自らに欠けているものを予感する感覚のことを「プラトン的愛」（das Platonische Eros）になぞらえていた（KA II 155）。また一八〇三年から翌年にかけての「ヨーロッパ文学」講義（Wissenschaft der europäischen Literatur）でも、「愛は精神的なもの、無限なもの、神的なものへと向かう方向性にその高次の際だった特性を持っている」（KA XI 65）と述べている。

「ロマン的文学」において個別的な対象が示唆する無限なものは、「形成する自然」の「生命の充溢」であるが、「ロマン的文学」において、表現される個別的な対象はいかなる仕方で「象形文字」となって「形成する自然」の「生命の充溢」を示唆するのだろうか。それを理解する上で、「文学についての会話」における登場人物ロターリオの以下の一節が手掛かりとなる。

ロターリオ：芸術の神聖な戯れは全て、世界の無限な戯れ、つまり永遠に自己自身を形成する芸術作品の遠く離れた模像に他なりません（Alle heiligen Spiele der Kunst sind nur ferne Nachbildungen von dem unendlichen Spiele der Welt, dem ewig sich selbst bildenden Kunstwerk.）（KA II 324）。

この一節の「世界の無限な戯れ」は、前の引用における「形成する自然の神聖な生命の充溢」と同じ事態を指すが、これは「永遠に自己を形成する芸術作品」と言われる。この発言で重要なのは、芸術は自然が自己自身を形成する動的な過程を模倣するという考え方である。すると、「ロマン的文学」においては、個別的な対象が表現される過程が、自然が自己自身を形成する過程を模倣し、それゆえに「形成する自然」の生命を示唆することができるのだと定式化できる。「小説《ロマーン》についての書簡」を読み進めるとその点が裏付けられる。アントーニオは、「ロマン的文学」における「想像力」（die Phantasie）および「想像的なもの」（das Fantastische）の意義を以下のように論じている。

想像力だけがこの愛の謎（das Rätsel dieser Liebe）をつかみ謎として表現することができます。そしてこの謎めいたもの（dieses Rätselhafte）が、全ての詩的表現の形式における想像的なものの源泉なのです。想像力は全力で自己を表現しようとしますが、自然の領域において神的なものは間接的にしか伝達・表現されません。それゆえ、もともと想像力であったもののうち、現象の世界に残っているのは私たちが機知（Witz）と呼ぶものだけです（KA II 334）。

ここで「この愛の謎」と呼ばれているのは、個別的な描写対象が「象形文字」として無限なものを示唆するという事態である。この引用によれば、有限なものによる無限なものの指示という関係を成立させるのは、想像力の仕事である。すなわち、想像力が表現を形成するという動的な過程が、自然の自己形成の過程の似姿となるという関係が想定されている。しかし先の引用によれば、「自然の領域において神的なものは間接的にしか伝達、表現されません」。ここで「自然」と言われるのは、自己形成する動的な能産的自然ではなく、形成された事物としての感覚可能な所産的自然と理解される。このような事物としての静的な自然（「現象の世界」）にとっては、自然の形成作用のみならず、想像力による形成作用もまたいわば「神的なもの」であって、直接的には表現されない。想像力の形成作用は作品の表面にはそれ自体としてではなく「機知」として現れるとされる。ここで「機知」といわれているものは、一七九九年の『ルツィンデ』（Lucinde）の表現を参照するならば、芸術作品において「分割と結合」の結果「形成、案出、変容、維持」される個々の表現である。[20]

これまでの検討によって「情感的なもの」と「想像的なもの」の内実を説明することができたが、では両者の関係は一体どのようなものか。「小説《ロマーン》についての書簡」では「情感的なもの」が「素材」、「想像的なもの」が「形式」とされていたが、ある未公刊断片によれば「小説《ロマーン》の素材（精神）は情感的であるべきで、形式（文字）は想像的であるべきである」（Die Materie (der Geist) des Romans soll sentimental sein, die Form (der Buchstabe) fantastisch.: KA XVI 266）とされ、両者が「精神」と「文字」の関係にあることが示されている。また別の断片では「ロマン的なもの」における「基調」（Ton）は「情感的なもの」に求められ「生成という点からすると」（genetisch betrachtet）これに「想像的なもの」が加わる、とされている（KA XVI 111）。「情感的なもの」は「小説《ロマーン》についての書簡」では「素材」とされているがこれは「精神」「基調」と言い換えられるべきものであって、個別的な表現対象という意味での素材ではないことがわかる。そして「想像的なもの」はこの「精神」「基調」に作品としての具体的な形態（「文字」）を与えて「ロマン的なもの」を生成させるのである。さらに別の断片では端的に「情感的なもの」と「想像的なもの」は不可分であるとされている（KA XVI 132）。「ヨーロッパ文学」講義では愛自体が、「単なる感情ではなく、感情一般と想像力との結合、つまり想像的な感情あるいは感じられた想像力（ein phantastisches Gefühl oder gefühlte Phantasie）である」（KA XI 65）とされている。愛は「情感的なもの」と「想像的なもの」との統一を前提としている。(21)

前節までの議論と比較して、以下のことを指摘しておく必要がある。「小説《ロマーン》についての書簡」において「情感的なもの」は、文学作品において個別的な対象に捕らわれることなく、それが「形成する自然」を示唆することを希求する感情である。これはシラーの「情感文学」の規定、およびそれを受容したシュレーゲルの「研究論」序論における「情感文学」の規定からは隔たっているように見える。「研究論」序論では「情感文学」の要素として「関心を惹くもの」、「特性描写的なもの」が挙げられていたが、「小説《ロマーン》についての書簡」における「情感的なもの」は、個別的な対象に執着せず無限なものへと高まろうとする感情であるといわれる。しかし間接的な関連性は指摘することができる。前節で見たように、シュレーゲルはシラーの「情感文学」論の用語を用いて「超越論的文学」を定式化しており、「小説《ロマーン》についての書簡」における「情感的なもの」はこの「超越論的文学」の構想には適合している。「アテネーウム断片」第二三八番によれば、「超越論的文学」は、「実在的なもの」と「観念的なもの」との「絶対的な同一性で終わる」のであり、前節ではこれを、「詩的反射の累乗」によって著者の表現行為が前景化し、著者の思想や感情も含めた個別的な表現対象が後景に退くことと解釈した。これによって表現対象への関心に導かれる「情感文学」は「ロマン的文学」へと発展する。これと同じく、「小説《ロマーン》についての書簡」における「情感的なもの」の感情においても、個別的な表現対象自体は後景に退き、それらの対象は「形成する自然」を指し示す「象形文字」とみなされるのであり、この指示関係は、能産的自然の産出活動の模倣としての、想像力による表現行為が前景化されることによって成立するのである。

「アテネーウム断片集」における「超越論的文学」および「ロマン的文学」の定式と、「小説《ロマーン》についての書簡」における「ロマン的文学」の定式との類似性を明確に示しているのは、後者における「小説《ロマーン》の理論」の構想である。既に見たように、「小説《ロマーン》についての書簡」では、「ロマン的文学」の作品それ自体よりもむしろ作品を形成する想像力が重要になる。ゆえに形成されてしまった作品の静的なあり方のうちにはもはや想像力それ自体を認めることはできず、その産物である「機知」という個々の表現だけが残る。すると、形成された後の作品を受容する行為には一体どのような意義があるのか、という疑問が生じる。この疑問に答えるのが、「小説《ロマーン》の理論」である。アントーニオによれば、「ロマン的なもの」が繁栄したのは、「古い近代人、つまりシェイクスピア、セルバンテス、イタリア文学において、すなわち、事柄と言葉自体がそこから生まれた、騎士と愛とメルヒェンの時代において」(KA II 335)であり、一八世紀末において語っているアントーニオにとってその時代は遠く過ぎ去ってしまっている(KA II 335)[22]。アントーニオが自分の時代に期待するのはジャンルの若返りである。そして「ロマン的文学」の若返りとして構想されるのが「小説《ロマーン》の理論」である。その際に彼はドイツ語“Theorie”の語源であるギリシア語“theorein”に遡って、「理論」とは「穏やかで晴れやかな心情の全体をもって対象を精神的に直観すること(eine geistige Anschauung)」(KA II 337)と規定し、以下のように述べる。

そのような小説《ロマーン》の理論はそれ自体小説《ロマーン》であって、想像力のあらゆる永遠の響きを想像的に再現し、騎士の世界の混沌をもう一度掻き混ぜることでしょう。そこでは古い存在が新たな形態で生きるでしょうし、ダンテの神聖な影が冥界から立ち上り、ラウラは私たちの前で天上的存在へと変容することでしょう。シェイクスピアはセルバンテスと親しく会話を交わすでしょう。そしてサンチョは改めてドン・キホーテをからかうことでしょう（KA II 337）。

ここで「理論」ないし「精神的直観」といわれている事態は作品の受容であるが、この引用から分かるように、「小説《ロマーン》」を受容することは、受容者の想像力によって作品を変容させることによって、もとの作品を形成した想像力の働きを再現することである。その際にはもとの作品の登場人物のみならず著者の精神も想像的な造形へともたらされる。こうした受容の行為は新しい「小説《ロマーン》」を書くことに他ならない。こうした議論は、「アテネーウム断片集」における「文学の文学」、また「マイスター論」における、詩的な『ハムレット』論についての議論を再度定式化したものであるが、ここで独自なのは、想像力によって形成された後の作品が受容者の想像力によって新たに形成し直されるということが、自然の動的な形成過程を指し示しているという点である。

そして以下の一節では、「小説《ロマーン》についての書簡」における「情感的なもの」が、「研究論」序論における「情感的なもの」と関連していることがより直接的に示されている。

情感的なものの意味にはもう一つのことがあります。これは古代文学と対立するロマン的文学の傾向の独自性に関わることです。情感的なものにおいては仮象と真実（Schein und Wahrheit）、遊戯と真面目（Spiel und Ernst）との差異に配慮されることがありません。この点に大きな違いがあります。古代文学は一貫して神話に結びつき、本来歴史的であるような素材は避けさえしました。それどころか古代悲劇は遊戯であり、民族全体に真面目に関わるような本当の出来事を表現する詩人は罰せられました。それに対してロマン的文学は全く歴史的な基盤に立っています。その程度は、人が知っていたり信じているのをはるかに上回ります。あなたが見る第一の最上の演劇、あなたが読む物語、もしそこに知性に富んだ陰謀があれば、ほとんど確信を持って予想することができます。いろいろと変形されているけれども本当の出来事が下敷きになっていると(KA II 334)。

古代文学は真実と仮象とを厳密に区別するがゆえに、文学においては仮象に固執し歴史的な事実を扱うのを避けたが、「ロマン的文学」ではその反対に、いかに変形されようとも歴史上の事実が素材となっていると言われる。「研究論」序論においては、無関心的な「客観的文学」と、「関心を惹く文学」としての「情感文学」とが区別されていたが、この引用ではこの対比が繰り返されている。ただし注意すべきなのは、この引用では、「古代悲劇」を含む古代文学の総体が無関心的な「仮象」と「遊戯」として扱われているが、これは一七九五年の「研究論」本論とは共通する見解であっても、一七九八年の『ギリシア・ローマ文学史』の議論とはうまく一致しないということである。そこでは、叙事詩が可能的なものを描くのに対して叙情詩は現実的なもの、悲劇は必然的なもの、すなわち可能であると同時に現実的なものを描くと規定されていた。この一節に限って言えば、シュレーゲルはアントーニオに、自分がもはや採用していないはずの過去の見解を語らせていると言える。この点を理解するためには「文学についての会話」が、論文、演説、書簡、試論を取り混ぜた対話形式からなることを考慮すべきだろう。この「文学についての会話」も、「小説《ロマーン》」としての「小説《ロマーン》の理論」であり、「文学の文学」であって、これは「アテネーウム断片」第二三八番によれば、「詩作能力の詩的な理論」のための「素材や予行演習」を含んでいる。そこでは、最終的に確定した理論が叙述されるのではなく、著者自身の過去の見解も含めて、文学についての様々な見解が「素材」や「予行演習」として取り入れられつつ、全体として緩やかな統一を成しているのである。それゆえに、シュレーゲルは「小説《ロマーン》についての書簡」において自分の過去の「研究論」本論の見解も、否定し去ることなく取り上げ直しているのだと理解できる。

この引用に関連してさらに指摘しておくべきは、「研究論」序論では「情感文学」における特性描写的なものは、現実性の見かけとしての「イリュージョン」をもたらすために必要なのであり、特性描写されるものは必ずしも現実の出来事や人物とはかぎらなかったということである。むしろ、「理想的なものの現実性への関心」に導かれる「情感文学」においては、現実ならざる倫理的理想に現実性の見かけを与えることが中心を成すとみなされていた。これに対して、「小説《ロマーン》についての書簡」では、現実の出来事や人物を素材とすることが近代文学の条件であるとされている。これはどのように理解すべきだろうか。この書簡において「情感的なもの」は、たしかに個別的な表現対象への関心から自由に無限なものへと高まる感情であるが、しかし個別的な対象を表現することを否定するのではなく、むしろ現実の対象や出来事を表現することを積極的に求める感情でもある。この点は以下のように解釈することができる。「小説《ロマーン》の理論」という構想においては、著者の想像力が形成した作品を受容者の想像力が取り上げて、再び形成し若返らせるとされるが、アントーニオはこのような著者と受容者の関係を、形成する自然と著者との関係にも適用していると考えられる。その場合、想像力は能産的自然によって形成された所産的自然を一個の「小説《ロマーン》」として見るわけである。「ロマン的文学」が歴史的事実に依拠し、それを「変形」する理由は、歴史自体が自然の所産であることによって説明される。自然の形成作用の所産は、歴史的事実として現れるが、歴史的事実それ自体においてはもはや動的な過程は見えなくなっている。「小説《ロマーン》の理論」において想像力の作用が想像力によって再現されるように、歴史が想像力によって作り替えられ流動的にされることによって、その歴史を形成した自然の動的な過程が再現される、このように考えることができる。

前節までの議論と比較して、以下のことを指摘しておく必要がある。「アテネーウム断片集」における「詩的反射の累乗」では、表現に変容を加えつつ反復し再創造する著者（個人としても、また歴史のなかの著者たちの総体としても）の精神に、無限の創造性が認められていたが、この「小説《ロマーン》についての書簡」では、この無限性が能産的自然の無限の産出性の模倣であると規定されている。それゆえに、「ロマン的文学」においては、シェイクスピアやセルバンテスの作品を再創造することによって、彼らの想像力の活動が再現されるだけでなく、歴史上の出来事や人物を素材として作品を創造することにより、自然が歴史を産出する活動も、想像力によって再現されるのである。最後に付言するならば、たとえ「小説《ロマーン》」によって再創造されようとも、想像力あるいは能産的な自然の動的な作用がそのまま、（つまり作品や所産的自然抜きに）明らかになるわけではない。再創造されたものともとの創造物とを比較することによって、そこに想像力の痕跡を読み取ることができるだけである。その意味において、想像力は「愛の謎をつかみ謎として表現する」のであって、想像力そのものは「謎めいたもの」に留まり続けるのである。

結語

この章で検討してきたシュレーゲルの文学理論の変遷を、それぞれの段階で主題化される無限なもの、絶対的なものに即して整理しておこう。「研究論」の「哲学的悲劇」において「無限定なもの」とされたのは「存在と思考」の総体としての運命と人間性である。しかし運命と人間性とは抗争関係にあり、人間は運命に圧倒されて行為の力を失っているものとして描かれる。シラーは「素朴文学と情感文学について」で「情感文学」を理想と現実との関係を主題化する文学と性格づけ、理想の表現を「絶対的なものの表現」と呼んだ。シュレーゲルはこの理論を「研究論」

序論で取りあげたが、彼が再定式化した「情感文学」とは、個体的なものの表現を通じて理想に現実性の「イリュージョン」を与える文学であり、「絶対的なものの表現」と「絶対的な表現」（シラーにおける「素朴文学」と「情感文学」）とを統合したものであった。

「アテネーウム断片集」における「超越論的文学」とは、「情感文学」から「ロマン的文学」への移行を包括している概念である。つまり、文学作品において表現される、著者の思想や感情、あるいは著者の周囲の世界の対象が目的であるような文学から、「詩的反射の累乗」によって表現行為そのものが前景化し、「文学であると同時に文学の文学」でもあるような文学への移行を包括する概念である。「ロマン的文学」では、ある作品の著者としての個人の精神が、また歴史において出現する諸作品の著者たち総体の精神が、無限の創造性を持つものとみなされている。「小説《ロマーン》についての書簡」において、「無限なもの」ないし「神的なもの」とは能産的自然である。文学作品における個別的な対象がこの能産的自然を指し示すように希求することが愛であり、この愛の感情に書簡の著者アントーニオは「情感的なもの」を見出す。そしてその希求を実現するのは、自然の形成作用を模倣して自ら形成する著者の想像力である。

シュレーゲルが「関心を惹く文学」の頂点に位置付けた「哲学的悲劇」において、人間は運命から疎外され自然の全体性から切り離された孤独な個体であった。シュレーゲルはシラーの「素朴文学と情感文学について」の用語を受容してそれに独自の意味を与えて理論形成することによって、この分裂を克服して個体性と無限性とを媒介する文学論を構築した。この点は、「研究論」序論から「小説《ロマーン》についての書簡」に至るまで一貫している。「研究論」序論では、個別的なものの描写である「関心を惹くもの」によって理想と現実との関係を表現することができるとされているし、「超越論的文学」および「ロマン的文学」においては、著者という個人はその想像力を用いて際限のない再創造を行うことによって、能産的自然を模倣するとされている。

シュレーゲルは「マイスターについて」において、詩人であり芸術家であるものは、「作品を補完し、若返らせ、新たに造形するだろう」と述べたが、シュレーゲルもまた、シラーの「素朴文学と情感文学」の用語を、「補完し、若返らせ、新たに造形」したと言えよう。

以上分析したように、シュレーゲルは、芸術家の精神の無限の創造性のうちに芸術創造の根拠を求める理論を構成したが、なぜ芸術家は無限の創造性を持ちうるのか、この創造性は、なぜ能産的自然を模倣しうるのか、さらに、芸術家個人と、他の芸術家とはどのように関係するのか、といった問題はいまだ答えられないまま残っている。これらの点についてさらに探求するためには、シュレーゲルの文学論の枠組みにとどまらず、彼の哲学構想にも目を向ける必要がある。この観点から注目されるのが、彼の「理想」概念である。なぜならば、彼は主として「アテネーウム断片集」と「超越論哲学講義」において、無限なものと有限なものとを関係づけるための媒介概念として、理想概念を用いているからである。

註

（1）シラーのテクストは以下の全集から引用し、［ ］内の略号によって示す。
　[NA] Schillers Werke. Nationalausgabe. Begr. von Julius Petersen. Hrsg. von Lieselotte Blumenthal u. Benno von Wiese, Weimar (Böhlau) 1940ff.
　以下の邦訳を参照した。
　シラー（石原達二訳）『美学芸術論集』、冨山房百科文庫、一九七三年

（2）Vgl. Hans Eichner: The Supposed Influence of Schiller's *Über naive und sentimentalische Dichtung* on F. Schlegel's *Über das Studium der griechischen Poesie.* In: The Germanic Review Vol. 30（1955）, pp. 260-264.

（3）Arthur O. Lovejoy: Schiller and the Genesis of German Romanticism. In: ders.: Essays in the History of Ideas. Baltimore（The Johns Hopkins Press）1948, pp.207-227.

（4）シラーは「素朴文学と情感文学について」の中で、sentimentalではなくsentimentalischという形容詞を用いるのに対して、シュレーゲルのテクストではsentimentalischではなく一貫してsentimentalが用いられている。シュレーゲルがこの二つの表記の間に意味上の差異を想定していたとは考えにくい。

（5）例えばポールハイムは、「小説《ロマーン》についての書簡」における「情感的」概念について論じる際に以下のように述べている。「シラーへの依存関係についての問いは若きF・シュレーゲルにしか当てはまらないだろうから、シュレーゲル自身の意図を見失わないために我々はそうした問いを意識的に排除できる」。（Karl-Konrad Polheim: Die Arebeske: Ansichten und Ideen aus Friedrich Schlegels Poetik. Paderborn（Schöningh）1966, S. 152）Vgl. Hans Eichner: Friedrich Schlegels Theorie der romantischen Poesie. In: Friedrich Schlegel und die Kunsttheorie seiner Zeit（Wege der Forschung Bd. 609）. Darmstadt 1985, S. 172. Heinz-Dieter Weber: Friedrich Schlgegels "Transzendentalpoesie": Untersuchungen zum Funktionswandel der Literaturkritik im 18. Jahrhundert. München（Fink）1973, S. 218.

（6）シラーとシュレーゲルの論考の枠組みについて、簡便には小田部胤久『芸術の逆説——近代美学の成立』、東京大学出版会、二〇〇一年（第二章第二節および第三章第三節）を参照。

（7）シラーは先の引用に続けて以下のように述べている。

「最初の場合心情は内的な抗争の力によって、つまり活力ある運動によって満足させられるし、第二の場合心情は内的な生の調和によって、つまり活力ある安息によって満足させられる。第三の場合抗争は調和と交替し、安息は運動と交替する。この三種類の感情の状態が三つの異なる文学ジャンルを成立させるが、これらのジャンルには風刺詩、牧歌、悲歌という使い古された名前がぴったりと対応する。ただしこの名前をつけられた詩によって心情がいかなる気分へ移行するのかだけを念頭において、それらの詩がこの気分をもたらすさいの手段を捨象するならばのことであるが。」（NA XX 466）

（8）シラーは、近代における素朴詩人であるシェイクスピアの作品に初めて出会ったときの困惑を以下のように述べている。

「私がとても若い頃に後者の詩人［シェイクスピア］を初めて知ったとき、彼の冷淡さと無感動が私を憤慨させた。この冷淡さと無感動ゆえに、彼はパトスが最も高まったところで冗談を言い、『ハムレット』・『リア王』・『マクベス』等の心臓の張り裂けるような痛ましい場面を道化によって攪乱することができたし、私の感受性が前へ進むところで彼が踏みとどまったり、私の心が留まっていたいと思うところで彼が冷淡に先へ進んだりしたのである。」（NA XX 433）

（9）この際「美的」に「普遍的なもの」と呼ばれるものは、後の「美的悲劇」についての記述を参照すると、「叙情的なもの」と言い換えることができる。

（10）「関心を惹く文学」ないし「特性描写的文学」の頂点が「哲学的悲劇」であることは、「美しい文学」あるいは「客観的文学」の頂点が「美的悲劇」（具体的にはソフォクレスに代表される古代ギリシアのアッティカ悲劇）であることに対応している。「美的悲劇は美しい文学の完成であり、純粋に叙情的な要素からなり、その最終的帰結は最高度の調和である」（KA I 246）。「哲学的悲劇」は「美的悲劇」の正反対をなす。

（11）アリストテレース、ホラーティウス（松本・岡訳）、『詩学・詩論』、岩波文庫、一九九七年、九三頁。

（12）端的には以下の一節を参照。「古代ギリシア人を取り巻いていた美しい自然を想起し、この民族が幸運な天のもと自由な自然といかに親しく生きることができたか、この民族の表象の仕方、感じ方、そして習俗が単純な自然にいかに近かったか、そして彼の詩作品がその自然のいかに忠実な写しであるか、ということを熟考するならば、［…］」（NA XX 429）

（13）アリストテレース、前掲書五五頁。

（14）同書九三頁。

（15）彼は以下のように述べている。

「アリストテレスによれば、驚くべきことは悲劇にとって異質であり、大抵驚くべきことの原因である不合理なことは叙事詩の中にある方がずっと相応しい。叙事詩の性質、特徴のうちこれほど普遍的に遵守され観察、認知されたものはない。最も本質的な部分において本来の形態から著しく逸脱しているような叙事詩人でさえ、いかなる古代人も悲劇においては耐え難いと思ったであろうような虚構における自由を是認しこれを行使した。というのも、『あらゆる楽しみを悲劇に求めるべきではなく、悲劇に固有の楽しみを求めるべきである』というアリストテレスの原則はギリシア人においては全ての文学ジャンルにおいて有効だったからである。叙事詩においてはあらゆる種類の驚きがいわば土着のものである。」（KA I 477）

（16）アウグスト・ヴィルヘルム・シュレーゲルは、『演劇術と劇文学についての講義』において、よく知られているように、「コロスは一言で言うと理想化された観客である」と述べているが、その趣旨は、コロスは観客が持つべき緩和された感情を先取りして観客に示すということであり、そのような意味でコロスは「叙情的」な表現を担っているとされる。「コロスは、深く動揺させるような、あるいは深く感動させるような表現がもたらす印象を緩和するのだが、その方法は、コロスが自分自身の情動をあらかじめ叙情的に、従って音楽的に表現して現実の観客に示し、現実の観客を観想の領域へと導くというものである」（August Wilhelm Schlegel: Vorlesungen über dramatische Kunst und Literatur. Stuttgart（Kohlhammer）1966, 1. Teil, S. 65.）。

（17）Johann Gottlieb Fichte: Sämtliche Werke. Hrsg. von I. H. Fichte. Berlin（de Gruyter）1865, Bd. 1, S. 217, 232, 284.

（18）たしかにシラーは、喜劇と悲劇を対比する議論では、著者の思想や感情ではなく、表現する行為そのものに着眼している。「悲劇においては対象によって既に多くのことが生じるが、喜劇においては対象によっては何も生じず、詩人によって全てが生じる」（NA XX 465）とされるが、これは喜劇詩人が自らの感情を伝達すべきということではなく、その反対で、喜劇詩人は「穏やかな計算」（das ruhige Räsonnement）によって詩作すべきであるとされる。「喜劇詩人はパトスから身を守り常に悟性によって楽しませなければならない」（ebd.）。

　このような表現は、シュレーゲルのアイロニーや「ロマン的文学」の概念との近さをうかがわせるものの、シラーの理解によれば、喜劇の役割は特定の道徳的な教訓を与えることであり、これは詩人の思想とみなすことができる。

「喜劇の目的は最高のものと同一であり、それによれば人間は、情念から自由であろうと努めるべきであり、常に明晰に常に穏やかに自分の周囲と自分の内部を見て、至る所で運命より偶然を見出し、悪意に対して腹を立てたり泣いたりするよりもばかばかしさを笑うように努めるべきである。」（NA XX 446）

　著者、あるいは想定される読者の思想や感情を主人公に代弁させるという表現形式について付言しておくと、シュレーゲルは「アテネーウム断片」第一一八番においてこれを以下のように批判している。

「惑星が太陽の周りを運動するように、ある小説《ロマーン》のなかの全ての人物がある一人の周りを運動し、そしてその一人がたいていは著者の溺愛する不作法な子供であり、陶酔した読者を写す鏡にしてかつ読者への追従者になるならば、これはエゴイズムの繊細な渇望ではなく、全く粗野な渇望である。形成された［教養ある］人間が、自分と他人に対して手段であるだけでなく目的でもあるように、形成された詩においても全ては目的であると同時に手段であるべきだ。国制は共和制であれ。共和制であっても、いくつかの部分が能動的で他の部分が受動的であることは依然として常に許されている。」（KA II 183）

（19）「小説《ロマーン》についての書簡」においてアントーニオは、「小説《ロマーン》とはロマン的な本です」（Ein Roman ist ein romantisches Buch.: KA II 335）と述べ、「ロマン的文学」（die romantische Poesie）と「小説《ロマーン》」（der Roman）とを同義の表現として用いている。アントーニオはこれらの表現によって、現在小説というジャンル名のもとで理解されているよりも広い範囲を指している。例えばシェイクスピアの戯曲もアントーニオは「ロマン的文学」として扱っているが、ヘルダーも『人間性促進のための書簡』において、「性格と情念をかくも深く根底から描き、人間の様々な身分、年齢、性別、状況をかくも本質的かつ精力的に描いた」シェイクスピアの劇詩には「哲学的小説《ロマーン》」が見出されると述べている（Johann Gottfried Herder: Briefe zur Beförderung der Humanität. Hrsg. von Heinz Stolpe in Zusammenarbeit mit Hans-Joachim Kruse und Dietrich Simon, Berlin und Weimar（Aufbau）1971, Bd. 2, S. 180. この点については以下も参照。Eichner, Hans: Friedrich Schlegels Theorie der romantischen Poesie. In: Friedrich Schlegel und die Kunsttheorie seiner Zeit（Wege der Forschung Bd. 609）. Hrsg. von Helmut Schanze. Darmstadt 1985.

（20）本論文第五章で分析する『ルツィンデ』の、「礼儀知らずのアレゴリー」（Allegorie von der Frechheit）の章では、「精神」と「文字」

という表現によって想像力の「魔法」が記述されている。主人公ユリウスに対して擬人化された「機知」は以下のように語りかける。

「「不死の炎を純粋かつ生のまま伝達しようとしてはならない」。私の同伴者である友人［擬人化された「機知」］の聞き慣れた声が言った。「世界と世界の永遠の諸形態（die Welt und ihre ewigen Gestalten）を、新たな分割と結合との絶え間ない交替のうちで（im steten Wechsel neuer Trennungen und Vermählungen）形成し、案出し、変容させ、維持しなさい（bilde, erfinde, verwandle und erhalte）。文字（der Buchstabe）の内に精神（der Geist）を包み込み拘束しなさい。真の文字は万能であり本来の魔法の杖だ。真の文字とは、高次の魔術師である想像力の圧倒的な意志が、それを使って充溢した自然の崇高な混沌に触れ、無限の言葉（das unendliche Wort）を明るみへと呼び出すものだ。この無限の言葉は神的な精神の似姿にして鏡であって、これを死すべき人間たちは万有（Universum）と呼ぶ」。」（KA V 20）

精神とはこの引用では「不死の炎」を指すと言えるが、その精神が伝達されるためには、これを「包み込み拘束する」媒体である文字が必要である。文字とはこの引用に関して言えば、「世界と世界の永遠の諸形態」を指す。想像力が「圧倒的な意志」をもってこの文字により「充溢した自然の崇高な混沌」に接触すると、「無限の言葉」が呼び出される。この「無限の言葉」が「神的な精神」の「似姿にして鏡」であって、「万有」に他ならない。万有すなわち「無限の言葉」を形成することが、想像力の「魔法」なのである。一七九九年の未公刊断片に、「言葉は有限であり無限になろうと意志する。精神は無限であり有限になろうと意志する」（KA XVIII 310）という断片があるが、想像力こそがこの意志を実現する。つまり想像力は言葉と精神とを結合して「無限の言葉」を形成する。そうすることで言葉は無限になり、精神は有限になる。この引用と「小説《ロマーン》についての書簡」における想像力論とを対応させてみるならば、精神すなわち「不死の炎」が「情感的なもの」、万有ないし「無限の言葉」が「想像的なもの」に相当するとみることができる。

(21) シュレーゲルが想像力について最もまとまった議論を展開しているのは、一八〇四年から翌年にかけてのいわゆるケルン講義「哲学の発展」（die Entwicklung der Philosophie）においてである。それによれば「想像力」（Einbildungskraft）は、「事物（die Dinge）すなわち客観的世界の法則に全く束縛されない」自由な能力である。というのも、シュレーゲルによれば、想像力がつくり出す「像」（das Bild）とは、「自我の所産であり、自我が物すなわち非我（das Nicht-Ich）の支配から逃れるために産出する対抗的事物（ein Gegen-Ding）」だからである。想像力が最も自由なのは「詩作」（Dichten）においてであり、詩作における「随意的な配列」と「素材の随意的な案出」は想像力の高度の自由を立証する（KA XII 358f.）。シュレーゲルの想像力論について、その歴史的背景も含めて詳しくは、仲正昌樹『モデルネの葛藤――ドイツ・ロマン主義の〈花粉〉からデリダの〈散種〉へ』第Ⅳ章を参照。

(22) アントーニオは「ロマン的想像力の本来の中心にして核心」をシェイクスピアに置く（KA II 335）。

第四章　「理想とは理念であると同時に事実である」

——理想概念をめぐるカントとシュレーゲル

一　理想概念の前史——ヴィンケルマンにおける、美の理想的な形成と個性的な形成

この章の目的は、シュレーゲルの「アテネーウム断片集」および、彼が一八〇〇年から翌年にかけてイェーナ大学で行った「超越論哲学」講義の聴講者による筆記録[1]における「理想」概念を分析することであるが、彼の概念の独自性を明らかにするために、十八世紀末のドイツ語圏、具体的にはカントの批判哲学における理想概念との比較を行う。というのも、たしかに理想概念の背景にはプラトンのイデア論以来の伝統があるのだが、カントは理念と理想の区別を哲学的に確立したという点でこの概念の歴史において決定的に重要な位置を占めており、シュレーゲルもまたこの区別を踏まえて自分の理想概念を構成しているからである。

第一節では、カントとシュレーゲルの理想概念について考察する前提として、それに先立つ時期に理想概念がどのように用いられてきたか、特にヴィンケルマンに重点をおいて概観しよう。

『西洋思想大事典』の項目「理想（ルネサンスから一七八〇年の哲学における）[2]」（ジョルジョ・トネリ）によれば、英・独・仏語などのヨーロッパの言語において、「理想」（ideal, Ideal, idéal）という名詞は、ラテン語の形容詞"idealis"を語源とする形容詞（ideal, ideal, idéal）を名詞化することによって成立した。そして「理想」という名詞は、まず十八世紀にド

イツ、フランスで用いられるようになり、世紀後半にイギリス、イタリア、スペインでも用いられるようになった。その際に理想概念は、主として芸術理論において「美の理想」という表現として用いられた。十七世紀の古典主義芸術理論（ベッローリなど）において「イデア」がとりわけ重要な役割を果たしたことはパノフスキーの研究[3]で知られるが、「イデア」という言葉自体は経験的な観念のことも含む広い意味を持ちうるため、美の最高の完成態という規範的な意味を強調するために、「美のイデア」に代わって「美の理想」が用いられるようになったとトネリは述べている。

また彼によれば、「理想」という言葉はヨーロッパの中でも特にドイツ語圏において最も普及し、一七七〇年以降は一種の流行語となったが、これはとりわけヴィンケルマンの影響によるものとされる。たしかに彼は『古代美術史』（Geschichte der Kunst des Altertums: 初版一七六四年）において美の理想についての考察を展開しているが、その際に「理想美」（die idealische Schönheit）、「理想」（das Ideal）、「最高の美のイデア」（die Idee der höchsten Schönheit）といった用語を厳密に区別することなく用いている。そのためこの章における分析も、『古代美術史』については、理想概念に限定することなく、それに類似する諸概念を含めて検討する。

「理想」についてのヴィンケルマンの議論の主眼は、最高の美は芸術家の精神のうちに見出されるというイデア論と、芸術家は自然を模倣しなければならないという模倣理論とを調停することにある。彼は一方で、「最高の美は神のうちにあり」（Die höchste Schönheit ist in Gott）、芸術家は「神的な知性」（der Verstand der Gottheit）を模倣して制作するという、イデア論に即した議論を展開しているが（GK 149[4]）、その一方で「［古代の］美の概念は、多くの美しい身体から美を統一しようとした」（sie [die Begriffe der Schönheit] suchten das Schöne aus vielen schönen Körpern zu vereinigen.: GK 155）と述べ、ゼウクシスの例を挙げて、古代の芸術家が自然に存在する多くの人体から美しい部分を選択的に模倣し、それを結合して造形したことを弁護している（GK 155f.）。彼の立場は、芸術家は自分の知性に従いつつも、知性のみならず自然の選択的な模倣によって制作すべきであるというものである。

この章との関連で重要であるのは、ヴィンケルマンが、美の「理想的」（*idealisch*）な形成と「個性的」（*individuell*）な形成とを区別していることである。美の個性的な形成とは、自然のうちにある美しい個人それ自体を模倣することであり、美の理想的な形成は、彼自身の支持する方法であり、「多くの個別的なものから美しい部分を選んで一つに結びつけること」（GK 151）、すなわち自然に存在する複数の人体から美しい部分を選択して結合することである。すると、美の理想的な形成とは、多くの個人から美しい部分を選択して新たな個人の像を造形することではないかと推測されよう。しかしヴィンケルマンにおける美の概念は、いかなる現実の個人も超越するだけでなく、個人としての人間の像を造形することそれ自体に対立する性格を持っている。なぜなら、美しい形態は、個人が持ちうるいかなる人格や感情も表現してはならないと彼は考えるからである。すなわち、「美とは、あれやこれやの特定の人格に固有でもなく、心の或る状態や情念の或る感情を表現することもない、そのような形態である」ので、感情の表現は像の美を損なう。そして彼は端的に「美は表現しないこと」（die Unbezeichnung [der Schönheit]）[5]を主張する（GK 150）。さらに彼は、美を追求する古代ギリシアの芸術家にとって、「若い男性が持つ、両性をいわば混合した性質」（die aus beiden Geschlechtern gleichsam vermischte Natur männlicher Jugend: GK 151）が高く評価されていたことも指摘している。ヴィンケルマンによれば、人間の像を造形する場合には確かに美以外の行為や感情を表現することを避けられない。「人間の本性において苦痛と喜びの間には、エピクロスも言うように中間の状態はない」し、「情念は人生の海で我々の船を駆る風である」がゆえに、「純粋な美だけが我々の観照する唯一の対象であることはできず、我々は純粋な美をも［能動的］行為（Handlung）と［受動的］情念（Leidenschaft）の状態に移さなければならない」（GK 150）。それゆえに「表現」（Ausdruck［表情］）の契機が人間の像の造形には不可欠である。しかし彼にとって、美それ自体は表現から独立しており、「最高の美のイデアのためには、人間についての哲学的知識も、魂の情念についての探求も、この情念の表現も必要ない」（ebd.）。

以上の『古代美術史』の議論から理解されるように、ヴィンケルマンにとっての美の理想とは、人格、感情、性差を欠いた、いかなる個人でもありえない無規定的な身体である。それゆえに、現実に存在する個人を模倣するか、芸術家が選択的な模倣によって新しく作り出すかにかかわらず、個人としての人間の像を造形することと、美の理想との間には、解消しえない矛盾が存在する。(6)

二　カントにおける理念と理想

一　『純粋理性批判』における理想概念

本節では、ヴィンケルマンによってドイツ語圏に広く普及した理想概念が、カントの批判哲学においていかなる変容を被ったかを検討する。理想概念の定義は、『純粋理性批判』（Kritik der reinen Vernunft 第一版一七八一年、第二版一七八七年）の「超越論的弁証論」（Die transscendentale Dialektik）の第二編第三章「純粋理性の理想」（Das Ideal der reinen Vernunft）と、『判断力批判』（Kritik der Urteilskraft 一九九〇年）の第一七節「美の理想について」（Vom Ideale der Schönheit）にみられる。(7)

カントは「純粋理性の理想」の第一節「理想一般について」（Von dem Ideal überhaupt）において、理想を「具体的であるだけでなく個体的でもある理念」（die Idee nicht bloß *in concreto*, sondern *in individuo*）と定義し、さらに「個体的」の意味として、「理念によってのみ規定可能であり、それどころか理念によって実際に規定された個別的な物」（ein einzelnes, durch die Idee allein bestimmbares oder gar bestimmtes Ding）と説明する（AA III 383）。つまり理想とは理性概念である理念によって規定された「個別的な物」として定義されている。ここで彼は、理念が理想を規定する関係は「汎通的な規定」（die durchgängige Bestimmung; ebd.）であると述べる。「汎通的な規定」の原理とは、ライプニッツ＝ヴォルフ学派の形而上学における個体化の原理であり、それによれば、ある個体が主語として持ちうるあらゆる述語はあらかじめ決定されている。カント自身はこの原理を以下のように定義している[8]。

> 現実存在するあらゆるものは汎通的に規定されている（*alles Existirende ist durchgängig bestimmt*）、という命題は、相互に対立する所与の述語からなる、あらゆる対のうち、常に一つの述語がこのものに属するというだけでなく、[相互に対立する] 全ての可能な述語 [からなる、あらゆる対] のうち、常に一つの述語がこのものに属することも意味する。ゆえにこの命題によって、述語が相互に論理的に比較されるだけでなく、物そのものが全ての可能な述語の総体と超越論的に比較される（AA III 386）。

ゆえに理念による理想の「汎通的な規定」とは、ある理念（例えば「徳」や「叡智」）にとって本質的な性質のみならず、それ以外のありとあらゆる述語に関してそれがこの理念に適合するかどうかを判断し、それによって、ある理念に厳密に対応するただ一つの個体（例えば「（ストア派の）賢人」: AA III 383）の概念を導き出すことである。

以上の理想概念の定義については前節との関連で以下のように言える。ヴィンケルマンにおいてはイデア（die Idea）と理想（das Ideal）という二つの用語が明確に区別されることなく並存していたが、カントは『純粋理性批判』

において、イデアを理性概念としての理念（die Idee）として、また理想を理念によって汎通的に規定された個物として定義することによって、二つの用語を明確に区別している。さらに、「個性的」ないし「個体的」（individuel, individuo）という表現について、カントとヴィンケルマンでは意味上の差異がある。ヴィンケルマンは、現実に存在する個人を忠実に模倣することを「個性的」な形成と呼び、個性的であることは理想的ではないとしたが、カントは理念によって汎通的に規定されていることを「個体的」と呼び、個体的でなければ理想ではないとしている。さらにヴィンケルマンにおいて「最高の美のイデア」は無規定的であり、個人としての人間の像を造形することと矛盾する関係にあるが、カントにおいては「汎通的に規定」された個体であることが理想の本質である。

『純粋理性批判』のカントによれば、理性概念である理念のみならず、理念によって「汎通的に規定」された理想もまた、それに対応する感性的直観を持たないので、現象における「客観的な実在性」（die objektive Realität）を欠いている（ebd.）。そもそも「汎通的な規定自体が、われわれが決して具体的にその全体性に即して感性化しえない概念であり、したがって、ただ理性のうちにのみ座を持つ理念に基づいている」（AA III 386）[9]。それゆえに、彼が理想に認めるのは、「（統制的原理としての）実践的な力」のみである。すなわち（「理念が規則（die *Regel*）を与える」のに対して）「理想は模像を汎通的に規定するための原像（das *Urbild*）として役立つ」のであり、「われわれは、われわれの中の神的な人間の振る舞いに決して到達できないが、これと自分とを比較し、判断し、それによって自分を改善するのである」（AA III 384）。その際にカントは、理想に対応する感性的な直観は存在しないがゆえに、理想は芸術によっても表現できないと主張する。例えば賢人を小説において表現しようとするなら、「自然的な制約が理念の完全性を不断に損なうので、そのような試みでは一切のイリュージョンが不可能になり、それゆえに、理念のなかにある善それ自体が、疑わしく、単なる作り話に似たものになってしまう」（ebd.）[10]。

以上のようにカントは『純粋理性批判』において、理想を理念によって「汎通的に規定」された個体として定義する一方、理想の客観的な実在性を否定したことによって、芸術による理想の表現も否定し、思考の中にある行為の範例としての「実践的な力」だけを理想に認めた。この後『実践理性批判』(Kritik der praktischen Vernunft: 一七八八年)では、理念によって汎通的に規定された理想に実践的な力を認めるという議論は見られず、ストア派の賢人の理想は人間の道徳的な能力の有限性を無視していると批判される(AA IV 127)。

しかし、カントは『判断力批判』において、個体としての理想についてそれまでとは異なる議論を展開している。

二 『判断力批判』における「美の理想」

『判断力批判』の第一七節「美の理想について」においても、理念と理想を区別することから議論が始められている。すなわち、「そもそも理念は本来理性概念を意味し、理想とは、理念に適合したものとしての個別的な存在の表象である」(*Idee* bedeutet eigentlich einen Vernunftbegriff und *Ideal* die Vorstellung eines einzelnen als einer Idee adäquaten Wesens.: AA V 233)。『純粋理性批判』においては、理念と理想との関係が「汎通的な規定」とされ、ある理念には、ただ一つの個体だけが理想として対応するとみなされていたが、『判断力批判』では、理想と理念との関係について「汎通的な規定」という表現は用いられず、理念が理想の「根底にある」(zum Grunde liegen)、あるいは理想が理念に「基づく」(beruhen)といったより緩やかな関係が示されている(ebd.)。

カントはこの節で、理想は芸術によって表現しうるかどうかという問題に再び取り組んでいる。ここで彼は議論の対象を暗黙のうちに造形芸術に限定しており、この点で彼が美の理想についてのヴィンケルマンの議論を踏まえていることがうかがわれる。カントによれば、「自己の存在の目的を自己自身のうちに持つもの、すなわち人間だけが、美の理想となりうる」（ebd.）。人間は自己の存在の目的を理性によって自律的に規定できるのであり、この目的は理性概念としての理念を成している、とカントは考えている。

しかし、人間の形態が「美の理想」になりうると認めるならば、『純粋理性批判』において理想には感性的な直観が対応せず、ゆえに芸術によって表現できないと議論していたことと矛盾するように思われる。実際にこの節でカントは「道徳的なものの表現」（der Ausdruck des *Sittlichen*: AA V 235）、あるいは「道徳的な諸理念の可視的な表現」（Der sichtbare Ausdruck sittlicher Ideen: ebd.）という表現を用いて、あたかも批判哲学全体の枠組みから逸脱して、理性概念としての理念が感性的に直観されうると議論しているかのように見える。しかし別の箇所では「人間性の諸目的」そのものと、その作用とが区別されている。「人間性の諸目的」（die Zwecke der Menschheit）は、「感性的に表象されない」（nicht sinnlich vorgestellt werden können）が、「現象におけるその作用としての［人間の］形態をとおして明らかになる」（durch welche [eine Gestalt], als ihre Wirkung in der Erscheinung, sich jene [die Zwecke der Menschheit] offenbaren: AA V 233）。さらに以下の一節では、この「作用」の内実についても区別されている。

> 人間を内的に支配する道徳的な諸理念の可視的な表現（Der sichtbare Ausdruck sittlicher Ideen, die den Menschen innerlich beherrschen）は、たしかに経験からしか取り出せない。しかし、われわれの理性が最高の合目的性という理念（die Idee der höchsten Zweckmäßigkeit）において道徳的な善（das Sittlich-Gute）と結びつける一切のもの――魂の善良さ、あるいは無垢、あるいは力強さ、あるいは穏やかさ等々（die Seelengüte, oder Reinigkeit, oder Stärke oder Ruhe u.s.w.）――と道徳的な諸理念との結合を、（内面の作用としての）身体的な表出においていわば可視的にする（in körperlicher Äußerung（als Wirkung des Innern）gleichsam sichtbar zu machen）ためには、理性の純粋な諸理念と、構想力の大きな力

とが、この結合について判定するだけの者においても、さらにはこの結合を感性的に呈示しようとする者においても統一されていなければならない（AA V 235）。

この引用によれば、①「身体的な表出」において「内面の作用」として「いわば」可視的になるのは、②「道徳的な諸理念」と、③「魂の善良さ」等々の道徳的心性との「結合」である。しかしこの引用で「いわば」という表現が用いられているので、そもそも何がいかにして可視的になるのかをさらに立ち入って考察することが必要である。ここで問題になるのは、「道徳的な諸理念」②と「魂の善良さ」③等々の「結合」関係の意味であり、これは、前者が人間の内面を支配することによって後者の道徳的心性がもたらされるという、やはり作用の関係として捉えることができる。すると、「美の理想」を試みに以下のように再構成することができよう。すなわち芸術家は「経験」から得た知識に基づいて人間の身体を造形するが、鑑賞者がこの形態①から直接的に読み取るのは、「道徳的な諸理念」②それ自体ではなく、「魂の善良さ」③等々の道徳的心性であり、像の形態は道徳的心性③の作用として捉えられる。この道徳的心性を、鑑賞者である「われわれの理性」が、さらに「道徳的な諸理念」②の作用とみなす。結果として鑑賞者は、芸術家が造形した人間の身体が道徳的な心性と「道徳的な諸理念」との結合関係を可視化していると理解する。

このように「美の理想」を、造形された身体①・道徳的な心性③・道徳的理念②の三層から成る関係として再構成するならば、理性概念としての理念は感性的に直観されえないという批判哲学の枠組みを逸脱することなく、カントの記述を理解できる。しかしこの再構成によれば、「美の理想」の鑑賞者は「魂の善良さ」③等々から「道徳的な諸理念」②へと必然的に（厳密な推論で）到達するのではなく、自らの理性の自発的なはたらきによって両者を自由に関連づけることになろう。なぜなら、例えば魂の「力強さ」をもたらすのは道徳的な善だけとは限らず、悪でもありうるからである。既に触れたように、『判断力批判』では理念と理想の関係が「汎通的な規定」という厳密な関係として定義されず、理念が理想の「根底にある」、あるいは理想が理念に「基づく」といったより緩やかな関係として定義されているが、このことも、鑑賞者の理性が「美の理想」の表現と道徳的理念とを自発的に関連づけることを示唆するものと解釈できる。

理想概念について『純粋理性批判』と『判断力批判』の議論を比較すると以下の結論が得られる。『純粋理性批判』では、理念による理想の「汎通的な規定」という厳密な関係を擁護するために、芸術による理想の表現の可能性が否定されたが、逆に『判断力批判』では、理想の芸術による表現可能性が擁護された結果、理念と理想との厳密な対応関係が放棄され、相互の関連づけが鑑賞者の理性の自発的な活動に委ねられている。一言で言うと、批判哲学における理想概念は、理念と感性的直観との間で不安定に動揺したが、これは両者の関係を短絡的ではない仕方で定式化しようとしたカントの思索にとって避けがたいことであった。

三　シュレーゲルにおける理想概念

本節が分析するのは、「アテネーウム断片集」とりわけ第一二一番断片における理想概念であり、この断片をシュレーゲルの哲学構想のうちに位置づけて解釈するために「超越論哲学」講義の筆記録も参照する。

「アテネーウム断片」第一二一番の前半では理想概念が以下のように規定されている。

理念とはアイロニーに至るまで完成した概念である（Eine Idee ist ein bis zur Ironie vollendeter Begriff）。すなわち絶対的な反対定立の絶対的な総合、二つの相争う思考の交替であって、この交替は恒常的に自己自身を産出する。理想は理念であると同時に事実である（Ein Ideal ist zugleich Idee und Faktum.）。思想家にとって理想が持っている個性が、芸術家にとって古代の神々が持っているのと同じぐらい豊富でないならば、理念に取り組むことは、空疎な公式を使ってする退屈で難儀なさいころ遊びか、あるいは中国の僧侶風にくよくよと思い悩みながら自分の鼻を眺めることでしかないだろう。このような対象のない情感的な思弁（diese sentimentale Spekulation ohne Objekt）ほど貧弱で軽蔑すべきものはない（KA II 184f.）。

この引用を一見すると、理想と理念とを区別し、理想は豊富な「個性」を持たねばならないとする点で、シュレーゲルによる理想概念の定義はカントのそれと類似している。しかし、「理想は理念であると同時に事実である」という表現はカントの定義には見られなかった。

「超越論哲学」講義の序論では「理念」と「事実」が以下のように定義されている（KA XII 4）。哲学は「絶対者」（*das Absolute*）に向かうが、これは二つの因子から成る。負の因子は「限定されたもの」（*das Bedingte*）であり、これは「根源的なもの」（das Ursprüngliche）ないし「原初的なもの」（*das Primitive*）から始まる連鎖を成すが、そのいかなる項も「何か個別的なもの」（*etwas Einzelnes*）である。これに対して正の因子は「全体性」（*Totalität*）である。シュレーゲルは以下のように述べる。「根源的あるいは原初的なものについての知はわれわれに原理をもたらす。そして全体性についての知は理念をもたらす」（Ein Wissen von dem Ursprünglichen oder Primitiven giebt uns *Prinzipien*. Und ein Wissen der Totalität giebt *Ideen*: ebd.）。彼はここで「原理」には命題だけなく「事実」（*Fakta*: ebd.）も含まれるとする。その例として彼が挙げるのは、フィヒテ哲学における「自我は自我である」（*Ich bin Ich*）という定式、また自然学における生命の原理であり、彼によるとこれらは命題ではなく「事実」である。また「理念」とは通常の意味の概念では捉えられない知であり、その例は「非我は自我に等しい」（*Nichtich ist gleich Ich.*: KA XII 5）、および「表現しうるもの」（*was darstellbar ist*）は「表現しえないもの」（*was nicht darstellbar ist*）に等しい（KA XII 6）という定式を挙げる。シュレーゲルはこのように、対立するものの総合として「全体性」を捉えており、これは前に引用した「アテネーウム」断片第一二一番における「理念」の規定、すなわち「絶対的な反対定立の絶対的な総合、二つの相争う思考の交替」に適合している。[11]

以上のように「超越論哲学」講義によれば「事実」とは個別的なものの系列の発端にある「根源的なもの」についての知であり、「理念」とは「全体性」についての知である。

では「超越論哲学」講義で理想概念そのものはどのように規定されているだろうか。「理想は理念であると同時に事実である」という表現は「超越論哲学」講義には見られない。しかし、「理念すなわち全体は個体に関係づけられると理想をもたらす」（Eine Idee, d.h. *ein Ganzes bezogen auf das Individuum, giebt ein Ideal*: KA XII 8）と言われており、既に見た「理念」と「事実」の規定（全体性の知と個別者の根源の知）を踏まえると、この表現は「理想は理念であると同時に事実である」という表現と趣旨を同じくすると言えよう。これに関連して「超越論哲学」講義第二部「人間の理論」（Theorie des Menschen）の以下の一節が注目される。

> 理想が個体と万有（Individuum und Universum）の中間概念であるならば、すなわち個体が全体との関係において完成する（ein Individuum in Beziehung auf das Ganze vollendet wird）ならば、あるいは、万有が個体によって表現される（das Universum durch das Individuum dargestellt wird）ならば、誤った実践に理想を見いだすことは不可能である（KA

XII 83）。

ここでシュレーゲルは「万有」を「全体」と同じ意味で用いており、理想概念の内実が個体と全体（ないし万有）の二重の関係（全体との関係による個体の完成、および個体による全体の表現）から成るとしている。これをより詳細に検討するために、「超越論哲学」講義の第一部「世界の理論」（Theorie der Welt）の議論に着目しよう。

シュレーゲルはそこで「実体」（*Substanz*）と「諸要素」（*Elemente*）との対概念を提示し、実体の形相が「同一性（不変性）」（*Identität*（Beharrlichkeit））であり要素の形相が「二重性（可変性）」（*Duplizität*（Veränderlichkeit））である（同一性と二重性は最も高次の「事実」とされる：KA XII 50）としたうえで、実体を二重性と結合すると個体が得られるとする（KA XII 37）。ここで彼は以下のように問う。

なぜ無限なもの［実体］は自らの外に出て自らを有限にしたのか。これを言い換えると、なぜ個体が存在するのか（*Warum sind Individua ?*）、あるいは、なぜ自然の運動（*das Spiel der Natur*）が一瞬で過ぎ去ってその結果何も存在しないということがないのか（KA XII 39）。

ここで彼は「像あるいは表現、アレゴリーの概念」（der Begriff *des Bildes* oder *Darstellung, Allegorie*（eikon））を提起して「個体は一つの無限の実体の一つの像（*ein Bild* der *einen unendlichen Substanz*）である」（KA XII 39）と述べる。そして、個体の形相は無限な実体に由来するのでそれ自体無限であるとして、それを「エネルギー［…］（限界を持たない内的な作用力）」（Energie [...]（eine innere Wirksamkeit, die keine Gränzen hat）: ebd.）と規定する。彼によれば、この「エネルギー」は

「アレゴリー」の「意味、指示、精神」（*Sinn, Bedeutung, Geist*）であり、それゆえにこれは精神的なエネルギー、「知性」（*Verstand*）すなわち「ヌース」（nus）（KA XII 28）のエネルギーである（KA XII 40）。「アレゴリー」はこの知性のエネルギーの「形成」（Bildung）である。ここでシュレーゲルは、「個体が最高度にまで自己を規定するまでは、その個体の力の程度について確信を持つことができない」（KA XII 40）と述べて、個体はその形相である知性のエネルギーを最高度に形成してはじめて実体のアレゴリーたりうると示唆している。以上の議論から、シュレーゲルが「理想」と呼ぶのは個体の形相の最高度の形成であると理解できる。

ここまで検討したシュレーゲルの議論では、以下の二点に注意すべきであろう。第一に、彼は既に引用した理想概念の規定（KA XII 8, 83）において「全体」（ないし「万有」）という概念を用いているが、これは「世界の理論」によれば唯一で無限の「実体」にあたり、これは「諸個体の総体」としての「世界」（die Welt :KA XII 42）とは区別される。この唯一無限の「実体」はスピノザ哲学に由来している。シュレーゲルはスピノザの体系を「思弁の体系」（Das [System] der Spekulazion）と呼び、思弁は「無限なもの」（KA XII 32）ないし「全体」（KA XII 100）へと向かう思考であり、「思弁」を可能にするのは「主観的なものの抽象［捨象］」（Abstrakzion des *Subjektiven:* KA XII 100）であるとする。そして「理想は思弁によって産出される」（Das Ideal wird durch Spekulazion erzeugt.: KA XII 8）と述べる。

第二に、シュレーゲルは個体概念を極めて広い意味で用いており、唯一無限の実体が有限になったもの一切を指す。最初に得られる個体は時間と空間であり（KA XII 41）、さらに「世界」も「諸個体の総体」（Inbegriff aller Individua）であると同時に一つの個体でもある（KA XII 42）。これは前節までに論じたヴィンケルマンやカントの理論との大きな違いである。シュレーゲルは、このように多種多様な位相において見いだされる全ての個体の形相の間に「根源的な調和」（*ursprüngliche Harmonie:* KA XII 41）を想定する。なぜなら、「いかなる形相も同一者［実体］の表現である」（Jede

Form ist der Ausdruck eines und desselben: ebd.）ので「形相の差異は相対的である」に過ぎないからである。

さらに「世界の理論」における重要な論点として、シュレーゲルは「個体は不断の生成である」（Das Individuum ist ein beständiges Werden: ebd.）と述べて、個体の有限性を生成過程として時間的に捉えている。それゆえに一つの個体として「世界はまだ未完成である」（ebd.）。彼はこの立場に基づいて、「形成が一切の歴史の内容である」、また「歴史の条件は理想である」（KA XII 16）と定式化する。[12]

「超越論哲学」講義においてシュレーゲルは、個体と世界は生成過程にあるという命題から、「われわれの使命は世界の完成のために協働（mitarbeiten）することである」（KA XII 42）を導き出す。それではこの協働はいかにして行われるのだろうか。「超越論哲学」講義の「人間の理論」でシュレーゲルは「道徳の最高原理は個性（Individualität）である」（KA XII 60）と述べる。彼は「個性」ということで「独自性、独創性」（*Eigentümlichkeit, Originalität*: KA XII 48）を理解しており、自己の独自性の追求という意味において、「人間は自分の理想へと努力すべきである。つまり彼は自分がそれであるところのものになるべきである」（KA XII 65）と述べている。また道徳の根本原理として「汝自身を知れ、すなわち汝の理想と、理想への努力に対立するものとの両者を探求せよ」（KA XII 68）とも述べる。彼は個体の形相相互の「根源的調和」に基づいて、各人が自己の個性を探求し、自己の形相である知性のエネルギーを完全に形成することによって結果的に世界の完成に寄与すると考えている。シュレーゲルはこの構想を宗教にも適用して、以下のように表現している。

生成を考慮するならば、神（*Gott*）について語るより神々（*Götter*）について語る方がよりふさわしいだろう。ひとが普通神に付与する様々な完全性は適用しえないのであり、それらは最終的な事実（das letzte Faktum）に適用しうるものである（KA XII 54）。

「アテネーウム断片」第四〇六番においてシュレーゲルは各人の固有の理想を各人に固有の神とみなし、「真の芸術家と真の人間」が自らの理想に対して持つ関係を「内心の礼拝」（innre Gottesdienst）と呼ぶ。[13]ここでシュレーゲルが特に「真の芸術家」を挙げていることからも理解されるように、彼は道徳的行為と並んで芸術創造も個人の形成の主要な領域として捉えている。[14]「アテネーウム断片」第一一七番では、芸術作品の名に値するのは、「作品の理想が芸術家にとって恋人や友人と同じぐらい豊富な生きた現実性といわば人格性を持っている、そのような作品」（KA II 183）であると述べている。各人が固有の理想を持つという理想の複数性ゆえに、個人とその理想との関係は「友人や恋人」との関係に類比的な親密性として捉えられているのである。

シュレーゲルの理想概念についての以上の分析を、前節までに検討したヴィンケルマンおよびカントの理想概念と比較してみよう。ヴィンケルマンにおいては「個性的」形成と「理想的」形成の対立が存在し、またカントにおいては、理念と理性との厳密な対応関係と、芸術による理想の表現可能性とが両立しない関係にあるが、シュレーゲルにおいてはこうした対立関係は排除されている。彼はあらゆる個体の形相が唯一無限の実体に由来すると前提しているので、有限な個体が自らの個性を形成することが、同時に唯一無限の実体を表現することになるのである。「理想」についてのシュレーゲルの以上の議論は、第三章で検討した「文学についての会話」における、著者の想像力による表現行為が、能産的自然の産出過程を模倣するという美学的議論を、形而上学的に根拠付けるものである。二つの議論を結びつけて再定式化するならば、著者に本来内在している「個性」すなわち「独自性、独創性」である詩作能力は、能産的自然としての唯一無限の実体に由来する「知性のエネルギー」であるがゆえに、著者の精神は、この詩作能力を際限なく活動させることによって、この実体の「像」ないし「アレゴリー」を形成するように目指すことができる。また個体相互の「根源的調和」という構想は、「詩的反射の累乗」の無限性の二つの次元、すなわち一つの作品の部分間で成立する変容を伴う反復と、複数の著者の間で成立するそれとを統一的に理解することを可能にする。「超越論哲学」講義によれば、個々の精神が個体であるだけでなく、「諸個体の総体」である「世界」もまた一つの個体であり、諸個体の「いかなる形相も同一者〔実体〕の表現である」のであるから、「詩的反射の累乗」の無限性に関して、作品内部の部分の関係と、作品相互の関係、著者相互の関係の「差異は相対的」であることになる。この点を踏まえると、「ロマン的文学」においては、個別的な文字通りの作品だけでなく、それらの作品を部分として文学史の全体も、「詩的反射の累乗」の原理によって統一された一つの「作品」とみなしうることになろう。この場合の文学史とは、『修業時代』においてヴィルヘルム・マイスターが『ハムレット』を批評し、また『ハムレット』においてハムレットが、トロイ戦争を主題とした叙事詩の朗唱について批評していることが示唆するように、近代ヨーロッパにとどまらず、ヨーロッパ文学の起源としてのギリシア神話にまで遡るものである。このように、文学史の総体を生成する一つの文学作品とみなす構想は、「普遍史（世界史）」(Universalgeschichte)とのアナロジーにおいて「ロマン的文学」を「進歩する普遍文学」と定義するシュレーゲルの用語法にも示唆されている。

しかし、シュレーゲルの議論についてはある疑問が生じる。彼は「超越論哲学」講義で、世界は生成の過程にあって未だ未完成であり、ゆえに完全な単一の神について語ることはできず、神々について語るべきであると述べているが、その一方で、「思弁」とは、無限なものへ向かい、これと個体を関係づけることによって理想を生み出す思考であると述べる。すると、そもそもいかにして「思弁」は可能になるのかと問わざるをえない。この同じ問いは、「アテネーウム断片」第一二一番の記述からも生じる。この断片の後半では、「超越論哲学」における「抽象」と

「思弁」に対応して、「包括的な抽象」（Abstraktion *en gros*）と「細部にわたる思弁」（Spekulation *en detail*）が挙げられている。「包括的な抽象」は様々な類を厳密かつ明確に規定して類の体系を形成する思考とされ、「細部にわたる思弁」はそれぞれの類にふさわしい理想を構想する思考とされる。この「細部にわたる思弁」についてシュレーゲルは以下のように述べている。

> 随意にあるときはこの領域へ、またあるときはあの領域へと、まるで別の世界へ移るように移ること、しかも知性と想像力のみならず魂の全体をもって移ること。そして、自分の存在のあるときはあの部分を、またあるときはこの部分を自由にあきらめて、別の部分に完全に自己を限定すること。今はこの個体に、次はあの個体に自らの一にして全を探してそれを見出し、他の個体全てを意図的に忘れること。そのようなことができる精神は、いわば多数の精神と人格の全体系とを自らのうちに含んでいる。そしてこの精神の内部では、あらゆるモナドにおいて発芽するといわれる万有が成長しきって成熟している（in dessen Innerm das Universum, welches, wie man sagt, in jeder Monade keimen soll, ausgewachsen, und reif geworden ist）（KA II 185）。

「超越論哲学」講義によれば「個体は不断の生成である」（KA XII 42）、「世界はまだ未完成である」（ebd.）とされていたが、この引用では、いかなる類についても理想を構想し、いかなる個体のうちにも全体性を見いだすという「細部にわたる思弁」を行う精神においては、「万有が成長しきって成熟している」とされている。いかにしてこうした事態が成り立つのだろうか。この問いは、第三章で検討した「ロマン的文学」にも直接関係する。なぜなら、「アテネーウム断片」第一一六番では、「予見的な批評だけに、その［ロマン的文学の］理想を特性描写しようとすることが許される」と言われていたからである。

「アテネーウム断片」第一二一番では「細部にわたる思弁」は「今はこの個体に、次はあの個体に自らの一にして全を探してそれを見出す」思考であるとされるが、「超越論哲学」講義でこれに相当するのは、多種多様な個体相互の類似性を見いだす能力である「正しく類推する力」（eine Kraft richtig *zu analogisiren*: KA XII 101）である。この能力がそもそも可能である前提は、この章ですでに言及した「根源的な調和」に他ならない。「全ての諸全体［それぞれが統一的全体を成している諸個体のこと］はその本質において一つであり、それゆえに一つの全体から別の全体に推論することができる」（ebd.）。しかし、生成する有限な世界の内部では「諸個体の知識は決して完成されない」ので、「類推は未完成の知識である」（ebd.）ことが帰結する。それにもかかわらず「正しく類推する力」は、「全体の不完全な知識はこの中間項（天才）（Genie）によって、それがあたかも完成しているかのように表現される」（ebd.）。このように、生成過程にある未完成の世界の完成を先取りする予見的な能力は、シュレーゲルによれば「ある特定の種類の天才」（ebd.）なのである。この講義の別の箇所では「天才」のメルクマールとして、「個体とその理想との一致」（KA XII 104f.）が挙げられ、これは「自然の恩寵」とされている。以上の記述を踏まえると、上記の疑問には以下のように答えることができる。無限なもの、全体へと向かい、そこから理想を産出するとされる思弁とは、「自然の恩寵」というそれ以上説明しえないものによってすでに理想と一致しているある特別に卓越した個体、すなわち天才にのみ可能なのである。このように、シュレーゲルの議論は「思弁」の可能性を巡って循環している。(15)

結語

この章で検討した、ヴィンケルマン、カント、シュレーゲルの理想概念を、理想が指し示すものという観点から整理しよう。ヴィンケルマンにおいて美の理想とは、現実に存在するあらゆる個人を超越しているだけでなく、人格、感情、性差をも超えた、いかなる個人にもなりえない無規定的な「表現しない」身体であった。カントの批判哲学において、「汎通的な規定」の関係によって個体としての理想が理念を厳密に指し示すことと、理想を芸術において感性的に表現することは両立しえない関係にあったが、これは理性概念としての理念と感性的表現とを短絡させないことによる必然的な帰結であった。

シュレーゲルは、いかなる個体もその形相（知性のエネルギー）を唯一無限の実体から得ていると前提するので、個体にとっての理想は、個体自身の個性を指し示すと同時に、「アレゴリー」として唯一無限の実体を指し示す。こうした理想を構想するためには、生成する有限な世界にありながら無限なものについての知を先取りしなければならないが、それは「自然の恩寵」によってすでに理想と一致している「天才」にのみ可能なことなのである。ここには、「研究論」における、「彼［ゲーテ］の作品の美は彼の根源的自然の不随意の贈与である」（KA I 261）という見解が姿を変えて再び現れている。このことは、「超越論哲学」講義において、「天才」が「関心を惹く」（interessant）と「古典的」（classisch）の「中間概念」として規定されていることによっても示唆されている。[16]

シュレーゲルの議論は、理想について思考するためには既に理想と一致していなければならないという循環を示しているのだが、付言するならば、「個体と理想との一致」とは、それ以上の発展の余地を持たない静止状態としては捉えられない。なぜなら、既に見たように、個体の形相が知性のエネルギーであり、それを最高度に形成することが個体にとっての理想である以上、この知性はその最高度の活動を持続してはじめて理想たりうる。それゆえに、天才は「個体と理想との一致」であるという命題は、彼の文学論における「詩的反射の累乗」の構想、つまり個々の作品、さらにその個々の部分が統一性を持ちつつ、それらの間に変容を伴う際限のない反復と再創造の関係が成立するという構想に矛盾しない。第三章の四‐四で述べたように、「ロマン的文学」の「理想」とは単一の文学作品ではなく、未来において次々と生み出されるべき作品の連鎖を指すべきものである。

また、「個体と理想との一致」をメルクマールとする天才は、自己の精神のうちに自足して他者を必要としない精神というわけではない。なぜなら、たとえ個別の精神において個体と理想とが一致していても、諸個体の総体であると同時に一つの個体でもある世界は未完成であり、生成の途上にあるのだから、「われわれの使命は世界の完成のために協働することである」（KA XII 42）という命題の有効性は変わらないからである。文学の世界史としての「進歩的普遍文学」である「ロマン的文学」は、一人の天才によって完結するものではなく、歴史のなかに現れる天才たちの創造の連鎖によって初めて実現するというのがシュレーゲルの含意するところである。

第三章と第四章では、芸術創造の条件を「公論」に求めるという「研究論」の立場からシュレーゲルが離脱して、個人としての、また歴史において現れる総体としての芸術家の精神のうちに無限の創造性を求める立場に移行したことを、彼の文学論と哲学構想の分析を通じて確認した。第五章では、『ルツィンデ』を分析する。なぜならば、そこでは第四章で「天才」という名の下に明らかになった芸術家の主体性が、自分自身の能力だけによって活動するのではないことについて、そしてそれを可能にする社会関係について、シュレーゲルが小説という形式において（すなわち「文学の文学」、「小説《ロマーン》の理論」として）叙述しているからである。

註

（1）この講義が行われた背景など歴史的な事柄について詳しくは以下を参照。エルンスト・ベーラー（相良憲一訳）「フリードリヒ・シュレーゲルの超越論哲学講義」（ヴァルター・イェシュケ編（高山・藤田監訳）『論争の哲学史』、理想社、二〇〇一年）。

（2）ジョルジョ・トネリ（高橋義人訳）「理想（ルネサンスから一七八〇年の哲学における）」（『西洋思想大辞典』、平凡社、一九九〇年、第四巻、五一〇—五一四頁）。

（3）パノフスキー（伊藤・富松訳）『イデア——美と芸術の理論のために』、平凡社ライブラリー、二〇〇四年。

（4）ヴィンケルマン『古代美術史』からの引用は以下により、GKと略す。
Johann Joachim Winckelmann: Geschichte der Kunst des Altertums. Darmstadt (Wissenschaftliche Buchgesellschaft) 1972.
以下の邦訳を参照した。
中山典夫訳『古代美術史』、中央公論美術出版、二〇〇一年。

（5）ヴィンケルマンにおける"Unbezeichnung"の概念には、断片性や抽象性などの側面が含まれており非古典主義的な芸術観と親和的であると指摘している論考として以下を参照。Hans Joachim Dethlefs: Kunstleben oder Ausdrucksphobie? J. J. Winckelmanns Begriff der *Unbezeichnung*.（『ドイツ文学』一〇五号、二〇〇〇年、一七〇—一七八頁）。

（6）ヴィンケルマンの少し後に、ドイツ語圏において、理想について議論した重要な著者として、ズルツァーを挙げることができる。彼は、『芸術の一般理論』において、「理想」の項目を設けている。ズルツァーの定義では、芸術における理想とは、「芸術家の想像力が、自然に存在する対象にある程度似せて作った原像」であり、これが芸術家の制作にとっての規範となるとされる（Johann Georg Sulzer: Allgemeine Theorie der schönen Künste. Leipzip (M. G. Weidmanns Erben und Reich) 1771-1774, Bd. 1, S. 554; 引用は以下の電子テクストによる。Sulzer: Allgemeine Theorie der schönen Künste. Berlin (Directmedia) 2002.）。彼の議論では芸術家は三つの段階に分けられる。最も低次の芸術家は、自然の対象を、与えられるがままに厳密に模倣するのに対し、第二の次元の芸術家は、自然から優れた個体を選択し、その上でこれをそのまま模倣する（これは、ヴィンケルマンの表現では美の個性的な造形にあたる）。最も高次の芸術家は、自然にある最高の対象にも満足せず、自然の対象の要素から想像力によって理想的な形式を形成し、それを規範として制作する（S. 556）。ズルツァーは、ヴィンケルマンと同様に選択説を取っているが、ズルツァーの場合は、作用美学の立場に立って、芸術における理想を、道徳的教化のための手段として捉えている。彼によれば、自然は一つの被造物において複数の目的を追求するが、芸術家は一つの作品において一つの目的を追求するので、芸術家は、自然の対象から、自分の目的に適した要素を集めると同時に、その目的に反するものを排除せねばならない（S. 555）。それゆえに芸術家は、想像力によって理想を形成するのである。その際にズルツァーが芸術家の目的として想定しているのは、徳や悪徳といった道徳的な性質を感性的に表現することであると考えられる。ズルツァーによれば「そもそも、理想は、抽象的な概念を極めて正確に感性的に造形するために役立つ」のである（S. 555）。抽象的な概念の例としては、特定の女性の美ではない女性の美そのものも挙げられているが、これは五人の女性から美しい部分を選び出して一つの像を描いたという古代以来のゼウクシスの例を踏まえたものであり、ズルツァーの主眼は、道徳的な性質の感性的表現にあると考えられる。

ヴィンケルマンもズルツァーも美の選択説を支持しているが、ヴィンケルマンにおいて美の理想的な形成とは、神的な美に到達するために、脱人格化された「表現しない」身体を形成することであるのに対し、ズルツァーにおいて理想とは、抽象的な概念、とりわけ道徳的な性質を、感性的に「表現」するために芸術家が従うべき規範である。

(7) カントの理想概念を概観した研究として、以下のものがある。Claude Piché: Das Ideal. Ein Problem der Kantischen Ideenlehre. Bonn (Bouvier) 1984. しかしこの研究は実質的には『純粋理性批判』、『実践理性批判』の分析に集中しており、『判断力批判』における「美の理想」については、それが前二著における理想概念との整合性を欠くと述べるに留まる。

(8)『論理学』(*Logik*) 第一五節 (AA IX 99) も参照。

(9) カントは、理想を実在する物として表象しようとする傾向を理性が持っていることを批判するが、この批判はとりわけ、「純粋理性の理想」に向けられている。「純粋理性の理想」とは、「全ての可能性の総体」(*der Inbegriff aller Möglichkeit*; AA III 386) という理念によって汎通的に規定された個体としての「最も実在的な存在者」(*ens realissimum*; AA III 388) である。カントによれば、あらゆる否定的な述語は、何らかの肯定的な述語を否定することによって得られるので、あらゆる肯定的な述語によって記述されるような個体(これが「最も実在的な存在者」である)からは、それらの述語のいくつかに否定を付け加えることによって、それ以外のあらゆる可能な個体を導き出すことができる。「純粋理性の理想」に関する理性の誤謬は三段階からなるとされる (AA III 392)。理性はこの「最も実在的な存在者」という理想をまず「実在化」(*realisirt*)、すなわち対象にする」。次に、「自然的な仮象」である「超越論的な取り違え」によってこの理想を「実体化」(*hypostasirt*) し、「全ての物の可能性の頂点に立ち、全ての物の汎通的な規定のために実在的な条件をもたらす」ような、全ての物の存在論的な原像とみなす。そして最後には、これを「人格化」(*personificirt*) し、「最高の知性」としての神とみなす。以上のようにカントが理想の客観的実在性を否定するのは、神の存在の存在論的証明の論駁という文脈の中においてである。この点について詳しくはとりわけ以下を参照。ヘンリッヒ(本間・須田他訳)『神の存在論的証明——近代におけるその問題と歴史』、法政大学出版局、一九八六年。

(10) カントが理想は芸術によって表現しえないと主張する理由は、『人倫の形而上学の基礎づけ』(一七八五年) で明確にされている。彼は「道徳的な事柄について模倣は決して起こりえない」(AA IV 409) と述べ、道徳的な完全性という理念に対応する感性的直観が存在しえない以上、感性的直観において与えられた例から道徳的善の概念を引き出すことは不可能であると議論する。

(11) シュレーゲルはある遺稿断片で、「全体」は確実な第一原理からではなく「二つの理念・命題・概念」から導出されると述べ、これを「交互概念」(*Wechselbegriff*) と呼ぶ (KA XVIII 518)。また別の遺稿断片では二つの定式「自我は自分自身を定立する」および「自我は自分自身を定立すべきである」が「交互原則」(Wechselgrundsatz) と呼ばれる (KA XVIII 36)。この概念にはベンヤミンが『ドイツ・ロマン主義における芸術批評の概念』で注目し、近年ではヴィンフリート・メニングハウスやマンフレート・フランクがこれらの断片をシュレーゲルのフィヒテに対する批判と関連づけている。メニングハウス（伊藤秀一訳）『無限の二重化』、法政大学出版局、一九八六年、一九一—二一四頁、Manfred Frank: »Unendliche Annäherung«: die Anfänge der philosophischen Frühromantik. Frankfurt a.M. (Suhrkamp) 1997, S. 862ff.

（12）個体と世界は生成過程にあるという命題について付言するならば、これはシュレーゲルの哲学構想にとっての根本的な命題であり、彼は一八〇四年から翌年にかけての「哲学の発展」（Entwicklung der Philosophie）講義においてもこの命題を自我論の用語で再定式化している。この講義の「意識の理論としての心理学」において、「われわれの自我において本来矛盾することは、われわれが自己を有限であると同時に無限であると感じることである」（KA XII 334）と述べる。その意味するところは、自我は、実践的な生活においては、自己が対象によって制約され有限であると感じるが、理論的な省察においては、直観したり思考したりする対象一切が自我の内にあり、ゆえに自我が無限であると感じるということである。そこから彼は二つのことを導き出す。まず自我は存在ではなく生成であるということである。なぜならば、自我を存在としてではなく生成として捉えることによって、自我が有限であると同時に無限であると説明することができるからである。「存在がなく、生成だけがあるならば、有限なものは、たとえ外延的には限定されていても、無限の多様性と可変性によって内包的には常に無限である」と言えるのである（ebd.）。第二に、シュレーゲルは、「われわれはわれわれ自身の一部に過ぎない」（KA XII 337）と論じる。つまり、自我が制約されていると感じるのは、それが無制約的な「原自我」（Ur-Ich）の断片だからである、というものである。この「原自我」は、制約されざる端的に無限なものであるがゆえに、シュレーゲルはこれを「世界」そして「神性」とみなし、「世界は生成する無限な自我であり、［…］いわば生成する神性である」と述べる（KA XII 339）。自我を取り巻く諸対象もまた、「原自我」の断片であるから、自我にとっては「汝」であり、ゆえに世界は派生的な複数の自我から成る「われわれ」によって構成される。

（13）「いかなる無限な個体も神であるとすれば、様々な理想と同じ数だけの神々がいることになる。真の芸術家と真の人間が自分の理想に対して持つ関係は全く宗教である。この内心の礼拝が全生涯の目的であり仕事であるような人は司祭であり、それゆえ誰もが司祭になれるし、なるべきである。」（KA II 242）

（14）シュレーゲルにとって理想概念が美学的に重要であったことは、著作の計画についての以下の遺稿断片からも理解される。

「理想によって『美学』の第二部が始まる。この部分はライプニッツに由来する。——感性的な完全性はそれ以外ではない——理想は中心の中心である。」（KA XVIII 207）

この断片では理想概念とライプニッツ哲学の関連が示唆され、「アテネーウム断片」第一二一番でも「モナド」という表現が見られる（KA II 185：本文で後述）。シュレーゲルによるライプニッツの受容に関しては、「機知」概念と普遍記号学との関係が特によく知られるが（ジョン・ノイバウアー（原研二訳）『アルス・コンビナトリア』、ありな書房、一九九九年、第九章・第一〇章）、以下の論考ではシュライアーマッハー、フンボルト、シュレーゲルらが、ライプニッツの個体性の理論を人間形成の理論に読み替えた（「モナド論の人間学化」（S. 8））ことが指摘されている。Clemens Menze: Leibniz und die neuhumanistische Theorie der Bildung des Menschen. Opladen（Westdeutscher Verlag）1980. 特にシュレーゲルのライプニッツ受容（『弁神論』、論理学、モナド論にわたる）については以下を参照。Stefano Fabbri Bertolett: Friedrich Schlegel über Leibniz. In: A. Heinekamp（Hrsg.）: Beiträge zur Wirkungs- und Rezeptionsgeschichte Leibniz. Stuttgart（Steiner）1986, S. 240-267.

また以下の論考では、シュレーゲルが個々の個体の独自性・特殊性を重視する点で、『宗教論』などにおけるシュライアーマッハーの個体概念とは異質であるとされる。Ernst Behler: Die Konzeption der Individualität in der Frühromantik. In: T. Sören Hoffmann u. S. Majetschek（Hrsg.）: Denken der Individualität. Berlin u. NY（de Gruyter）1995, S. 125-150.

（15）この点は、シラーの理想概念に対するシュレーゲルの批判に関わる。シュレーゲルは一七九八年三月六日に兄アウグスト・ヴィルヘルムに宛てた書簡で、自分がシラーの美学を軽蔑しているだけでなく、彼の「理想」もまた軽蔑していると述べ、さらに、「僕は彼の用語法すら批判したが、それは正しかった。彼の用語法は間違っているし、ひどい無知を示しているからだ」（KA XXIV 99）とも述べている。たしかに既に引用した「アテネーウム断片」第一二一番では、個性を欠いた理想についての思考が「対象のない情感的な思弁」と呼ばれ、「貧弱で軽蔑すべきもの」と非難されている。これは第三章で見たように、個体化する「素朴文学」と理想化する「情感文学」とをシラーが対立させていることと踏まえている。しかし、さらに考慮されるべきは、「アテネーウム断片」第四一二番の一節であり、そこで彼は、「自分は到達不可能なものであると称するような理想は、まさにそのことゆえに理想ではなく、単に機械的でしかない思考の数学的幻影である」（KA II 243）と述べている。これはシラーが「素朴文学と情感文学について」で、「しかし理想はある無限なものであり、開化された人間はこれに決して到達しない」（NA 20 438）と述べていることへの非難である。既に見たように、シュレーゲルにとって、天才は既に理想と一致しているからこそ思弁によってあらゆる個体の理想を構想しうるのであってみれば、「決して到達しえない理想」とは、考ええない、理想の名に値しない理想なのである。

（16）ただし、この講義では二つの概念が文学理論に限定されず形而上学的な概念へと拡張されている（「この概念［古典的］は芸術の領域から取り出され、より高次の領域に置かれている」（KA XII 104））。「関心を惹く」ものは、「論争」に関わるが、「論争は、世界の未完成、善と悪との未決着の闘いに基づく」。これに対して「古典的」なものは、「個体のうちにおける最高の実在性」を表すとされる。

第五章　『ルツィンデ』における親密性と芸術

序

この章では、シュレーゲルが一七九九年に第一部のみを発表した未完の小説『ルツィンデ』における親密性と芸術創造の関係を分析する。

第三章で見たように、彼は「アテネーウム断片」第二三八番において「超越論的文学」は「批判的」でなければならないと述べている。その意味は、「超越論哲学」が哲学する能力の吟味としての「批判」を含むように、「超越論的文学」は文学であると同時に「詩作能力の詩的な理論」を含むべきというものであった。

『ルツィンデ』という小説はまさにシュレーゲルによる「超越論的文学」の実践として理解できる。なぜなら、『ルツィンデ』は書簡、アレゴリー、会話、主人公の自伝といった様々な形式の混合であるが、その中では文学ジャンルや芸術創作が繰り返し主題化されているからである。『ルツィンデ』についてのこれまでの研究でも、この小説からシュレーゲルの芸術についての省察を読み取る試みが多くなされてきた(1)。

この章も『ルツィンデ』のうちにシュレーゲルの芸術についての思想を読み取ることを目的とするが、芸術と共同体という本書の観点から注目されるのは、彼の最初期の美学理論と比べて、『ルツィンデ』においては「公論」(die öffentliche Meinung)の位置づけが大きく異なっていることである。

第一章で見たように、シュレーゲルは「研究論」において、同時代の芸術の状況を、「関心を惹くもの」つまり「新奇なもの、刺激的なもの、目立つもの」（KA I 228）を追い求める結果「美的無政府状態」（KA I 224）に陥ったと非難する一方で、新たな美学理論による「美的革命」が、古代ギリシア人の「公共的趣味」において支配的だった「客観的なもの」すなわち美を復興することに期待している。しかしシュレーゲルによれば、そのためには美学理論の諸法則が「公論の大多数によって承認され」「真の権威」を持たねばならない（KA I 273）ので、趣味の多面性と学問的知識（美学と古代芸術史）において優れたドイツ人と、伝達能力に優れたフランス人が互いの長所を学ぶ必要がある（KA I 259, 361f.）。

このように最初期のシュレーゲルは芸術創造にとっての「公論」の重要性を強調したが、『ルツィンデ』では、「公論」は単に否定的にのみ扱われている。その端的な例として、「礼儀知らずのアレゴリー」（Allegorie von der Frechheit）の章では、「国内外のきわめて素晴らしい花々のカオス」の中から「醜い怪獣」（ein häßliches Untier）が飛び出して主人公の画家ユリウスを襲うが、意を決したユリウスの反撃によって簡単に打ち負かされてしまう。そのとき擬人化された「機知」（Witz）が、この怪獣が「公論」だと彼に告げる（KA V 16）。

では『ルツィンデ』において芸術創造は社会関係と隔絶した営みとして描写されているのだろうか。実際に、本論文の「問題設定」で触れたように、ヘーゲルは『美学講義』において、『ルツィンデ』を念頭において、シュレーゲルの芸術理論の核心を「天才的で神的なアイロニー」と規定している。すなわち、自らを「天才」とみなす高慢な芸術家が、実生活では他者と関係を結びつつも、その関係を無意味なものとして軽蔑する態度とみなしている。[2]『ルツィンデ』に対するこうした否定的評価は、この小説が著者自身の不倫関係の暴露とみなされたこともあって強い影響力を持った。

しかしこの小説では特定の社会関係が芸術創造を促進させる契機として描かれている。すなわち最長の章「男らしさの修業時代」(Lehrjahre der Männlichkeit)は、主人公の画家ユリウスの自伝であるが(この章では三人称でユリウスの伝記が語られるが、ユリウス自身が想起して語っていることが前後の箇所で示唆されている)、そこでは彼と様々な女性との恋愛が、(彼の非道徳的な奔放さの表現としてではなく)彼の画家としての成長を促進させる契機として叙述されている。「男らしさの修業時代」は、文学者ではなく画家の自伝であり、また他の章(登場人物の思索ないしは擬人化された概念が登場するアレゴリー)のように理論的な背景を持つことが明白ではないために、この章のうちに芸術についての理論的省察を見出す試みはあまりなされてこなかった。しかしこの章での分析が示すように、この章はロマン主義における芸術的主体性のあり方について多くの示唆を含んでいる。[3]

第一節では、「男らしさの修業時代」におけるユリウスの二つの挫折した恋愛を取りあげる。まず高級娼婦のリゼッテは、造形芸術において色彩や官能的な主題だけを評価する快楽主義的・感覚主義的な趣味の持ち主として描かれているが、これは自己の官能的魅力を商品とする彼女自身のあり方に対応している。まさにこの商品的性格ゆえに二人の恋愛は破綻したが、これを契機としてユリウスは「公論」との関わりを絶ち独立した主体性を模索し始めた。次に分析するのは「崇高な女友達」と呼ばれる女性への騎士道的な恋愛である。彼女を理想化し崇拝することによって、ユリウスの芸術は「中心点」と「地盤」を獲得したが、その反面で「優美」を欠く硬直した様式にとどまった。第二節ではユリウスとルツィンデとの恋愛を、「文学についての会話」を参照しつつ分析する。二人は互いの個性を全面的に肯定し、ユリウスは彼を取り巻く現実と和解し、彼の芸術は「優美」を得て成熟したが、これは「文学についての会話」における主題の一つである「ロマン的なもの」の成就として理解できる。第三節では、『ルツィンデ』において恋愛という親密性が友情というもう一つの親密性によって相対化されていることを取り上げる。

この小説では男性の愛と女性の愛との差異が主題化されており、ユリウスによれば、女性は一人を集中して愛するが、男性は特定の女性を愛すると同時に広範な友情へも開かれている（この論点において彼の見解は著者シュレーゲルのそれを代弁していると考えられる）[4]。この見解に従えば、恋愛に促されて成熟した芸術家たちは、恋愛という二者関係を友情によって相対化すると同時に、創造的個性を友人たちと補完しあえるが、この友情の中に女性の占める位置は存在せず、この点で女性の芸術創造は周縁化されているのである。

一　二つの恋愛の挫折と「公論」からの離反

『ルツィンデ』には「ある不器用な男の告白」（Bekenntnisse eines Ungeschickten）という副題が付されている。確かに、ユリウスがルツィンデと出会うまでの恋愛は挫折の連続であった。本節で取りあげる二つの恋愛はその中でも以下の二点で注目に値する。第一に、恋愛の挫折に趣味の欠陥および芸術創造の失敗という美的な現象が対応していることであり、第二に、その挫折の過程でユリウスは「公論」と呼ばれる既存の公共圏から離反し、自己の精神の自律性を求めて内面に沈潜することである。

一　リゼッテの感覚主義的趣味とその生の「商品的」性格

この小説において「公論」とは、とりわけ社交界を支配する伝統的な礼儀作法を包括的に指している。前に触れた「礼儀知らずのアレゴリー」では、「公論」のあとに擬人化された「道徳」（Sittlichkeit）、「美しい魂」（die schöne Seele）、「洗練」（Delikatesse）、「礼儀」（Dezenz）が登場するが、それらの徳性は内面的な感情とは無縁な「仮面」に過ぎず、「ただ華やかで行儀がよい」（blühend und artig）だけで、よく見れば「卑俗な特徴や堕落の痕跡」さえ見出されると描写されている（KA V 17ff.）。

青年時代のユリウスは、まさにこの「仮面」としての「公論」に翻弄されていた。彼は「社交界」（die gute Gesellschaft）の花形に求愛するが、彼女の実のない曖昧な暗示に翻弄され、周囲の嘲弄の対象となった。この状況から逃れたいという願望が、彼を高級娼婦のリゼッテに惹きつけた。なぜなら彼女は「公論」にとらわれず生きる人物だったからである（KA V 41）。彼女は「素朴な機知」と「粗野だが優れた知性のあかるい火花」を持ち、とりわけ「決然とした態度と首尾一貫した振る舞い」がユリウスにとっての魅力であった（ebd.）。リゼッテのもう一つの特徴は強い金銭欲であるが、これは芸術作品への所有欲によるものである。ユリウスだけが出入りを許されたという彼女の居間は、全面の「大きくて高価な鏡」と並んで、「コレッジョやティツィアーノの官能的な絵画（die wollüstigen Gemälde）の上質の複製数枚」と官能的な彫刻(5)、また鮮やかな花や果物の静物画によって埋め尽くされていた（KA V 42）。この描写が示すように、彼女の趣味はもっぱら色彩や官能的な主題を好む快楽主義的・感覚主義的なものであった。彼女は絵画の理念的ないし形式的側面には関心を持たず、音楽への趣味も持たなかった（ebd.）。こうした彼女の趣味はユリウスの絵画制作にも反映されたと推定できる。というのも彼女はユリウスが絵画を制作する上で重要な相談相手だったからである(6)。

リゼッテの感覚主義的な趣味は彼女自身の存在のあり方に対応している。このことを示唆するのが、既に触れた彼女の居間の大きな鏡である。彼女は居間にほとんど他人を招き入れなかったので（KA V 43）、鏡に映っていたのは、「彼女はここでよく日がな一日ただ一人でトルコ風に座って、何もしないで手を膝においていた」（KA V 42）と言われる彼女自身の姿である。するとこの居間では彼女の姿も絵画・彫刻と並ぶ一つの像を成していることが分かる。このことから彼女の自己理解を解釈することができる。可能な一つの解釈は、彼女は自分の存在をある種の芸術作品とみなしていたというものである。キルケゴールは『アイロニーの概念』において、『ルツィンデ』のリゼッテのうちに「享楽することと同一なものとしての詩的に生きようとする要求[7]」を見出している。しかしこの解釈には妥当性がない。なぜならキルケゴールが詩的な生活として理解しているのは、所与の現実から脱出して「別の現実、より高き、より完全な現実[8]」を享楽することであるが、『ルツィンデ』によればリゼッテはただ現実だけに関心を持っているからである。すなわち、彼女は文学の虚構世界に興味を持たないし、女優として虚構の役柄を演じる能力も願望もない（ebd.）。また彼女が造形芸術に求めたのは感覚的な快楽であって、「芸術作品」という言葉でキルケゴールのように現実から区別された美的仮象を理解するならば、これらの作品は「芸術作品」として享受されていない。

むしろ、リゼッテと彼女の居間の絵画や彫刻に共通するのは商品としての性格である。彼女の居間の作品は小説の中で高価な商品であることが示唆され、それを購入するための金銭を彼女は自己の官能的魅力によって手に入れた[9]。また彼女は自分のことを三人称で他人のように呼ぶが（KA V 42）、これは彼女が自己の存在を自律性を欠いた一種の物として意識していることを暗示する。

以上のことから理解されるように、ユリウスはリゼッテの「公論」からの自由に惹かれたが、この自由の反面、彼女は「公論」の背景にある社会の経済的秩序に組み込まれた受動的な存在であった。それゆえに二人の意に反してユリウスは彼女を独占できなかった。彼女はユリウスの子を妊娠するが彼に拒絶され、絶望して自殺した（KA V 44）。ユリウスはこれに衝撃を受けて、彼女の死は社交界の偏見がもたらしたものだと考えた。この事件によって、それまで反感を持ちつつも社交界に属し「公論」を顧慮していたユリウスは「公論」から訣別し、自律的存在となることの模索を始める。

二　「崇高な女友達」とユリウスの芸術の失敗

ユリウスはリゼッテの死後に或る女性と出会い、彼女を熱狂的に愛する。彼女は『ルツィンデ』では「崇高な女友達」と呼ばれるが、ユリウスの友人とすでに結ばれていたので、彼は自分の愛を決して明らかにしなかった。

この女性の魅力は、「女性に備わりうる、いかなる高貴さも優しさも、神々しさも不作法も」(KA V 48) 併せ持ち、それらの特徴に「愛と調和の生き生きとした息吹」(ebd.) が吹き込まれていることであったが、ユリウスはとりわけ彼女の高貴で真面目な側面に惹かれ、「崇高な女友達を神格化することが彼の精神にとって新たな世界の確固とした中心点と地盤となった」とされる。こうして彼は「神的な芸術への高尚な使命」(ebd.) を自覚し、道徳的卓越性を表現するために、同時代の現実との関わりを絶って古代芸術の模倣に没頭する。しかし彼の芸術創造は失敗してしまう。彼の絵画の「生真面目さは人を寄せ付けず、形態は巨大になり、古代的なものは彼の場合堅い手法になった」(KA V 50) し、彼の絵画には「賞賛すべき点は多々あったが、優美 (Anmut) だけが欠けていた。その点で彼は自分の作品と似ていた」(ebd.)。彼の芸術創造の失敗が彼の恋愛の挫折――自分の内心で女性を一方的に理想化し周囲の現実との関わりを放棄してしまう――に由来することがこの一節で明確にされている。

リゼッテの感覚主義的な趣味が芸術の理念的側面に無関心であったのと比較すると、ユリウスは「崇高な女友達」への騎士道的恋愛によって理想主義という正反対の影響を受けた。しかしどちらの場合にも感覚的なものと精神的なものの調和が欠けており極端に陥った。このことは、彼が恋愛を成就できなかったことと本質的に結びついている。これまでの検討を整理してまとめると、リゼッテの感覚主義的な趣味は、リゼッテの存在が官能的魅力に訴える商品的性格を持つことに対応し、この自律性の欠如ゆえにユリウスは彼女を独占できなかった。また「崇高な女友達」の場合は、彼女と恋愛関係を結ぶことができないがゆえにユリウスは彼女を理想化したが、これは周囲の現実の拒絶でもあり、それに対応して、彼の精神が自律性を獲得し彼の芸術が確固とした目標を得る一方、実現された作品は優美を欠いて硬直したのである。

「崇高な女友達」を愛するユリウスは、現実の社会関係を全く否定的に捉える点ではヘーゲルが批判する「神的な天才性」の立場と一致すると言えるが、『ルツィンデ』においてこの段階のユリウスの芸術は未だ模索の途上にある。次節で見るように、彼の芸術が成熟するためには、ルツィンデとの恋愛において互いの個性を全面的に肯定し合い、それによって周囲の現実が新しく肯定的に意味づけられる必要があった。

二 ルツィンデとの恋愛と芸術家ユリウスの成熟

前節ではユリウスの二つの恋愛の挫折を取り上げたが、彼はその後出会ったアマチュア画家ルツィンデを熱烈に愛し、彼女からの愛情も一身に集めた。『ルツィンデ』によればその理由は、彼女の三つの特徴に求めることができる。第一に彼女が社会関係の束縛を受けずに生きる自律的な女性であること、第二に自分の愛情を一つの対象に集中させる傾向を持っていること、そして第三に「ロマン的なもの」(das Romantische) への傾向をユリウスと共有していることである。(10)

ルツィンデのこれらの特徴は、前節と同様に美的な現象に対応している。既に挙げた第一と第二の特徴は、彼女が描くペンや水彩の風景画およびパステルの肖像画についての記述に対応している。ルツィンデはユリウスと同じく「孤独と自然」を愛し、彼女の風景画の「マッスの全体は調和して感情にとっての統一をなし、この統一はあまりに明晰判明であったので、それについて別の何かを感じることは不可能であるかのようだった」（KA V 52）とされるが、このことは、彼女が社会との関係から独立して自律的な生を営んでいることを示唆している。そして「彼女がある顔を非常に素晴らしく描くにふさわしいと思ったとき」に肖像画を描く際の「きわめて心のこもった忠実さと入念さ」（ebd.）は、彼女が一つの対象に集中的に愛情を注ぐことに対応している。

ルツィンデの第三の特徴、つまり「ロマン的なものへの傾向」について言えば、『ルツィンデ』では音楽が「このロマン的芸術」（diese romantische Kunst: KA V 53）と呼ばれており、前節で見たようにリゼッテが音楽に無関心であったのとは対照的に、ルツィンデとユリウスは音楽への愛好を共有し、この点で二人は相互に深く理解し合った。[11] しかしなぜ音楽が「ロマン的芸術」と呼ばれるのだろうか。これについては『ルツィンデ』を離れて、第三章でも検討した「文学についての会話」の「小説《ロマーン》についての書簡」を参照する必要がある。そこで「ロマン的なもの」とは「情感的な素材を想像的な形式で表現するもの」（KA II 333）とされ、「ロマン的なもの」が「情感的なもの」と「想像的なもの」の結合からなると規定された上で、「情感的なもの」とは「音楽の響き」において人々に触れる「神聖な息吹」であり、音楽は本質的に「情感的芸術」であるとされている（KA II 333f.）。このようにシュレーゲルは「ロマン的なもの」の一方の要素である「情感的なもの」を音楽と結びつけており、それゆえに『ルツィンデ』では音楽が「ロマン的芸術」と呼ばれていると理解できる。この章の議論にとって重要なのは、「文学についての会話」において「情感的なもの」の「源泉と魂」が愛であると規定され、この場合の愛は、個別的で有限なものにとらわれず、「自然の生命」のように「高次のもの」、「無限なもの」へ向かう感情を意味することである（ebd.）。これを踏まえると、ユリウスとルツィンデは音楽への愛好を通じてこの「高次のもの」、「無限なもの」への志向を共有し、それゆえに互いの個性を全面的に肯定し合うことができたと理解できる。
このようにユリウスとルツィンデは他者に干渉されることのない親密性を確立したが、このことを象徴的に示すのは、ルツィンデがユリウスに小農場の経営を提案することである（KA V 64f.）。商業経済から切り離された小農場での自給自足の生活は、二人の間で完結した親密性の象徴であり、前節で見たリゼッテの生の商品的性格と対照をなしている。

ではルツィンデとの恋愛はユリウスの芸術創造にとっていかなる意味を持ったのだろうか。前節で触れたように、ルツィンデと出会う前の彼の絵画は、構想は壮大だが硬直しており優美さを欠いていたが（KA V 50）、ルツィンデと結ばれたユリウスの絵画は、鮮やかな色彩と生動性に加えて「ある種の静かな優美」（eine gewisse stille Anmut: KA V 56f.）を獲得した。これは「穏やかで朗らかな存在とその享受の深遠な表現」と呼ばれ、彼の絵画において一つの自足し安定した世界が表現されたことを示している。この自足と安定は、ユリウスの絵画の様式だけでなく描かれる主題によっても示唆されている。彼は湯浴みする少女たち、ナルキッソス、母子像、抱擁といった主題を取り上げるが（ebd.）、それらに共通するのは、自分自身、ないしは二人の人間の間で完結し満ち足りた存在である。例えば少女という主題に関して言うと、『ルツィンデ』では「小さなヴィルヘルミーネ」（die kleine Wilhelmine: KA V 13）という二歳の少女が登場するが、彼女は自らの内に自足した少女であり、礼儀作法を気にすることなく欲求のままに生きている。またナルキッソスの名前は「無為についての牧歌」（Idylle über die Müßiggang）および「メタモルフォーゼ」（Metamorphosen）の章に見られ（KA V 25, 60）、その「美しいエゴイズム」（KA V 25）が称揚されている。さらに抱擁および母と子という主題はこの小説においてもっと直接的に、ユリウスとルツィンデの愛情による結びつき、および将来生まれるべき二人の間の子どもを加えて強化された親密性を示唆している。

以下の一節では、ユリウスの絵画に表れている自足と安定とが彼の人生のそれに対応していることが明言されている。

彼の芸術が完全なものになり、彼が以前は努力しても苦労しても獲得できなかったものが自ずと成就したように、彼の生もまた彼にとって芸術作品になったが、どうしてそうなったのか彼は本当にはわからなかった（so ward ihm auch sein Leben zum Kunstwerk, ohne daß er eigentlich wahrnahm, wie es geschah）。彼の内面に光が生じ、彼は自分の人生の様々な出来事全てを見渡し、そして全体の構造を明晰かつ正確に見通した。なぜなら彼は中心に立っていたからである。彼はこの統一を失うことは決してありえないだろうと感じた。彼の存在の謎は解かれていた（das Rätsel seines Daseins war gelöst）のであり、彼は言葉を見つけていたのだ。以前の彼は若さ故の無知から自分が愛には全く向いていないと信じていたのだが、今の彼には、自分が愛のうちに言葉を見出すように全てのことがあらかじめ定められており、太古の昔からそうなることが目指されていたと思われたのである（KA V 57）。

彼は今や自己の内面と周囲の現実とを和解させることができたが、それは、これまでの自分の生涯を、ルツィンデとの愛に至る必然的な過程と理解したからである。上記の引用においてユリウスは、自分の生涯のみならず世界の歴史さえもルツィンデとの恋愛によって目的論的に解釈している。この段階のユリウスは、自己の創造性を最高度に発揮しうる段階に到達しており、第四章で検討した、「超越論哲学」講義において「個体とその理想の一致」をメルクマールとする「天才」に相当する。「天才」は、「自然の恩寵」によって理想と一致するのであるから、それは説明しえないもの、不可解なものを含んでいるが、そのことは、この引用における、「どうしてそうなったのか彼は本当には分からなかった」という一節によっても示唆されている。

一方ルツィンデについていえば、ユリウスの影響によって彼女の内心に「最も美しい宗教」（die schönste Religion: KA V 58）が開花したとされる。「宗教」はシュレーゲルの著作においてしばしば、「私たちの内にある神」に対する、特定の教義とは無縁な感受性として規定されている（KA VIII 48, vgl. KA II 260）。今の文脈では、既に触れた彼女の「ロマン的なもの」への傾向との関連に留意すべきであろう。前述のように、「文学についての会話」では、「ロマン的なもの」の一要素であり音楽によって代表される「情感的なもの」が、「高次のもの」、「無限なもの」へ向かう感情として規定されていた。ルツィンデは「無限なもの」を志向する素質を音楽への感性という形で萌芽的に持っていたが、ユリウスが「君［ルツィンデ］は僕［ユリウス］を通して人間精神の無限性を知った。そして僕は君を通して結婚と生と、そして全ての事物の素晴らしさを理解した」（Du［Lucinde］hast durch mich［Julius］die Unendlichkeit des menschlichen Geistes kennen gelernt, und ich habe durch dich die Ehe und das Leben begriffen, und die Herrlichkeit aller Dinge.: KA V 67）と言うように、ルツィンデは自分の求める無限性をまさにユリウスの精神のうちに実際に見出し、「最も美しい宗教」を開花させたのだと解釈できる。

「小説《ロマーン》についての書簡」の芸術論との関連で付言するならば、ユリウスがルツィンデから「全ての事物の素晴らしさ」を学び、それによって彼の絵画が色彩豊かで生き生きとしたものになったことは、彼がもともと音楽への愛という形で持っていた「情感的なもの」に加えて、ルツィンデとの愛によって「想像的なもの」（KA II 333）を獲得したことを示唆している。第三章で見たように「小説《ロマーン》についての書簡」において「ロマン的なもの」を構成する要素は「情感的なもの」と並んで「想像的なもの」であり、これは「情感的なもの」の「愛の謎」を表現する役割、つまり「無限なもの」に有限な形態を与えるという役割を担っている。この「想像的なもの」は絵画によって代表されているので

（ebd.）、ユリウスの絵画はルツィンデとの恋愛によってやっと真に絵画的なものを獲得したと言えるし、彼の絵画に見られる「静かな優美」とは、音楽に代表される「情感的なもの」と絵画に代表される「想像的なもの」との統合の現れ、つまり「ロマン的なもの」の表現と言える[12]。

既に見たように、ユリウスとルツィンデはそれぞれ相手から「全ての事物の素晴らしさ」と「人間精神の無限性」を学び、それによって「想像的なもの」と「情感的なもの」とを獲得した。『ルツィンデ』と同年に公にされたシュレーゲルの書簡体の論考「哲学について――ドロテーアへ」（Über die Philosophie. An Dorothea）では、男性性と女性性は「生得的で自然な素質」であるが誇張されるべきではなく、「穏やかな男性性と自立した女性性だけが正しく、真実で、美しいものです」（KA VIII 45）であるとされる。つまり両者が互いを緩和し合うことで、両者の中間にある人間性が目指されねばならないとシュレーゲルは論じている。すると、ルツィンデとの出会いによって自己の内面と外的な世界を和解させたユリウスの絵画に見られる「静かな優美」と、ユリウスの内面に「無限なもの」を見出したルツィンデの「最も美しい宗教」とは、シュレーゲルにとっての人間性の理想、つまり男性性と女性性との宥和を具現するものとして理解できる。

三　友情による恋愛の相対化と、女性の芸術創造の周縁化

相互に素質の開花を助け合うユリウスとルツィンデとの恋愛についての前節の分析は、これが対等な関係であるかのような印象を与えるかもしれない。しかしこれは誤解である。本節では、ルツィンデもまた画家であるにもかかわらず、なぜ彼女の芸術家としての成熟についてこの小説で語られないのか、という問題を検討することによっ

て、この恋愛が非対称的に構成されていることを明確にする。ここで考慮すべきは、ユリウスにとって恋愛という親密性のみならず芸術家相互の友情も彼の芸術創造を促進するものとして規定されている一方で、彼が友情を結ぶことは女性には不可能であると主張していることである。「男らしさの修業時代」には、女性の愛と男性の愛の区別についての以下のような一節がある。

彼［ユリウス］はいまやよく認識した。女性の魂にとって不可分の全く単純な感情である愛は、男性にとっては情熱、友情、官能の交替と混合（ein Wechsel und eine Mischung von Leidenschaft, von Freundschaft und von Sinnlichkeit）でしかありえないことを（KA V 56）。

ここでユリウスは、女性の愛は単純であり、男性の愛は複合的であると「認識」している（彼の言う「混合」とは、これが「交替」と並んでいることから分かるように、異なる要素が融合することなく併存しているさまを指す）が、彼はこの見解をさらに展開して、女性には友情は不可能であると主張する。彼によれば、「君たち［ルツィンデを含む女性たち］は自分が愛するもの一切を恋人や子どもに対するように完全に愛する」（KA V 34）のに対して、

友情は君たち［女性たち］には多面的でありすぎるし一面的でもありすぎる（zu vielseitig und einseitig）。友情は完全に精神的（ganz geistig）でなければならないし、きちんと決められた境界線を持たねばならない。こんな分離をすることは、より繊細な仕方でという違いがあるだけで、愛のない官能と同じように君たちの本質を完全に壊してしまうだろう（KA V 34）。

ユリウスの見解を敷衍すると、男性の愛には情熱、友情、官能といった様々な段階があり、それぞれの間には厳密な境界がある。これに対して女性はそのような区別をすることなく、ある一つの対象に自らの全ての愛を振り向ける。すると友情は女性から見ると、多くの相手へ同時に向けられるものであるがゆえに「あまりにも多面的」であるし、また感情の特定の領域だけを通じた「完全に精神的」な関わりであるがゆえに「あまりにも一面的」であるということになる。

上記の引用でユリウスは友情を「完全に精神的」なものとみなしているが、別の箇所で彼は太古の友情と現代の友情を区別して、前者の友情を英雄的な行為のために結ばれる「外的」な関係と呼ぶ一方、後者の友情を「純粋に精神的な愛」（reingeistige Liebe）と呼んでそれを以下のよう描写している。

もう一つの友情は全く内的（ganz innerlich）だ。それは最も独特なものがなす素晴らしい均整（Eine wunderbare Symmetrie des Eigentümlichsten）であって、人が至るところで互いに補い合う（sich überall ergänzen）ことがあたかも前もって定められているかのようである。全ての思想と感情が、最も神聖なものの相互的な刺激と形成とによって群れ集まる。そしてこの純粋に精神的な愛、交際のこの美しい神秘（diese schöne Mystik des Umgangs）は、おそらくは無駄に終わる努力の前に遙かなる目標として漂っているだけというわけではない。そうではなく、それは完成したものとしてのみ見出される。それにこの場合は、例のもう一つの英雄的な友情の場合に起こるような欺瞞が生じることはない。ある男の徳が確固としたものかどうかは、行為が教えねばならない。しかし自分自身が己の内面で人間性と世界とを感じそして見ている、そのような人は、普遍的な感覚や普遍的な精神をそれがないところに安易に探し求めたりしないだろう。この友情の能力があるのは、自分の内面が既に全く平穏になっており他人の神性を謙虚に敬うことを知っている人だけだ（KA V 77f.）。

現代の友情とは、「最も独特なもの」と呼ばれる独創的な個人同士の、「素晴らしい均斉」であり、共通の行為に参加するのではなく、思想や感情を「補い合う」という「内的」な関係である。この内的な友情が成立するためには、男性が「己の内面で人間性と世界とを感じそして見ている」こと、つまり自己の精神に潜在する無限の創造性を自覚していることが必要であり、さらに周囲の現実との和解によって「自分の内面が既に全く平穏になっており」、自分と同じように潜在的な無限性を備えた精神を持つ他者との交流に開かれていなければならない。つまり引用した一節が指しているのは、自己の精神の無限な創造性を自覚しつつ自己の内面を外的な現実と和解させた状態であり、これはユリウスがルツィンデとの恋愛によってはじめて到達した境地であるから、「純粋に精神的」な内的友情は恋愛によって可能になると言える。しかし友情は個性を相互に「補い合う」関係として、恋愛によって形成された自足し安定した生を相対化する機能を持つ。芸術創造という観点から整理すると、『ルツィンデ』では、恋愛という親密性によって増進された芸術的創造性は、二者関係を超えて、芸術家同士の友情という、もう一つのより開かれた多元的な親密性によって補完されさらに成長せねばならない。

この「内的」友情による相互的な補完という理念は、既に「リュツェーウム断片」第一一二番における「最も親密な共同哲学ないし共同文学という神聖な関係」（das heilige Verhältnis der innigsten Symphilosophie oder Sympoesie: KA II 161）という理念によって先取りされている。この関係は、哲学も文学も含む広い意味での著作を介して著者と受容者が取り結ぶ関係であり、「総合する著者が、自分が案出したものを、読者の目の前で段階的に生成させるか、あるいはそれを自ら案出するように読者を誘う」ことによって成立する協働である。[13] しかし「内的」友情の理念が全面的に展開されるのは、「文学についての会話」の中の「神話についての演説」（Rede über die Mythologie）における「新しい神話」の構想である。この構想については第六章で詳しく論じるが、近代の文学の「中心点」（ein Mittelpunkt : KA II 310f.）となることが待望される、来るべき「新しい神話」について、登場人物のアントーニオとルドヴィーコ（後者は「演説」の語り手）は以下のように述べている。

アントーニオ：僕らは君たち全員を機会に応じて教えることが許されているのでなければならない。僕らは皆師匠であり弟子でもありたいと思うのだ。状況に応じて、ある時は弟子、ある時は師匠というように。［…］
ルドヴィーコ：［…］文学は魔術の最も高貴な部分であって、魔術へと高まることは孤立した人間にはできない。しかし人間のある衝動が人間の精神によって結び合わされ一緒に作用すると、そこに魔術的な力が生じる。この力に僕は期待したわけだ。というのも精神的な息吹が友人たちの中心でみなぎっているのを僕は感じているのだから（ich fühle den geistigen Hauch wehen in der Mitte der Freunde）。僕は新たな文学の新たな曙光を見ることを願うのではなくて確信している（KA II 310f）。

ルドヴィーコ：そもそも一つよりも多くの道を通って目標に進むことができるのでなければならない。いかなる人もひたすら自分の道を行きなさい。喜ばしく確信して、最も個性的な仕方で。というのも、個性（Individualität）が言葉の表しているまさにそのもの、つまり不可分な単一性であり内的な生き生きとした連関でありさえすれば、最高のものが問われているここよりも個性の権利が尊重されるところはないのだから。この立場から僕は躊躇せず言おう。人間の本来の価値、それどころか人間の徳とはその人の独創性（Originalität）

であると（KA II 320）。

「新しい神話」は「孤立した人間」によって作られるのではなく、「精神的な息吹」によって結びあわされた友人たちの協同作業によって実現されるべきとされる。この協同作業とは、一人の師匠が指導する流派ではなく芸術家たちが相互に教えあい学びあう対等な関係であるべきで、個々の芸術家には自己の「個性」と「独創性」を最大限発揮することが求められる。この思想は同年の断片集「イデーエン」（Ideen）にも見られ、そこでシュレーゲルは、それぞれ異なるジャンルを得意とする芸術家たちは、自分のジャンルに閉じこもって孤立するのではなく、それぞれの専門とするジャンルについて相互に学びあうのでなければならないと述べ、この相互に学びあう関係を、相互に支配しあう「王からなる人民」に喩えている。

いかなる芸術家もただ一人で、芸術家の中の芸術家、中央芸術家、他の全ての芸術家の総裁（Künstler der Künstler, Zentral-Künstler, Direktor aller übrigen）であるべきではない。全ての芸術家が同じ程度に、どの芸術家も自分の立場からそうあるべきだ。いかなる芸術家も、自分のジャンルの単なる代表であってはならず、自分と自分のジャンルを全体に結びつけ、それによって全体を規定し、つまり支配せねばならない。ローマの元老院議員のように、真の芸術家たちは王からなる人民（ein Volk von Königen）である（KA II 267）。

このように、『ルツィンデ』における「内的」友情と、「文学についての会話」において「新しい神話」を目指す芸術家の協同作業とは軌を一にしている。すると『ルツィンデ』においてユリウスが男性と女性の愛情を差異化して女性を友情から排除していることは、「文学についての会話」において待望されている芸術の新時代の到来のために女性の芸術家が寄与することが拒まれていることを含意しているのではないかと推測できる。そして実際にシュレーゲルは、すでに触れた「哲学について」において、「母性」(Mütterlichkeit) ゆえに「女性の本性と境遇は家庭向きである」(ihre [der Frauen] *Natur* und *Lage* ist häuslich: KA VIII 43) ため、男性のように、学問、芸術、政治、経済の活動を通じて精神を拡張し向上させることはできず、ただ宗教によってのみ「無限で神聖なものへと努力する」(nach dem Unendlichen und Heiligen streben) ことができると述べている (KA VIII 44)。また「文学についての会話」では男性の登場人物たちが議論を主導しており、女性の登場人物二人は理論的な深みを欠いた素人として描かれている。

確かに、既に触れたように「内的」友情の成立には女性が重要な役割を果たしている。ユリウスはルツィンデとの恋愛を通じて自己の内面と外的世界の和解を経験し、これによってはじめて、同様に自足し安定した生を送る男性たちと友情を結ぶことができる。しかし恋愛は友情によって相対化されるべきものとして捉えられており、芸術家としてのルツィンデには友情の外部の周縁的な位置しか与えられていない(14)。

結語

『ルツィンデ』においてユリウスは現実の公論を否定するが、彼の芸術が成熟したのは、公論を刷新して古代ギリシアの「公共的趣味」を復興したからではない。「研究論」に見られた古代崇拝は、既に触れたようにむしろユリウスの芸術を失敗させたのであり、彼の芸術を成熟させたのは、ルツィンデとの恋愛という親密性において自己の個性を全面的に肯定されるという経験であった。ここには、シュレーゲルの思想が、芸術創造の基盤を共同体ではなく芸術家個人の精神の内に求める立場へと移行したうえで、それを可能にする条件を親密性のうちに見出したことを見て取れる[15]。

しかし『ルツィンデ』において恋愛という親密性は友情という多元的な親密性によって相対化されている。芸術家が、恋愛を通じて成熟した自己の創造性を、友情を通じてさらに互いに補い合うという思想は、第三章で検討した、「マイスター論」および「小説《ロマーン》についての書簡」における、著者相互の再創造の関係、さらに第四章で検討した、「世界の完成」のための諸個体の協働という構想の新たな定式化であるが、内的な友情の理念においては、それが自己の精神に潜在する創造性を自覚した、「天才」相互の関係であることがより明確に示されている。

ここにヘーゲルが批判したような「天才的で神的なアイロニー」の独善的な高慢を見出すことはできない。しかし前節でも触れたように、「新しい神話」を産み出すべき芸術家の協同作業において、女性の芸術家には周縁的な位置しか与えられていない。ユリウスを芸術家として完成させたルツィンデは芸術家として友情に参画することを拒まれている。

それに加えて問題となるのは、芸術創造を促進する恋愛と友情という親密性と、その外部との関係である。『ルツィンデ』において否定的に評価されている「公論」と、恋愛を通じて成熟し友情によって相互に補い合う芸術家とは、どのような関係を持つのだろうか。この観点から見て重要な意味を持つのは、「文学についての会話」における「新しい神話」の構想であり、第六章ではこの構想について論じる。

註

（1）例えば、ポールハイムの著名な『ルツィンデ』研究は、シュレーゲルが後に「小説についての書簡」で提示した「アラベスク」と「告白」の概念の実例としてこの小説を分析しているが、その中で、この小説の「礼儀知らずのアレゴリー」の章における四人の擬人化された「真の小説」についても詳細に検討している（Vgl. Karl Konrad Polheim: Friedrich Schlegels "Lucinde". In: Zeitschrift für deutsche Philologie. Bd. 88. 1969, S. 61-91.）。「無為についての牧歌」の章も同様にしばしばシュレーゲル詩学のアレゴリー的表現として読解される（Vgl. Marion Hiller: Müßiggang, Muße und die Musen: Zu Friedrich Schlegels Poetik und seiner "Idylle über den Müßiggang" im Spannungsfeld antiker und moderner Bezüge. In: Athenäum. 10. Jahrgang. 2000, S. 135-158.）。また仲正昌樹は、『ルツィンデ』冒頭のユリウスからルツィンデへの手紙においてユリウスが書くことについての反省を累乗していることを指摘して、ロマン的アイロニーとの関係を示唆している（『モデルネの葛藤』、二一四―二一七頁）。

（2）G. W. F. Hegel: Werke in 20 Bänden. Frankfurt am Main（Suhrkamp）1970, Bd. 13, S. 95.
ボーラーは、ヘーゲルによるシュレーゲルへの非難が第一に『ルツィンデ』に向けられていると指摘している（Vgl. Karl Heinz Bohrer: Die Kritik der Romantik. Frankfurt a. M.（Suhrkamp）1989, S. 150.）。

（3）以下の研究では、ユリウスが出会う女性たちが（近代的・作為的文化の体現者としての男性に対する）古代的・自然的なものの担い手へと単純化して解釈され、『ルツィンデ』では「研究論」と同様に古代芸術の近代における再興が主題であるとされている。Hannelore Schlaffer: Frauen als Einlösung der romantischen Kunsttheorie. In: Jahrbuch der deutschen Schillergesellschaft. 21. 1977, S. 274-296.

また以下の研究では、フィヒテの構想力論を参照しつつ、ロマン的恋愛においては男性が女性を理想化することによって自己の芸術的創造性を増進させるが、理想化された女性の創造力は逆に縮減してしまうとして、関係の非対称性を批判している。Sharin N. Elkholy: What's Gender Got to do With it?: A Phenomenology of Romantic Love. In: Athenäum. 9. Jg. 1999, pp. 121-159. 非対称性の指摘自体には首肯できるが、『ルツィンデ』の分析としては不正確である。この章の第三節で見る恋愛と友情の問題が看過されており、また第一節で見るように、女性を理想化することはむしろユリウスの芸術の失敗をもたらしている。

なお、ユリウスが出会う様々な女性が誰をモデルとしているかという問題には、本書の問題設定から離れるので立ち入らない。

（4）本書ではユリウスの発言を無条件で著者シュレーゲルの見解と同一視するわけではないが、この論点について両者の見解の類似性を示唆する箇所がシュレーゲルの他の著作に見出される。第三節を参照。

（5）「そして椅子のかわりに、本物の東洋の絨毯と、半身大の大理石の群像がいくつかあった。例えば、逃れようとするが既に捕まってしまったニンフを貪欲なファウヌスがまさに完全に手中に収めようとするところや、あるいはほほえむヴィーナスが衣服を巻き上げて、官能的な背中越しに腰を見ているところとか、その他似たような描写である。」（KA V 42）

（6）「ユリウスは自分の作品や構想についてよく彼女と話したし、彼女と会話しながらその目の前で描いたスケッチを一番いいと思った」が、「しかし彫像や素描で彼女が評価したのは生き生きとした力だけであり、絵画で評価したのは色彩の魔術や肉体の真実味、せいぜい光のイリュージョンだけであった。誰かが規則や理想、そしていわゆるディセーニョ（die sogenannte Zeichnung）について語ったときには、彼女は笑っていたか聞いていなかった。」(ebd.)

（7）キルケゴール（飯島・福島他訳）『イロニーの概念（下）』、白水社、一九六七年、二四二頁。

（8）同書、二四一頁。

（9）彼女の居間の家具や作品は、イングランドやオランダといった、当時の先進的な商業国から訪れた若者たちが彼女に貢いだ金によって購入されたという記述がある（KA V 43）。

（10）「ルツィンデにはロマン的なものへのはっきりとした傾向があって、彼［ユリウス］は新たな類似点があるのに驚いたしさらにいくつもの類似点を見出した。また彼女は公の世界にではなく自分固有の自ら構想して自ら形成した世界に生きている人の一人であった。彼女が心から愛し敬意を払ったものだけが実際に現実的であり、その他一切は無であった。そして彼女は価値を持っているものを知っていた。それに彼女はひるむことなく大胆に全ての気配りやしがらみを断ち切って全く自由かつ独立に生きていた。」（KA V 53）

（11）「ユリウスが彼女［ルツィンデ］と音楽について語ったとき、このロマン的芸術の神聖な魔術について彼が持っていた最も心のこもった最も固有の思想を彼女の口から聞いて、彼はどんなによろこんだことか。純粋で力強く形成されて深く柔らかな魂から立ちのぼる彼女の歌を彼は聴いた。彼はこの歌に自分の歌を合わせ、二人の声はある時は一つへと流れ込み、ある時は言葉では語れないこまやかな感情の問いと答えが交替した」（KA V 53f.）。

（12）確かに「新しい神話」の構想は文学という芸術ジャンルのためのものであるが、シュレーゲルにとって文学が占めていた特権的な位置を考慮するならば、この構想はシュレーゲルの芸術理論において芸術一般に適用可能なものと考えることができよう。

（13）これはノヴァーリスにおいても展開されている思想である。以下を参照。小田部胤久「ノヴァーリスにおける『断章』の精神についての一つの断章」（『美学芸術学研究』二四、二〇〇五年）、七五―七九頁。

（14）ジークリト・ヴァイゲルは『ルツィンデ』に登場する女性たちが「性格を持たず、個人として造形されず、男性主人公の投影のための対象である」と批判している（Sigrid Weigel: Wider romantische Mode. In: Stephan, Inge (Hrsg.): Die verborgene Frau. Berlin (Argument) 1988, S. 77.）。『ルツィンデ』において女性たちには主人公の成長を助けるだけの役割しか与えられていない、という指摘は既に以下に見られる。Baerbel Bercker-Cantarino: Schlegels Lucinde: Zum Frauenbild der Frühromantik. In: Colloquia Germanica. 10 (2) 1976/77, S. 128-139. Richard Littlejohns: The 'Bekenntnisse eines Ungeschickten': a re-examination of emancipatory ideas in Friedrich Schlegel's 'Lucinde'. In: Modern Language Review. Vol.72. (3) 1977, pp. 605-614.

（15）こうした変化を歴史の長期的な過程に位置づけて理解するためには、社会学者のニクラス・ルーマンが『情熱としての愛』で親密性の意義の増大について展開した議論が参考になる。彼は十七世紀から十八世紀のヨーロッパにおける「社会の階層的な差異化から機能的な差異化への移行」の過程が親密性の意義の増大をもたらしたと論じている。それによれば、身分制社会では個々の人格が特定の身分に一義的に属していたが、社会全体のなかで法・政治・経済・科学・芸術などの領域がそれぞれ自律的な下位システムとして独立した結果、個人は同時にさまざまなシステムにおいてコミュニケーションを行う一方で、個々の人格そのものはもはや一義的に特定のシステムに所属しなくなった。こうして個人と社会との関係が不透明になった結果、「依然として理解可能で、勝手がわかり、アト・ホームであり、まだ所有することが可能な近接世界」すなわち「親密性」への欲求が生じたとされる（Vgl. Luhmann, Niklas: Liebe als Passion. Frankfurt a. M. (Suhrkamp) 1982, S. 16f. 以下の邦訳を参照した。佐藤・村中訳『情熱としての愛』、木鐸社、二〇〇五年）。

　ルーマンは、親密性の価値上昇の完成段階を「ロマン的恋愛」と呼び、その事例としてユリウスとルツィンデの恋愛を挙げているが、彼も男性の愛と女性の愛の差異という問題に言及している。それによれば、「ロマン的恋愛」に典型的なパラドクスとは、「見ること、体験すること、享受することが距離によって増進する（die *Steigerung durch Distanz*）経験」、すなわち「自己省察（Selbstreflexion）と参与（Engagement）との統一」（S. 172）である。これをルーマンは「ロマン的アイロニー」（S. 175）と呼ぶが、彼によればこれは男性の経験に留まっている。「男性は愛することを愛し、女性は男性を愛する。つまり、女性はそれによって一方ではより深く根源的に愛するが、他方ではまた、より束縛され、省察により乏しい仕方で愛するのである」（S. 172）。

　ただしルーマンは、恋愛による芸術創造の促進、および友情による恋愛の相対化という本論文の主題には触れていない。後者についてルーマンは、十八世紀における親密性を巡る友情と恋愛との競合関係は最終的に恋愛の勝利で終わったと主張している（S. 147）。

第六章　神話と哲学――「新しい神話」の公教性と秘教性

序

第五章でも触れた「神話についての演説」においてルドヴィーコは、文学創作のためには、その「中心点」となるべき「神話」が存在しなければならないと訴える。彼によれば、「古代人の文学」は中心点である「神話」を持っていたがゆえに、近代の文学より優れているのである。そして彼は、「新しい神話」を創造するように訴えて、「神話を作り出すために私たちが真剣に協力（mitwirken）すべき時が来ようとしています」（KA II 312）と述べる。

その際にルドヴィーコは、古代神話は「感性的な世界の最も近いもの、最も生き生きとしたものを直接受け継いで模倣した」のに対して、「新しい神話（die neue Mythologie）はこれと反対に、精神の最も深い奥底から作り出されねばなりません」（ebd.）と述べる。しかしこのような構想については以下のような疑問が生じる。すなわち、もし「新しい神話」が古代の神話を再現しようとする構想ならば、それは第一章で見た「研究論」における「美的革命」の理念の反復に他ならず、近代において趣味と道徳の共同体を再興する構想だということになるのではないか、もしそうだとすれば、ロマン主義的シュレーゲルが、もはや趣味の共同体を芸術創造の前提とはみなさず、個人の精神の創造性を芸術創造の源泉とみなした、という本論文の議論に矛盾するのではないか、というものである。このような疑問は必然的である。なぜならば、以下に詳しく見るが、一七九八年の『ギリシア・ローマ文学史』によれば、ホメロス、ヘシオドスの叙事詩において記録された古代ギリシアの神話は、詩人の創造を統合するだけでなく、共同体全体を美的にも学問的にも統合する役割を担っていたからである。

このような疑問に対しては、古代神話と「新しい神話」の差異を明らかにすることで答えねばならない。そこでさらに問われるべきは、二つの神話が成立する仕方が異なるならば、神話それ自体も自ずから異なったものになるであろうし、それが促進する文学のあり方もまた異なるのではないか、というものである。この問いに答えるためには、「神話についての演説」という短いテクストに留まることなく、シュレーゲルが他の著作や講義において展開している神話についての議論を参照せねばならない。注目すべきは、神話と哲学の関係である。なぜならば、感性ではなく精神から出発するとされる「新しい神話」を古代神話から区別する最大の特徴は、それが哲学と密接な関係を持つことにあるからである。そして、以上の問題の検討を通じて、近代の文学創造それ自体についてのシュレーゲルの見解のみならず、その創造を可能にすべき社会関係についての見解も明らかになる。

以上の見通しに立って、この章は、シュレーゲルの一七九八年から一八〇五年までの著作・講義における、神話と哲学の関係を分析する。第一節では、シュレーゲルが『ギリシア・ローマ文学史』において古代ギリシアの神話と哲学の関係を論じた箇所を検討する。第二節ではこれを、「神話についての演説」における、哲学と「新しい神話」の関係と比較する。第三節では、後にカトリックに傾倒したシュレーゲルにおいて、神話と哲学との関係がどのように変容したかを明らかにするために、一八〇三年から〇五年にかけて行われた二つの講義、「哲学の発展」(Entwicklung der Philosophie)および「ヨーロッパ文学」(Wissenschaft der europäischen Literatur)を取り上げる。(1)

本稿で取り上げるシュレーゲルの思想の変遷過程では、神話と神秘および公教性と秘教性という諸概念が重要な役割を果たすが、この点について最も重要な先行研究は、ディルク・フォン・ペータースドルフの『神秘の語り』

（一九九六年）[2]である。ペータースドルフはこの著作において、ドイツ初期ロマン主義、具体的にはフリードリヒ・シュレーゲル、シェリング、シュライアーマッハーのテクストが、卓越した少数者によってのみ理解されることを志向し公衆を拒絶する傾向を持つことを指摘して、これを「神秘の語り」（Mysterienrede）と呼んでいる。本稿の主題であるシュレーゲルについて彼は以下のように論じている。シュレーゲルは、『ギリシア文学研究論』（一七九五年成立）から一七九〇年代中頃までの古代研究においては、文学が公共圏へ開かれることを求めていたが、一七九八年ごろから次第に芸術家と公衆との断絶を肯定的に評価するようになった。その例としては一七九八年の『断片集』（Fragmente）、いわゆる『アテネーウム断片集』（Athenäums-Fragmente）の断片第二七五番、[3]および一八〇〇年の『イデーエン』（Ideen）の断片第一三六番[4]が挙げられる。一八〇〇年の『神話についての演説』では、「神話」と「神秘」という表現が混合しているが、これは普遍妥当性の要求と秘教性との間でシュレーゲルが動揺していることを示唆している。[5]この動揺は、秘教的な「神秘の語り」が社会的な孤立をもたらすことに対してシュレーゲルが抱いた危機意識の表れであり、彼は秘教的なロマン主義芸術を放棄することなく社会的な孤立を免れるため、カトリックへ傾倒したのである。シュレーゲルは「秘教性（ロマン主義）と公教性（カトリシズム）を結合」[6]し、これによって社会的な孤立を免れたが、ロマン主義の秘教性に本質的な変化はなく、一貫して「彼にとって芸術は形而上学的な意義を表現する中心的な媒体であり続け」[7]たのである。以上が、シュレーゲルの「神秘の語り」についてのペータースドルフによる議論の骨子である。

以上の議論は、公教性と秘教性、また神話と神秘との明確な二項対立に基づいているのに対して、本稿の議論は、神話と哲学の関係についてのシュレーゲルの見解が、少なくとも一八〇〇年頃まではそのような図式には留まらないものであったこと、そしてその後一八〇三年頃になってはじめて、明確な二項対立の図式が前景化したことを明らかにする。[8]

一　『ギリシア・ローマ文学史』における神話と哲学

第三章でも取り上げた『ギリシア・ローマ文学史』は、「オルフェウスの太古」の章から「叙情文学のアッティカ時代」の章までが公にされた未完の著作だが、[9] その中で「神話」は大きく分けて二種類ある。第一に、ホメロスおよびヘシオドスの叙事詩であり、第二に、オルフェウスに由来するとされる神秘主義である。

既に見たように、「神話についての演説」では、古代文学には神話という中心点があったとされるが、同じく「文学についての会話」の登場人物であるアンドレーアによれば、古代文学の源泉とは「ホメロスと古いホメロス派」(KA II 290)に他ならない。この見解はすでに『ギリシア・ローマ文学史』に見られる。それによれば、「ホメロスはいわば古代人の原詩人であり、古代人はホメロスを特に正真正銘の詩人と呼んだ。なぜなら、彼は普遍的な不朽の源泉であって、全ての詩人はそこから汲み取ったからである」(KA I 447)。ホメロスの叙事詩は後の叙事詩の模範であっただけでなく叙情詩や悲劇においても参照され、さらに古代ギリシアのさまざまな学問の典拠であった(KA I 456を参照)。

しかし、プラトンやピュタゴラスらの哲学者は、ホメロスとヘシオドスの叙事詩を誤謬とみなし、これを批判した。一方、アナクサゴラスや後のストア派・新プラトン主義は、ホメロスを批判するのではなくアレゴリー的に解釈しようとした。しかしこの試みは失敗した。なぜなら、「ホメロスの神話と神々は、純粋な知性によって生み出されて規定され、純粋な悟性が想像力に、簡潔な概要を素材によって満たし、生命によって包むという仕事だけを委ねたというわけではない。想像力自体がそれらの輪郭を描いたのである」（KA I 457）。このように、古代ギリシアの哲学者たちは、ホメロスおよびヘシオドスの叙事詩を誤謬として批判するか、あるいは（とりわけホメロスを）アレゴリー的に解釈しようとした。しかし、それらの叙事詩は批判にもかかわらず文学と学問の源泉という地位を保ったし、またアレゴリー的解釈も失敗に終わった。哲学は、それらを克服することも、哲学のうちに取り込むこともできなかった。

『ギリシア・ローマ文学史』では、もう一つの神話として、オルフェウスに由来するとされる神秘主義が主題とされている。シュレーゲルによれば、古代ギリシアにおいてオルフェウスは、ホメロスより古い「文学の父、秘儀の創始者」（der Vater der Poesie, den Stifter der Mysterien: KA I 399）とされていた。ここでいう秘儀とは、「オルギア、すなわち、秘密の神聖な意味を包んでいる、合法的な風習における祝祭的な狂乱」（Orgiamus, festliche Raserei in gesetzlichen Gebräuchen, die einen geheimen Sinn umfüllt: KA I 399）である。しかしシュレーゲルによれば、いわゆるオルフェウスの神秘主義は実はホメロスより新しい[10]。その理由を彼は以下のように述べている。

意義深いもの一切を神秘的（mystisch）と呼ぶのではなく、そのなかでも、自然の捉えがたい本質についての象徴的な秘密の教説（sinnbildliche Geheimlehren über das unbegreifliche Wesen der Natur）と、そのような教説に関係する風習だけを意味するならば、ホメロスは神秘的な伝説も神秘的な風習も知らない（KA I 408）。

ホメロスの叙事詩には、神秘的なもの、さらにはより一般的に、「無限なもの」（das Unendliche: KA I 410）の観念が見出されないがゆえに、ホメロスは神秘主義に先立つ、古代ギリシア最古の文献である。神秘主義がホメロスより古いとされたのは、聖職者たちが自己の権威を高めるために起源を偽ったためであるとシュレーゲルは述べている。

彼は、神秘主義は古代ギリシアにおいてはじめて「無限なもの」の観念を表現したために、「オルギアと秘儀がギリシア哲学の最初の始まりであった」（KA I 411）と結論づける。このことを示す例は、秘密の教説に詩という表現を与えたとされる（KA I 551を参照）ピュタゴラス派である。彼は、いわゆるオルフェウスの神秘主義はギリシアの共和制と叙情詩芸術が成立したのと同じ時期に成立したと推定している。なぜなら、この三つの「大きな変化として、ギリシアにおいて無限なものへの覚醒した努力と、自由な自己規定の能力が現れた」（KA I 413）からである。後にギリシア悲劇が表現する「絶対的な自然の必然性の表象、つまり運命」も本来神秘主義に由来するとシュレーゲルは述べる（KA I 410）。第三章で確認したように、「研究論」序論において古代叙情詩は（シュレーゲルの理解する）「情感文学」の要素の一部を準備する文学とみなされており、さらにこの『ギリシア・ローマ文学史』では、全体として「現実性の見かけ」を必要とする文学として、実質的に「情感文学」として、近代の到来を告知する文学とみなされている。このことを踏まえるならば、オルフェウスの神秘主義、共和制、叙情詩は、古代ギリシアにおいて近代的な精神を先取りする現象として理解することができる。

神秘主義と哲学との関係において重要なのは、以下に引用する一節において、ソクラテスのアイロニー（「まじめと戯れの混合」）が神秘主義の流れをくむものとして捉えられていることである。

『パイドロス』全体が神秘的な暗示に満ちていないだろうか。そこでソクラテスは、真に愛する者の神聖な陶酔について、アッティカの精神によって、そして多くの人々には全ての秘儀よりも謎めいて曖昧である、ソクラテスのあの真面目と戯れの混合によって（mit jener Sokratischen Mischung von Scherz und Ernst, welche für viele geheimer und dunkler ist, als alle Mysterien）かくも愛らしく哲学しているのである（KA I 405）。

シュレーゲルは以上のように古代ギリシアの神秘主義の意義を強調する一方で、それが「無限なもの」を精神的なものとしてではなく自然の諸力として捉えたことを批判している。これは、古代ギリシアの最も重要な秘儀であったエレウシスの秘儀が、穀物豊穣の女神デーメーテルとその娘の冥府の女神ペルセフォネを祀る農業祭儀であったことを指している。さらにシュレーゲルは古代ギリシアの神秘主義の秘教性、つまり真の教説が少数者だけに伝えられる秘密とされたことを、以下のように批判している。

幼い理性は同じく自然な誤解によって、理解しがたいものの予感を、浄められ聖別された者だけに啓示されることが許されるが、民衆には隠され続けねばならない秘密とみなした。もちろんこのイメージには、既に早い時期から、聖職者の高慢とエゴイズムが加わったのだろう。しかし、必然的な偽装（notwenige Verstellung）だけが秘教的な哲学と公教的な哲学（die esoterische und exoterische Philosophie）の分離を引き起こしたのではなく、ギリシアの賢人たちですら真面目な秘密主義（ehrlicher Geheimnissucht）から全く自由ではなかったようである（KA I 403）。

彼によれば、古代ギリシア人の理性が未発達であっただけでなく、聖職者の「高慢とエゴイズム」（KA I 403）も神秘主義の秘教性を助長した。シュレーゲルはこの批判によって、いわゆるオルフェウスの詩やオルギアは、聖職者が神秘主義の真の教説を覆い隠すために用いた象徴的な表現や儀式であり、真の教説は民衆から秘匿され少数者に独占されたと批判している。(11) そして彼は、神秘主義に由来する哲学についても「秘教的な哲学と公教的な哲学の区別」に批判的に言及している。ではこの批判は前に触れたソクラテスのアイロニーにも当てはまるのだろうか。この点で重要なのは、第一章でも検討した「リュツェーウム断片」第一〇八番である。その中でも本章の議論にとって重要なのは以下の表現である。

ソクラテスのアイロニーは、徹底して不随意である［選択の余地がない］けれども徹底して熟慮［反省］された唯一の偽装である。これをわざとすることも、これを思わず明かしてしまうことも等しく不可能である。これをもたない人には、これが最も正直に告白されたとしても謎のままである。これが欺くのは、これを詐術であるとみなす人々だけである［…］。ソクラテスのアイロニーにおいては、一切がしゃれでありまた一切が真面目であるべきであり、いっさいが正直に明かされ、また一切が深く隠されているべきである。［…］これは、限定されざるものと限定されたもの、完全な伝達の不可能性と必然性との、解消しえない矛盾の感情を含んでおり、この感情を引き起こす（KA II 160）。

上記の引用によれば、ソクラテスのアイロニーには公教性と秘教性、言い換えれば真の教説とそれを隠す象徴的な覆いとの区別に対する批判が当てはまらないことが分かる。なぜならば、ソクラテスのアイロニーは、（『ギリシア・ローマ文学史』からの引用に言われるように）確かに謎めいて曖昧であるが、「完全な伝達の不可能性と必然性との、解消しえない矛盾の感情」という表現から伺われるように、それは言い表しがたい真理をあえて言い表そうとするために生じるやむをえない謎だからである。ソクラテスのアイロニーを字義通りに真理と受け取ることはできないが、だからといってそれは真理を秘匿するための意図的な偽装や詐術でもない。それはいわば背後に真相を持たない偽装であり、これについて秘教性と公教性の区別をすることはできないのである。これに関連して注目すべきは、シュレーゲルが同じ「リュツェーウム断片」第四二番において、アイロニーを哲学と文学とを結合する言語形式ともみなしていることである（「文学はこの側［アイロニー］から哲学の高みへと昇ることができる」KA II 152）。これは哲学という秘教的な知に文学という公教的な表現を与えることを意味するのではなく、第一章で検討したように、アイロニーという表現形式をとることによって、文学のうちには「一切を見渡し、そして一切の限定されたものを超えて無限に高まる気分」（ebd.）が備わるのであり、この点において文学と哲学とは共通の営みであるという趣旨である。

本節での検討をまとめると、一七九八年のシュレーゲルによれば、古代ギリシアには二種類の神話、つまり、哲学とは疎遠なホメロスおよびヘシオドスの叙事詩、そして近代を先取りし哲学を生み出した神秘主義があった。前者が知識と芸術全体の源泉として、古代ギリシアの社会全体を統一する役割を果たしたのに対して、後者においては、真の教説は秘教的な秘密として少数の「聖別された者」に独占され、大衆はそこから排除されたのである。しかしシュレーゲルは、神秘主義の流れをくむソクラテスのアイロニーのうちに、公教性と秘教性の区別をもたず、哲学と文学とを包括する言語表現を見いだしたのである。

本章で前に触れたペータースドルフは、「神秘」（Mysterium）と「秘教性」（Esoterik）とを区別していないが、本節の検討を踏まえると、シュレーゲルの議論を理解するためには、言い表し難いものを言い表そうとする営為において生じる「謎めいたもの」や「神秘的なもの」と、公共圏において受容されることを拒み少数者にのみ理解されることを指向することを意味する「秘教性」とを概念的に区別すべきであることが理解される。

またペータースドルフは、シュレーゲルの思想にとっての「ソクラテスのアイロニー」の意義に触れていない。彼は、『ギリシア・ローマ文学史』を含めたロマン主義以前のシュレーゲルには「神秘の語り」はなく公共圏への志向のみがあると前提している。そのため、彼は『ギリシア・ローマ文学史』のうちにプラトンの著作の謎めいた言語形式への言及があることを確かに認めるものの、これをシュレーゲルの単に歴史的な関心によるものとみなし[12]、「神秘の語りという後のロマン主義的理念への初期の示唆[13]」に過ぎないと述べる。

しかし、シュレーゲルはソクラテスのアイロニーを、神秘主義に由来しつつも公教性と秘教性の区別を持たず、謎ではあっても秘密ではない表現形式として捉えており、次節で見るようにシュレーゲルは、このような言語表現の近代における可能性を、「新しい神話」の構想においても追求したのである。

二　「神話についての演説」における神話と哲学

本節では、「神話についての演説」における、「新しい神話」と哲学との関係を検討するが、具体的に問題になるのは、ここで「観念論」と「実在論」がどのように関係づけられているかである。

演説を行うルドヴィーコによれば、「観念論」は、「人間性は全ての力によって中心点を見出そうと努めるという、全ての現象の中の現象の、一部、一分肢、一表現様式に他ならない」(KA II 314) けれども、「全ての学問と芸術を大革命が覆うでしょう」(KA II 314) と言われる時代の哲学的原理として「時代の偉大な現象」であり、これは「新しい神話が、ただ精神の最も奥底からのみ、あたかも自分自身によるかのように作り上げられうる」ことの「意義深い示唆と注目すべき確証」(KA II 313) である。さらに「観念論はその成立の仕方からして、新しい神話の一例になるだけでなく、それ自体間接的な仕方で新しい神話の源泉になるのでなければなりませんし、なることでしょう」(KA II 315) と言われる。ここでルドヴィーコが示唆しているのは、「観念論」における精神の自己の内への還帰は、それと対になる、精神が自己の外に出る運動としての「実在論」を必要とするということである。

ルドヴィーコによれば、「観念論」がフィヒテの知識学に代表される哲学であるのに対して、「実在論」は文学に他ならない。彼の挙げる理由は二つに整理できる。第一の理由は、哲学としての実在論は既に克服されているというものである。「哲学、ましてや体系といった形で実在論が再び現れることはできない」(ebd.)。第二の理由は、「この新しい実在論は、実在論とはいっても観念論に起源を持ち、いわば観念論という地盤の上に漂わねばならない」(ebd.)ので、「観念的なものと実在的なものの調和に基づくべきものである文学」(ebd.)として現れるというものである。

ルドヴィーコは、自然が即ち神であるというスピノザの「実在論」の教説を哲学としてではなく、文学として捉えようとする。

スピノザが体系という武装を解いて、新しい文学の神殿においてホメロスとダンテと住まいを共にして、神に熱狂するあらゆる詩人のラレス〔古代ローマにおける様々な場所の守護神〕と家の友と交わりますように(KA II 317)。

ルドヴィーコによれば、スピノザの「想像力」と神への愛の「感情」とは全ての詩人にとっての模範である。ルドヴィーコはスピノザのうちに「一切の想像力の始まりにして終わり」(KA II 317)を見出し、さらに、神を愛する「スピノザの感情」について、「神性のこの穏やかな反映は、全文学の本来の魂、全文学を点火する火花ではないでしょうか」(KA II 318)と述べる。この箇所を第三章における考察と関連づけると、ルドヴィーコは、後に続く『小説《ロマーン》についての書簡』をいわば先取りして、「ロマン的なもの」の構成要素である「想像的なもの」と「情感的なもの」とを、詩人はそれぞれスピノザの「想像力」と「感情」から学ぶべきであると述べている。そしてルドヴィーコによれば、文学としての神話は「想像力と愛による変容によって、周囲の自然を象形文字として表現すること」(KA II 318)であり、それによって、「ふだんは意識を永遠に逃れてしまうものが、ここでは感性的に精神的に見ることができ、つかまえられます」(ebd.)。この捉えがたいものは、「端的に解き明かしえない、第一の根源的で模倣しえないもの」(KA II 319)とも呼ばれる。

このように「新しい神話」とは、精神の内に無限なものを見出す観念論哲学と、その無限なもの(「端的に解き明かしえないもの」)を、想像力と感情の働きによって自然の形象を用いて表現しようとする実在論的文学を統合したものである。この構想は、『ギリシア・ローマ文学史』における神秘主義と密接な関係を持つ。ルドヴィーコはスピノザの汎神論を「あらゆる個別の種類の神秘主義(Mystizismus)の根拠であり支え」(KA II 321)と呼んでいるし、「神話についての演説」を聞いた登場人物ロターリオは、スピノザの汎神論やベーメのキリスト教神秘主義にとどまらず、ギリシアの「エレウシスの秘儀」(die Eleusinischen Mysterien)と「オルフェウスの断片」(das orphische Fragment: KA II 326)も「新しい神話」の素材となりうると述べている(KA II 326)。

前節の議論と関連づけるならば以下のように定式化できる。古代においては一方でホメロスとヘシオドスの叙事詩が、文学創造の源泉となり美的にも倫理的にも共同体を統一していたが、哲学とは疎遠なままに留まった。他方で古代の神秘主義は、近代の精神を先取りし、無限なものの観念を詩的形式によって象徴的に表現し、ギリシア哲学の源泉となったが、叙事詩ほどの影響力を持ちえなかった。これに対して「新しい神話」の構想は、今度は観念論哲学から出発して神秘主義を再生させ、近代ヨーロッパの文学的創造の中心点とすることを目指すものである。

シュレーゲルは、古代ギリシアの神秘主義における秘教性と公教性の区別を批判していたが、神秘主義の再生としての「新しい神話」において、秘教的なものと公教的なものとの分離は見られず、「観念論」としての哲学も「実在論」としての文学もともに「新しい神話」を構成するとされており、「神話」と「神秘」を（ペータースドルフが理解したように）それぞれ公教的なもの、秘教的なものとして対立的に捉えているわけではない。その点で、「新しい神話」における神秘的なもの、謎めいたものは、ソクラテスのアイロニーにおけるそれと軌を一にする。(14)「新しい神話」の構想においては、古代ギリシアの神秘主義に見られた聖職者と民衆との階層的分離は存在しない。既に第五章で述べたように、ルドヴィーコは「新しい神話」の創造を友人たちの「独創性」に委ねて、「誰もがひたすら自分の道を、朗らかな自信を持って、最も個性的な仕方で行きなさい」（KA II 320）と述べている。また登場人物のアントーニオも、「僕らは皆師匠であり弟子でもありたいと思うのだ。状況に応じて、ある時は弟子、ある時は師匠というように」（KA II 310）と述べている。

しかし、ここで注意すべきなのは、第五章で見たように「文学についての会話」は、文学的、哲学的に優れた能力を持つ友人たち（第四章で検討した「天才」）の会話として書かれているという特殊な事情である。「新しい神話」は、公衆全体を統合する媒体としては考えられていないようである。シュレーゲルが同年に『アテネーウム』で公にした論考「不可解さについて」（Über die Unverständlichkeit）を参照するならば、「新しい神話」がこの友人たちのサークルの外部で受容される際に生じる困難について知ることができる。シュレーゲルはこの論考で、雑誌『アテネーウム』が「不可解」であるという多くの批判が寄せられていることを取りあげ、その批判が正しいこと、そして『アテネーウム』の不可解さの大部分はアイロニーにあることを認める。しかし彼は、「だが不可解さはこのように全くもって非難されるべき悪しきものだろうか」（KA II 370）と反語的に問う。そして、人間の「内的な充足」を可能にするのは、「謎のうちに留め置かれねばならない（im Dunkeln gelassen werden muß）が、その代わりに全体を捉えて担う点」であり、「これを悟性へと解きほぐそうとするならば、その瞬間にこの力を失ってしまう」と主張する（ebd.）。これは、まずもって「神話についての演説」において「端的に解き明かしえない、第一の根源的で模倣しえないもの」と呼ばれた、精神のうちの無限なものとして理解できる。これが哲学的、文学的叙述をうながす根源であり、これを悟性的、概念的に理解しようとしても取り逃がしてしまうとみなされている。しかし「不可解さ」は哲学と芸術にとってのみ本質的なものではなく、「わたしの思うに、家庭と諸国民の平安も不可解さに基づいている」（ebd.）と言われるように、道徳と政治の領域においても、その統一の原理となる或る「不可解」なものであるとシュレーゲルは主張する。この点は、第二章で検討した内容と関連させて理解すべきだろう。「アテネーウム断片」第三六九番では、国家全体を統一する原理は国民に予め理解されているものではなく、君主の卓越した精神のうちに代表されるのであって、君主はいわば「国家の可視的な世界霊」であるという理念が語られていた（もちろんこれは現実に存在する君主のことを指すのではなく、理念として語られているのに他ならない）。

それでは、「不可解」なものに対して、人はどのように振る舞うべきだとシュレーゲルは考えているのだろうか。彼は「不可解さについて」で、将来新たな読者、すなわち「読むことのできる読者」（Leser [...] die lesen können）が現れることへの期待を表明する。それは、隠された秘教的な知を継承する少数者ではない。彼は「読むことのできる読者」について説明するために自分自身の「リュツェーウム断片」第二〇番を引用している。

古典的な書物は決して完全に理解しうるものであってはならない。しかし形成されまた自己を形成する人々は、そこからますます多くを学ぼうとしなければならない（KA II 149, 371）。

このような読者は、「不可解」なテクストから「ますます多くのものを学ぼうとする」のであるから、「リュツェーウム断片」第一〇八番の表現を用いると、「完全な伝達の不可能性と必然性との、解消しえない矛盾」の中で思索する読者である。つまり、謎であるが秘密を隠すものではなく、公教性と秘教性の区別のないアイロニーの正当な受け手にあたるといえる。しかしシュレーゲルがこの「読むことのできる読者」の到来を、現在ではなく将来に期待することが間接的に示唆しているのは、「不可解」なテクストを生み出す著者と、それを「悟性」によって理解しようとする人々との間に、解消しがたい対立関係が現存しているという事態である。さらにシュレーゲル自身にも、この対立関係を促進する傾向が見出される。前に引用した「リュツェーウム断片」第一〇八番によれば、ソクラテスのアイロニーの「自己パロディー」がその不可解さによって「円満な凡人」を翻弄することは、「とてもよい兆し」であるとされる。この趣旨を敷衍すれば以下のようになろう。真理を悟性的に把握可能であると考えるならば、あるアイロニーの表現を字義通りに受け取るか、あるいはそれを、真理を意図的に隠す偽装と疑ってその背後の真理を探すだろうが、それはどちらも誤解であり、そのような誤解が人々をいらだたせるならば、むしろその表現が優れたアイロニーであることを証しているのである。

しかしここで以下のような反論が起こるかも知れない。すなわち書簡体の論考「哲学について――ドロテーアへ」（一七九九年）においてシュレーゲルは、哲学について肯定的な意味で「通俗性の時代が来た」（*die Zeit der Popularität ist gekommen.*: KA VIII 60）と語っているではないかと。この論考で彼は恋人ドロテーアに哲学の教育を与えるという構想を語っており、その中で、本来は単一不可分の哲学だけが存在すると述べた上で、「哲学による人間形成という観点からすれば、無限に多くの種類の哲学が存在します」（ebd.）、すなわち哲学を学ぶ各人の「最も独自の見解や意見」に関係づけて哲学を多様に叙述することが可能であると述べて、そのような意味において哲学は「通俗的」（大衆的）

であるとしており、さらに、「文学と哲学を人々の間で普及させ、それらを生のためにそして生から形成することが著者の使命であるならば、通俗性は第一の義務であり最高の目標である」（ebd.）とも述べている。このような発言は、一見すると哲学そのものとその通俗的な叙述を区別する立場のようであり、アイロニーの不可解さを称揚する「リュツェーウム断片」第一〇八番とは正反対のことを行っているように見えるが、シュレーゲルが「哲学について」においてこのように語るのは、哲学が公衆に幅広く理解されうると考えているからではない。彼の考える「通俗性」とは、哲学の専門用語ではない日常的な言葉で叙述することであり、そのようにして叙述された哲学が公衆に受け入れられるかどうかとは関係ない。彼は、通俗性を目指す著者が「非社交的で不自然な言語」（ungesellige und unnatürliche Sprache）を用いなくとも、「群衆の中に埋没してしまうことはありえない」とする。その理由を彼は以下のように述べる。

> なぜなら、熱狂が生気を与えるならば、最も日常的で、単純で、わかりやすい言葉と語り方のうちから、自ずと形成されるかのようにして、言語の内部の言語（eine *Sprache in der Sprache*）が生じるからです。そうすると、全体が完璧であるならば、種類を同じくする感覚は生き生きとした息吹と熱狂させる風とを感じますが、種類を異にする感覚はだからといって煩わされません。というのも、それを理解すべき者だけが理解するということが、ヘムステルホイスやプラトンのこの美しいサンスクリットの最も美しいところですから。

「言語の内部の言語」という表現によって、シュレーゲルは日常的な言語がその表面上の意味を保ちつつも、同時に哲学的な意味を伝達しうるという事態を指している。しかし、日常的な言語のうちに込められた「熱狂」を感じ取ることができるのは、著者と「種類を同じくする感覚」を持つ者（「理解すべき者」）だけであり、「種類を異にする感覚」はその深い意味に気づくことができないとされる。シュレーゲルがヘムステルホイスやプラトンの対話篇を例に挙げていることから理解されるように、哲学の「通俗的」な叙述とは、公衆に対するわかりやすい叙述を意味してはおらず、具体的に言えばその通俗性とは、例えばプラトンの対話篇において、ソクラテスが特定の個人とともに、日常的な言語によって問答を進めていくという形式にある。そこでソクラテスがアイロニーを用いて、埋解力を持たない「円満な凡人」を翻弄することは、「通俗性」と矛盾することではないのである。

シュレーゲルと『アテネーウム』の著者たちのテクストによって、「種類を異にする感覚」を持つ公衆が「煩わされない」どころか、大いに煩わされ、両者の間に対立関係が生じたことが、「不可解さについて」に記録されているのだが、この事態は、「新しい神話」を目指す著者たちが公教性と秘教性の分離からの自由を目指すにもかかわらず、公衆の中で孤立してしまうという矛盾をもたらしている。真理は悟性的に捉えうるとみなす公衆からすれば、シュレーゲルとその友人たちは、その主観的な意図にもかかわらず、不可解な表現を用いて公共圏における受容を意図的に拒む閉鎖的な秘教的集団としか見えないことになろう。次節では、こうした矛盾した状況に後のシュレーゲルがどのように答えたのかを検討する。

三　「哲学の発展」、「ヨーロッパ文学」講義における神話と哲学

本節では、ロマン主義サークルの解体後、シュレーゲルがカトリックに傾倒した時期の講義における、神話と哲学の関係を検討する。

この章の主題に関連してまず注目されるのは、一八〇三年に彼が雑誌『オイローパ』（Europa）で公表した、同時代の文学と哲学の諸著作についての論考「文献」（Literatur）で、「公教的文学」（*exoterische* [Poesie]）と「秘教的文学」（*esoterische* [Poesie]）の区別が導入されていることである。それによれば、「公教的文学」とは「完全に堕落してはいない者なら誰にでも理解できる文学」（KA III 11）だが、具体的には、「美の理想を人間の生という状況において表現し、この領域に自らを限定する文学、つまり劇詩」（ebd.）である。これに対して、「秘教的文学」とは、「人間を超えており、世界と自然の両方を包括しようと努め、それによって多かれ少なかれ学問の領域に移行し、受容者に対して、比較にならないほどより高度で複雑な要求をする文学」（KA III 11f.）とされる。シュレーゲルはこの「秘教的文学」には三種類の文学が含まれるとしている（KA III 12）。第一に、学問と文学の分離を解消する「包括的な教訓詩」（umfassende didaktische Gedichte）、第二に自然についての物語である「神話的文学」（mythische Poesie）[15]、第三に日常生活の諸要素を詩化する「小説」（der Roman）である。彼の議論を敷衍すると、劇詩が表現するものは登場人物の行為に限定され、この行為により高次の意味が与えられることもなく、また舞台上での上演による可視化が想定されるがゆえに、平易な「公教的文学」である（劇詩について用いられる「美の理想」という表現には、第四章で見たような理論的背景は認められず、卓越した美という程度の意味に解される）。これに対して、「教訓詩」、「神話的文学」、「小説」は、学問・自然・日常生活というそれぞれ芸術と対立関係にあるものを芸術のうちに取り込もうとする文学であり、世界の包括的な全体性を表現しようとする企図ゆえに難解な「秘教的文学」である。

　このようにシュレーゲルはこの論考において「秘教的」と「公教的」の区別を行っているが、これは彼が古代の神秘主義に対して批判した秘教性と公教性の分離とは異なるものと理解できる。なぜなら、ここでの「秘教的」と「公教的」の区別は、文学ジャンルをその難解さに即して分類したものであって、「秘教的文学」が公衆から秘匿されることや「公教的文学」が「秘教的文学」を覆い隠すことは問題になっていないからである。むしろこの論考では、「文学についての会話」における「新しい神話」の構想との連続性が顕著である。「教訓詩」と「神話的文学」については、哲学と文学とを結合し、古代の神秘主義を観念論によって再生しようとした「新しい神話」との類似性は明白であるし、「小説」について言えば、「小説についての書簡」においてアントーニオは、小説においては「想像力」が「形成する自然の永遠の愛」の「謎を捉え謎として表現する」と述べて、「新しい神話」における文学としての「実在論」と極めて親和性のある規定を小説に与えている。

このようにシュレーゲルは「文献」において、「新しい神話」の構想を継承した上で、それが学問と文学を統合し自然と世界を包括的に捉えようとするがゆえに難解であるという意味で「秘教的」の表現を用いている。しかしこの論考が公にされた時期の講義「哲学の発展」において、「秘教的」という言葉はそのような限定的な意味を踏み越えている。

シュレーゲルは「哲学の発展」講義の第七巻「神性の理論」（Theorie der Gottheit）で哲学と文学の関係について以下のように論じている。彼の哲学は「哲学的な宇宙生成論」（KA XIII 59）としての「観念論」であるが、「観念論は、どこでも見出されるのではなく、まれにしか見出されないような、精神の強さと想像力の生動性（eine Stärke des Geistes und Lebendigkeit der Einbildungskraft）とを前提とする」（KA XIII 58）ので、「秘教的な見解」（esoterische Ansicht : KA XIII 59）に留まらざるをえない。そして彼は、「観念論の思想が民衆のものになるならば確かに生じるであろう、腹立たしい誤解と分不相応」を避けるために、「秘教的哲学としての観念論を公教的な哲学に包み込む」ことが必要であり、その「公教的哲学」は「文学」という形式をとらねばならないと述べる（KA XIII 60）。この「公教的な哲学」としての文学とは、カトリックの従来の公教的な教説ではなく、同時代の状況に対応して、「神秘主義」（der Mystizismus）と「経験主義」とを「懐疑主義」によって結合したものとされる。そしてこの文学の目的は、「観念論への素質が準備されると同時に、観念論の発展に対立する一切のものが排除される」（KA XIII 61）ことである。さらに彼は文学を、観念論との関係において端的に「神話」（*die Mythologie*: KA XIII 54）と規定している。「神話についての演説」では、観念論哲学はそれ自体「新しい神話」の一部であるとされていたが、ここでは哲学と文学および神話とが明確に分離され、「秘教的な哲学」としての観念論は秘密として少数者が独占し、民衆には「公教的な哲学」としての文学すなわち神話が与えられるべきであると主張されている。このように狭義の哲学と文学とを明確に区別する立場は「ヨーロッパ文学」講義でも展開されている。

ここで彼は、哲学の言語、文学の言語、日常生活の言語の三つを区別して以下のように述べている。

> 哲学的言語（Die Sprache der Philosophie）は、文学の言語（die poetische [Sprache]）とも日常生活の言語（die gemeine Lebenssprache）とも異なる。文学的言語では無限なものがただ暗示されるだけ（nur angedeutet）で、日常生活の言語において対象について起こるように明確に表示される（bestimmt bezeichnet）ことがない。しかし哲学的言語は無限なものを明確に表示しなければならない。有用な対象が機械的な技術によって扱われるごとく、普通の言語が日常生活の対象を明確に表示する、まさにそのようにしなければならない。したがって哲学は固有の言語を、しかもあの二つの［文学および日常生活の］言語から作り出さねばならない。しかし哲学固有の言語は哲学自体と同じく無限の努力のうちに留まっており、いまだ唯一の哲学が存在しないように、いまだ唯一の哲学的言語も存在せず、いかなる哲学も独自の言語を持っているのである（KA XI 98）。

哲学的言語は、無限なものを対象とする点では文学的言語と共通点を持つが、哲学的言語が無限なものを明確に表示しようとするのに対し、文学的言語は無限なものを暗示するだけである。対象を明確に表示しようとする点で哲学的言語は、日常生活の言語が有限で見慣れた対象を明確に表示しようとすることとむしろ類似している。それゆえに、文学的言語を形成することよりも哲学的言語を形成することの方が困難であり、完成した決定的な哲学的言語はいまだ存在しない。様々な哲学者がそれぞれ哲学的言語を目指した試みしか存在しない。それゆえにシュレーゲルは、「思弁にとっての哲学的な素材は多数の人々のものではなく、少数の人々のためのものであるし、また少数の人々しかそれについての感覚（Sinn）を持たない」（KA XI 98）と述べる一方、「そもそも一切の文学は非常に理解しやすい」（alle Poesie überhaupt ist sehr verständlich: KA XI 99）と明言する。

本章でこれまで見てきたように、シュレーゲルはソクラテスのアイロニーに始まり、「新しい神話」を経て「秘教的文学」に至るまで、哲学（および学問）と文学（および神話）の結合の可能性を理論的に追求し、「不可解さについて」では、そのようなテクストを目指すシュレーゲルらのロマン主義サークルと、テクストを悟性的に理解しようとする公衆との対立関係を認めつつも、不可解なテクストから学ぶ「読むことのできる読者」が将来に現れることを待望していた。しかし上に挙げた二つの講義では、狭義の哲学と文学とが截然と分離されており、「哲学の発展」講義では、観念論哲学を民衆から遠ざけるために、「理解しやすい」文学としての神話を民衆に与えることが主張されている。この神話の役割は、「神話についての演説」におけるように、解き明かしがたい無限なものを象徴的に表現することではなく、むしろ「観念論への素質を準備する」という、哲学を補完するだけの従属的なものである。前に触れたペータースドルフの見解によれば、カトリックへの傾倒によってシュレーゲルのロマン主義は本質的には変化しなかったことになるが、本節の分析からは、シュレーゲルは哲学と文学を結合するという「新しい神話」

の構想を放棄して、秘教的な哲学と公教的な文学（ここに神話が含まれる）との区別を導入したのであり、これは当然のことながら文学の意義についての見解の変更を伴っている。

さらにシュレーゲルは「神性の理論」において、「公教的な哲学」と「秘教的な哲学」の分離を保証するために、教会と神学者が聖書の解釈を独占すべきであると、以下のように主張している（KA XIII 62）。

啓示（die Offenbarung）に関して採用される学問的な手続きを哲学的に批判する必要性からは、教会の全ての成員が教会の最古の伝承（die ursprüngliche Überlieferung）を手にするのであってはならないことが帰結する。［…］啓示の解釈、啓示の歴史と典拠、およびそれに属する一切の知識と補助手段は教会自体とその神学者にのみ属する。人々を聖書に向かわせることは、次々と誤解を生み出し極めて不愉快なことどもを引き起こす。ゆえにプロテスタントは、一切の象徴的なものを退け、書かれた啓示にひたすら直接的に頼るという点で、これ以上ないほど間違っている（KA XIII 62）。

このようにシュレーゲルは、教会の位階性こそが哲学的な神学と象徴的な神話との分離を保証するのであり、この位階制によって哲学的神学は誤解から守られ、また民衆も意見の相違による分裂と混乱から保護されるという立場をとっている。

「ヨーロッパ文学」講義で彼は、このようにカトリック教会の位階性を重視する立場から古代の神話と哲学について叙述している。

この講義では、古代ギリシアの二種類の神話については『ギリシア・ローマ文学史』と同様に、ホメロス、ヘシオドスの叙事詩は無限なものの観念を持たず、神秘主義は無限なものの観念を持っていたがそれを精神的なものではなく、人間精神にとって疎遠な自然の力と誤認した、と指摘されているが、シュレーゲルの批判的な語調は以下のように先鋭化している。

ギリシア神話は、充足をもたらす相互に一致した全体では決してなく、ひたすら、美しい神話的な断片と要素から成るカオスでしかなかった。それらの断片や要素は、秘儀においてはホメロスの詩におけるよりも高次の見解を含んでいたが、主として全く一面的な唯物論的傾向（eine ganz einseitige materialistische Tendenz）を持っていた（KA XI 27）。

「ヨーロッパ文学」講義によれば、ホメロス、ヘシオドスの叙事詩には「万有と自然の象徴表現を一切欠いた単なる擬人観」（bloßer Anthropomorphismus ohne alle Symbolik des Universums und der Natur）が見られると非難される。「擬人観はここでは極端まで推し進められ、神々は単なる人間であり、象徴性と無限なものへの関係を一切欠いている」（KA XI 25）。こうしたギリシア土着の神話の欠点を補うために、ディオニュソス、イシス、キュベレといった異国の神々を祀る神秘主義が導入されたが、これも「単なる自然の力」を崇拝するに留まり、「無限の存在を、あまりに極端にまたあまりに排他的に無限の自然と生命力として捉え、その精神、つまり無限の自我として捉えなかった」（ebd.）と批判される。「ヨーロッパ文学」講義のシュレーゲルによれば、このように「唯物論的」なギリシア神話はもはや哲学の源泉とはみなすことができない。ギリシア神話は「歴史的」ないし「アレゴリー的」（ここでは、自然の諸力の暗示として、という意味）に解釈することはできても、「哲学的」に解釈することはできない。

「ヨーロッパ文学」講義によれば、ギリシア哲学の源泉は、「唯物論的」な神秘主義ではなく、最古の人間精神に与えられた「啓示」のかすかな記憶である。「ギリシア哲学の全体は、失われた人類最古の啓示という、一切の知と詩作と思考の源泉を再興する試みであった」（KA XI 117）。古代ギリシアにおいて無限なものを捉えて表現しようとした代表的な哲学者としてシュレーゲルは「アナクサゴラス、プラトン、ピュタゴラスなど」（KA XI 27）を挙げているが、これらの哲学者の教説は、民衆に流布した神話と対立したために、社会に影響を及ぼすことができず、小さなサークルの中で伝達されるに留まったと述べる。『ギリシア・ローマ文学史』でもギリシアの哲学者がホメロス、ヘシオドスの神話と対立したことに言及されているが、神秘主義は哲学の源泉であり、哲学に親和的であるとされていた。しかし「ヨーロッパ文学」講義では、神秘主義も含めた古代ギリシア神話全体に哲学が敵対したとされており、古代ギリシア社会における哲学の孤立が一層強調されている。

しかし、無限なものを表現しようとする哲学者がギリシア社会の中で孤立したとはいっても、ソクラテス、プラトンらの学派の場合とピュタゴラスの学派の場合では事情が異なるとシュレーゲルは考えている。ソクラテス、プラトンらの場合、社会に影響を及ぼすことへの失敗からは、完全な失望が生じ、哲学者は国家・社会との関係を完全に断ったとされる。

哲学を現実生活において実現することに失敗した結果、ソクラテス、プラトン、そして彼らの弟子たちは、国家から、そして一切の市民的な状況や仕事から分離し、自分自身だけ、自分の思想と学問だけのために生きることを原則とするに至った（KA XI 27）。

ここでシュレーゲルが念頭に置いているのは、ソクラテスが真理を探究することに没頭して政治や仕事を一切顧みなかったこと、またプラトンがシラクサに渡って政治に関与したが、その失敗のために政治の実践に失望したことなどであろう。(16) シュレーゲルはこうした異なる事柄を、国家・社会との訣別としてまとめているのだと考えられる。

これに対して、シュレーゲルはピュタゴラスの学派のうちに、社会からの孤立を克服しうる契機を認めている。というのも、「ピュタゴラスの結社」（der Phytagoräische Bund）には、キリスト教の教会組織との類似性が認められるからである。

ピュタゴラスの結社の理念のうちに、キリスト教の戦う教会との多大な類似が見出されてきたが、もっともなことである。この結社は至高の精神へと到達するための諸々の精神の統合体であった。つまり、神の国にある完成された勝利する教会を再建する試みであった。なぜなら、人間を聖化し、神に似たものにし、無限なものと合一させようとする、そのようないかなる制度も真に宗教的であり、一つの教会であり、位階制への接近（Annäherung zur Hierarchie）であると言うべきだからである。ピュタゴラスの結社は、教説だけでなく外的な慣習、アレゴリー、象徴によっても作用しようと努めた点において一層宗教的制度である。これらは、ある教説が宗教のように広く普及するという目的のためだけでも必要である（KA XI 107f.）。

「ピュタゴラスの結社」が「キリスト教の戦う教会」に類似している理由をシュレーゲルは二つあげる。第一に、これは自然の諸力を神格化するギリシア神話を否定して、人間を「無限なものと合一させる」ことを目指す制度であって、これは「勝利する教会」を再建する試みに他ならない。シュレーゲルはこれを「位階制への接近」とも呼んでいるが、その理由は、「ピュタゴラスの結社」と「戦う教会」の第二の類似点から明らかになる。それは、「ピュタゴラスの結社」がその教説を広く普及させるために「外的な慣習、アレゴリー、象徴」を用いたということである。ソクラテス、プラトンの学派のように国家や社会と訣別して秘教的な哲学の立場に閉じこもるのではなく、秘教的な哲学の教説と、公教的な象徴や儀礼とを使い分けることが、社会に広く浸透するためには必要であり、この使い分けは聖職者・哲学者と大衆とを明確に区別する「位階制」を前提としているというのがシュレーゲルの見解である。

前節での議論を振り返ると、「不可解さについて」に記されているように公衆との敵対関係に陥り孤立してしまったシュレーゲルの立場は、この講義における、ソクラテス、プラトンが自らの教説を政治的に実現できず国家や社会と訣別したという記述に通じるものがある。シュレーゲルはカトリック教会の位階制に依拠してこの孤立を克服しようとしたが、彼は自らのこの志向を、古代ギリシアにおいて秘教的な教説と公教的な象徴や儀礼を併用したピュタゴラスの学派に投影したのである。

結語

シュレーゲルは一七九八年には古代ギリシアの神秘主義の秘教性を批判していたが、「哲学の発展」講義では反対に、公教的な文学と秘教的な（観念論）哲学を分離すべきであると唱える。しかしこれは唐突な変節とは言えない。シュレーゲルは『ギリシア・ローマ文学史』において、神秘主義に由来する古代ギリシア哲学のうちに、「公教的な哲学」と「秘教的な哲学」を区別する立場と、ソクラテスのアイロニーのようにそのような区別を持たず、哲学と文学とを結合する立場とを見いだし、彼自身は後者を近代において再興しようと「新しい神話」を構想した。しかしシュレーゲルらの『アテネーウム』における著述活動は、彼の主観的な意図とは異なり、その不可解さゆえに公衆から孤立し、秘教的で閉鎖的な言語活動とみなされた。彼はこの孤立を打破しようとする中で、既に古代ギリシア哲学に見出した立場、つまり公教的なものと秘教的なものを区別し、前者によって後者を秘匿する立場に転換した。そして近代において公教性と秘教性の峻別を制度上保証するという役割を、カトリック教会の位階性に期待したのである。しかしこうした転換は、シュレーゲルのロマン主義的な芸術観の解体を伴っていたと言える。文学と哲学との結合という理念は放棄され、文学的言語は無限なものを暗示するだけの「理解しやすい」言語と規定され、難解な哲学の外面的な覆いへとその地位を低下させたのである。

注

（1）従来の研究において、「新しい神話」の構想については、『ギリシア・ローマ文学史』および『ヨーロッパ文学』における神話の議論との関係を問われることなく、主に『ギリシア文学の研究について』や、「進歩する普遍文学」（「アテネーウム断片」第一一六番：KA II 182f.）、および「超越論的文学」（「アテネーウム断片」第二三八番：KA II 204f.）の概念と関係づけられてきた。例えば以下の論考は、「近代の『新しい神話』に参与することは、〝自然と〟ポイエシスするのではなく、自己自身のそれも含めて、既成の『形式＝既定性』を『意識』的に捉え返しながら詩作することを意味する」と解釈して、近代の詩作における反省的意識は「新しい神話」の構想にも「超越論的文学」のそれにも見られると指摘している。仲正昌樹『歴史と正義』、御茶の水書房、二〇〇四年、七六頁。また以下の論考は、「新しい神話」の構想を「進歩的普遍文学」と結びつけ、前者の課題は「［近代的精神の］観念的原理の一面性を、［…］前進的ないし発展的に克服すること」であると述べている。小田部胤久『芸術の条件』、東京大学出版会、二〇〇六年、八〜一〇頁。この論考はさらに『文学についての会話』を一八〇三年から〇五年のシュレーゲルの絵画論と比較し、どちらの場合も、「古ドイツ」の伝承の復権が芸術家の創作の支えとみなされていることを指摘している（一〇〜一八頁）。さらに以下の論考は、確かに『ギリシア・ローマ文学史』における神話に関する議論に言及しているが、そこに「新しい神話」の構想に受け継がれる論点を積極的に読み取ることはなく、古代神話に対する「新しい神話」の独自性として、「無限の進歩」を挙げ、「アテネーウム断片」第一一六番を参照している。Ernst Behler: Friedrich Schlegels Rede über die Mythologie im Hinblick auf Nietzsche. In: Nietzsche-Studien.（de Gruyter）Bd. 8（1979）, S. 182-209, hier S. 190.

（2）Dirk von Petersdorff: Mysterienrede. Zum Selbstverständnis romantischer Intellektueller. Tübingen（Max Niemeyer）1996.

（3）「ドイツの著者たちはとても小さなサークルのためだけに書く、それどころか自分たちのためだけに書く、と彼らは常に嘆いている。これは本当によいことだ。それによってドイツの文学はますます精神と性格を獲得するだろう。そしてひょっとするとそのうちに公衆が生じるかもしれない。」（KA II 212）

（4）「私は芸術家として何を誇りとしているか、そして何を誇りとすることが許されるか。それは、自らを一切の卑俗なものから永遠に分け隔てる決意である。［…］また、私が同志を彼らの最も固有な作用力に関して活気づけるという意識、彼らが形成する一切は私にとっての利益であるという意識である。」（KA II 270）

（5）Petersdorff: Mysterienrede, S. 160

（6）A. a. O. S. 196.

（7）A. a. O. S. 200.

（8）なお、本稿が主題とする時期とは重ならないが、シュレーゲルの晩年における神秘主義およびオカルティズムについての論考として以下のものがある。

Jean-Jacques Anstett: Mystisches und Okkultisches in Friedrich Schlegels spätem Denken und Glauben. In: Zeitschrift für deutsche Philologie. Bd. 88（1969）Sonderheft, S. 132-150.

（9）シュレーゲルを含めて、一八〇〇年前後のイェーナにおける古典文献学の諸研究を概観した論考として以下のものがある。

Ernst Günther Schmidt: Jenaer Gräzistik um 1800. In: Evolution des Geistes: Jena um 1800. Stuttgart（Klett-Cotta）1994, S. 245-269. この論考によれば、シュレーゲルは職業的な古典文献学者に劣らず、ドイツにおける古代研究の歴史を代表する一人であり、『ギリシア・ローマ文学史』は、「かつてない規模で初期ギリシア文学をその生成という点から捉えた書物」（S. 260）である。

（10）ペータースドルフによれば、このテーゼはシュレーゲル独自のものではなく、すでにエッシェンブルクの『古典文学便覧』（Johann Joachim Eschenburg: Handbuch der klassischen Literatur. Berlin 1783）に見られる（Mysterienrede, S. 145）。

（11）第三節との関連で付言すれば、『ギリシア・ローマ文学史』が一八二二年に『全集』に収録された際に、古代ギリシアの聖職者の「高慢とエゴイズム」への批判は削除され、その代わりに以下の一節が加筆された。「民衆に向けられた詩的な伝説や感性的な詩に並んで、真の教説を選り抜きの聖別された者たちのための秘密として留め置くことは、これ［神秘主義］以降ギリシアの教養形成の特性であり続けた。」（KA I 403）

ペータースドルフが主としてイザーク・イーゼリンの『人類史についての哲学的推測』(Isaak Iselin: Philosophische Muthmassungen über die Geschichte der Menschheit. Frankfurt und Leibzig 1784) に基づいて整理するところによれば、啓蒙主義的な歴史観において、古代ギリシアの聖職者が真の教説を民衆から秘匿したことは肯定的に評価されていた。聖職者は理性の未発達な民衆を道徳的に教導するために、むしろ想像力に働きかけたと解釈されたのである(Mysterienrede S. 56)。

(12) Petersdorff: Mysterienrede, S. 146.

(13) A. a. O., S. 148.

(14) マンフレート・フランクは、『来るべき神』(一九八二年)において、「ドイツ観念論最古の体系計画」(一七九六・九七年)やシュレーゲル、シェリングらの「新しい神話」の構想のうちに「神々の再来」の理念を見出し、これは「秘教的なもの(とりわけ古代の秘儀のうちに守られた内的なもの)が公教的(外的)になること」であると説明しているが、この議論は「神秘(秘儀)と啓示宗教(神話)との明確な対立」という前提に基づいている(Frank, Manfred: Der kommende Gott. Frankfurt a. M. (Suhrkamp) 1982, S. 251f.)。しかし本書の観点からすれば、シュレーゲルの「新しい神話」の構想において神秘と神話とは対立しておらず、秘教性から公教性への転換を見出すこともできない。

また、ドイツ・ロマン主義における哲学と文学との関係については、以下の論考が、「ロマン主義者が『学問的なもの』を美(学)化しようと試みる点」(三四頁)を、シェリングの美学理論(「ドイツ観念論最古の体系計画」、『超越論的観念論の体系』(一八〇〇年)、『ブルーノ』(一八〇二年))に即して指摘している。小田部胤久「『美的なもの』と『学問的なもの』あるいは『公教的なもの』と『秘教的なもの』――『美的哲学』の成立と解体」(『美学藝術学研究』、十八・十九、一九九八・九九、三三―五七頁)。確かにシェリングは『超越論的観念論の体系』において、「芸術は、哲学が外的に呈示できないもの[…]を常にそして繰り返し新たに証明する、哲学の唯一真実にして永遠の機関にして証書であることは自ずと明らかである」(Schelling, F. W. J.: Sämtliche Werke. Hrsg. von K. F. A. Schelling. Stuttgart/Augsburg 1856-1861, Bd. 3 S. 627f.) と述べて、「芸術は学者にとって至高のものである」(S. 628) と主張している。しかし本書の分析によれば、ロマン主義者の中でもシュレーゲル(少なくとも一八〇〇年頃まで)は、彼のアイロニーの理論が端的に示すように、文学と哲学のどちらも、言い表しがたいものを言い表そうとする謎めいた言語表現とみなしており、哲学に対して文学を優位においているわけではない。

(15) これは「文学をその源泉へと引き戻し、神話を再び作り出し、古い物語にそれが自然に関して持つ意味(Naturbedeutung)を再び与える、そのようなことが本来の目的であるような文学」(KA III 12) と呼ばれる。

(16) 例として以下を参照。田中美知太郎訳「ソクラテスの弁明」(『プラトン全集』第一巻、岩波書店、一九七五年)六六頁、八八頁。

結論

本論文はシュレーゲルの著作、遺稿、および講義の聴講者による筆記録を、一七九五年から一八〇五年まで基本的に通時的に概観し、古典文献学から出発した彼の最初期の美学から、雑誌『アテネーウム』の諸論考に代表されるいわゆる「イェーナ・ロマン主義」あるいは「初期ロマン主義」時代の美学への移行、さらにロマン主義サークルの解体後の彼のカトリックへの傾倒が、共同体という観点から見ていかなる意味を持つのかを分析した。以下に各章の議論を概括し、それを踏まえた上で、シュレーゲルの美学のうち、何が「救済」しうるのかについて、クリストフ・メンケの議論を参照しつつ検討する。

第一章では、最初期シュレーゲルの美学的著作「ギリシア文学の研究について」（「研究論」、一七九五、一七九七年）における芸術の歴史哲学を再構成することを試みたが、その際の糸口として、シュレーゲル自身が「リュツェーウム断片集」（一七九七年）においてこの論考に「アイロニーの欠如」がみられると評していることに着目した。一方では、「研究論」において枢要な役割を担っている芸術の「無限の完全化可能性」という構想は、「リュツェーウム断片集」におけるアイロニーの理論と確かに一定の類似性を持っている。しかし、アイロニーの理論には哲学を体系に叙述することの可能性への懐疑が見られるのに対して、「無限の完全化可能性」の構想は、「客観的美学理論」の普遍的体系が確立されることを前提とした点で相違がある。芸術の「無限の完全化可能性」の構想は、近代ヨーロッパの「作為的形成」によって古代ギリシアの「自然的形成」が遺した文学を乗り越えて進歩することを目指すものだったが、同時に、フランス文化の「伝達能力」とドイツ文化の多面性および学問とを統合することによって、近代に新たな普遍的で統一された共同体を創出する理念も含意した。しかし「研究論」には「無限の完全化可能性」の構想と並んで、古代ギリシア文学を芸術の「絶対的最高点」とみなす歴史観が見られ、両者は相互に矛盾した。これら二つの歴史観が並置されていることによって「研究論」の歴史哲学は錯綜、混乱した様相を呈し、特にシュレーゲルは「美的革命」以降の芸術の新時代をあたかも古代ギリシア文学そのものの再生のように性格づけ、「無限の完全化可能性」の構想から逸脱しており、「作為的形成」によってのみドイツ人が獲得しえた趣味の多面性と学問的知識によって新たな趣味の共同体を樹立するという構想にも矛盾したのである。

「研究論」では、「客観的美学理論」がギリシア文学史という実例に裏付けられた上で「公論」に受け入れられ、「真の権威」を獲得することが芸術の「無限の完全化可能性」の前提とされており、この点で趣味の共同体が芸術家個人の創造を可能にするという枠組みになっているが、その後のロマン主義時代のシュレーゲルの場合には、芸術家個人の精神のうちに見出される無限の創造性が、芸術創造の源泉とみなされている。この初期シュレーゲルからロマン主義的シュレーゲルへの移行を検証するために、第二章では、シュレーゲルの一七九六年の政治論文「共和制の概念についての試論」(「共和制論」)を取り上げ、従来フランス革命擁護の書と理解されてきた「共和制論」において、共和制を擁護するシュレーゲルの議論が、逆説的に個人による絶対的支配の正当化となっていることを明らかにした。この論文には、政治制度の基礎を共同体の「公論」に求める議論と、統治者個人の卓越した精神に求める議論とが併存し、前者の議論が(逆説的に)後者の議論を正当化するという構造が見られるのである。すなわち、シュレーゲルは「研究論」でも称揚した古代ギリシアの統一された共同体を前提として共和制を構想したが、まさにそれゆえに彼は、公共的道徳が存在しない近代には専制君主が人民の教育者として支配することが適していると論じたのである。さらに「アテネーウム断片」第三六九番では、君主はもはや民主制的共和制の実現までの暫定的存在ではなく、「国家の世界霊」としてそれ自体が（誰かの代替としてではなく）国家の全体性を代表する存在とみなされていることも指摘した。この点で「共和制論」には、趣味の共同体から芸術家個人の精神へというシュレーゲルの美学理論の移行と平行する現象が見いだせる。

第三章では、シュレーゲルの文学理論において、芸術創造のための前提条件が、もはや趣味の共同体ではなく、創造する個人の精神の潜在的な無限性とみなされるようになる過程を追跡した。その際に導きの糸となったのは、シラーの論考「素朴文学と情感文学について」（一七九五年）からシュレーゲルが「情感的」の概念を受容し、自らの美学の発展的変容に合わせてその都度意味を変形させつつこの概念を利用した過程である。シュレーゲルは「研究論」本論（一七九五年）においては「関心を惹くもの」を「個別的なもの、独創的なもの」の描写として否定的に評価し、とりわけ近代文学の頂点としての「哲学的悲劇」（『ハムレット』）を論じる際に、運命から疎外され自然の全体性から分離された孤独な個人を批判的に捉えたが、シラーの論考を受容した後の「研究論」序論（一七九七年）では、文学における「関心を惹くもの」は、個体的なものの表現を通じて理想に現実性の「イリュージョン」を与えうると積極的に評価し、このような文学を「情感文学」と呼んだ。さらに彼は、シラーの「情感文学」論の用語を利用して、「アテネーウム断片集」（一七九八年）では「超越論的文学」の構想を定式化したが、これは（シュレーゲルの定式化した）「情感文学」から「ロマン的文学」への移行を包括している。「アテネーウム断片集」において「ロマン的文学」とは、文学作品の内部、あるいは文学作品相互の間で行われる変容を伴う反復と再創造（「詩的反射の累乗」）によって表現行為そのものを前景化させ、「古典性」と「進歩性」とを統合する文学である。そして「小説《ロマーン》についての書簡」（一八〇〇年）では、個人としての、また総体としての著者による際限のない創造の反復が能産的自然を模倣するとされ、この模倣関係が「情感的なもの」と呼ばれている。

「ロマン的文学」の理論の哲学的前提を探るため、第四章では、シュレーゲルが「アテネーウム断片集」および「超越論哲学」講義（一八〇〇―〇一年）において展開した理想概念を分析した。彼は、「超越論哲学講義」において唯一無限の実体を想定する一方で、世界は生成過程にあるために、この実体は多数の有限な個体において断片的かつ歴史的に表現されると論じる。シュレーゲルによれば、それぞれの個体の課題は自己の個性を追求することであり（彼は、「誰もが自分自身の理想を探求せよ」と述べる）、それら個体は共通の実体から形相（「知性のエネルギー」）を受け取っているので、根源的な調和関係にある。このような哲学構想において、理想は、有限な個体の個性の完成であると同時に、唯一無限の実体の像でもあるとされる。しかしこの理想を構想するためには、生成の途上にある世界のなかにありながらその完成態を予見する特殊な能力が必要であり、シュレーゲルは、多様な諸個体についてそれらの理想を構想しうる精神の中では、「宇宙が成長しきって成熟している」（「アテネーウム断片」第一二一番）と述べ、さらにこの精神を「天才」と呼ぶ（「超越論哲学講義」）。理想を構想するためには既に「自然の恩寵」によって理想と一致していなければならないという循環がここにはある。

ロマン主義的シュレーゲルはこのように芸術家個人の精神の無限性を芸術創造の源泉と捉えるが、これをもって単純に、シュレーゲルが社会関係の意義を軽視したと非難することはできない。本書第五章では、『ルツィンデ』（一七九九年）を分析し、そこに、芸術創造にとって恋愛と友情という親密性が重要な役割を果たすという思想が見られると指摘している。それによれば、芸術家は恋愛において自己の個性を全面的に肯定される経験を経ることによって、はじめて自己の精神を外的な現実と和解させる。そしてこれがこの精神の外化としての芸術創造を促進する。また恋愛によって成熟した芸術家は、友情という他の親密性を通して、恋愛という二者関係を相対化すると同時に、芸術家相互の間で個性を補い合うのである。それ自体として無限である芸術家の精神が、その個性を友情によって相互に補完しあう、というモデルは、「神話についての演説」（一八〇〇年）にも展開されているが、これは「ロマン的文学」における著者相互の再創造の関係、さらに「超越論的哲学」講義における、「世界の完成」のための諸個体の協働という構想と趣旨を同じくする。

第五章で注目した、友情を介した芸術的創造性の相互補完という構想は、特権的な天才相互の関係に留まるものであり、この関係とその外部との関係がさらに問題となった。この問題に答えるため、第六章ではシュレーゲルにおける「新しい神話」の構想、さらに神話と哲学の関係に関する見解の変遷を検討した。一七九八年の『ギリシア・ローマ文学史』によれば、古代ギリシアには二種類の神話、つまり、哲学とは疎遠なホメロスおよびヘシオドスの叙事詩、そして近代を先取りし哲学を生み出した神秘主義があった。前者が知識と芸術全体の源泉として、古代ギリシアの社会全体を統一する役割を果たしたのに対して、後者においては、真の教説は秘教的な秘密として少数の「聖別された者」に独占され、大衆はそこから排除されたのである。しかし「リュツェーウム断片」第四二番によれば、神秘主義の流れをくむソクラテスのアイロニーは、無限なものを言い表そうとすることの矛盾そのものを伝達することによって、公教性と秘教性の区別をもたず、哲学と文学とを包括する言語表現である。このような神秘主義に由来するが公教性と秘教性を分離しない言語表現を近代において再興することが、シュレーゲルの「新しい神話」の構想である。しかし論考「不可解さについて」（一八〇〇年）が示唆するように、ロマン主義サークルの言語表現は理解不可能と非難され、彼らの協働は結局公衆の中で孤立してしまった。シュレーゲルのカトリックへの傾倒はこの孤立からの脱却の試みと理解できる。彼は以前批判した位階性を受け入れ、また公教性／秘教性の厳密な分離を主張した。すなわち、無限なものを明確に規定しようとする哲学の言語は難解であり、哲学（および神学）は秘教的なものとして少数者に独占されねばならない。秘教的なものを覆い隠す公教的なものは文学であり、文学の言語は無限なものを単に暗示するだけであるために「理解しやすい」大衆向きのものと規定されたのである。このように文学が哲学の外面的な覆いへとその地位を低下させたことによって、シュレーゲルのロマン主義的芸術理論は解体したのである。

本書は、以上のようにシュレーゲルのロマン主義的芸術理論の成立から解体までを概観した。ここで以下のような問いが浮上するのではないだろうか。つまり、解体してしまったシュレーゲルの芸術理論は、結局のところ歴史的価値しか持たないのではないか。現代の読者は彼の芸術理論から、そもそも何かを学ぶことができるのか、という問いである。果たして、彼の理論のいかなる部分がなお救済可能なのだろうか。

ここで注目すべきは、芸術の「不可解さ」という問題である。なぜならば、第六章で見たように、ロマン主義サークルは、その言説が公衆から理解不可能であるとして断罪されたために孤立し、シュレーゲルはこの孤立からの脱却を試みる過程で、ソクラテスのアイロニーに代表される、謎ではあるがその背後に秘密を持たない「不可解さ」という理念を放棄したからである。後のシュレーゲルは、わかりやすい公共的な文学と、この文学によって覆い隠され、少数者だけが理解できる秘教的な哲学との二分法に至ったのである。したがって、シュレーゲルのロマン主義的芸術論において、「不可解さ」は躓きの石であったといえる。はたして、芸術の「不可解さ」は放棄され「わかりやすく」なるべきだったのだろうか。それとも「不可解さ」は保持しえたのだろうか、またすべきなのだろうか。

この点について考察するため、ここでは現代ドイツの哲学者クリストフ・メンケの『芸術の至高性』(一九九一年)[1]による、「美的否定性」の経験についての議論を参照する。メンケは美的経験と非—美的経験との区別を記号論的に行う。後者(非—美的経験)は、既知の記号表現(シニフィアン)を対象のうちに再認的に同定し、この記号表現に規約的に対応する記号内容（シニフィエ）を理解することによって終息するが、前者（美的経験）の場合には、対象のうちのいかなる要素が記号表現を形成するのか（つまり対象の意味にとって関与的であるのか）が不明であるために、対象のうちに記号を形成しようとする過程が無限に引き延ばされ、理解は挫折する。非―美的経験における記号表現の形成が「自動反復」と呼ばれる一方で、美的経験における記号表現の形成は「無限の遅延」の過程にある。美的経験の対象においては、それを構成する諸要素が、はたして有意味（関与的）であり記号表現を形成するのか、あるいは意味を有さない非関与的な単なる物質（素材）であるのかが決定不可能であり、記号表現の形成が試みられることと、それが疑問に付され撤回されることとが際限なく繰り返されるのである。[2]

メンケは、美的経験と非―美的経験とを区別するのは、「何が経験の対象であるか」つまり〈対象の性質〉ではなく、「いかに経験するか」、つまり〈経験の仕方〉であるという立場を取っている（したがって原則的には、同じ対象について、美的経験と非―美的経験のどちらも可能であることになる。美的経験の場合は記号表現を形成するために依拠すべきコンテクストが与えられていないということが非―美的経験との差異である）。

メンケは、それでは美的対象とはいったい何なのか、という問いに対して、アドルノの表現を用いて、それは「第二次の物」（Ding in zweiter Ordnung）であると答える。[3]

「第二次の物」は、「単なる物」とは区別される。「単なる物」には、記号表現を形成する要素が何ら認められないために、理解不可能であるだけでなく、それを理解しようと試みることすらなされない。これに対して、「第二次の物」は、特定の記号表現として同定することができず、それゆえに理解不可能ではあるが、理解の試みが行われるという点では、「単なる物」ではない。「第二次の物」は、それ自体として「単なる物」とみなされるのではなく、理解の試みがなされたうえで、それが挫折することによって、はじめて「物」として立ち現れる。ゆえにメンケは

「第二次の物」としての美的対象を、理解の「根拠にして深淵」(Grund und Abgrund)と呼ぶ。美的対象のこのような「第二次の物」としての性格は、ハイデガーが『芸術作品の根源』において「大地」と「世界」の概念を通じて論じた「芸術作品の物的性格」と一致する。ハイデガーによれば、ギリシア神殿が企投する「世界」において、「大地」はその根拠として現れると同時に、「世界」には汲み尽くしえないものとして逃れ去っていくのである。これをメンケは「第二次の物」における記号形成の挫折として捉えている。

メンケが美的対象を「第二次の物」として規定するとき、彼は「美しい対象」についての二つの誤解を批判するという意図を持っている。一方は、ショーペンハウアーが芸術は「物自体の代理」であると述べる場合のように、不可解な対象を「超記号的な意味」(transsemantische Bedeutung)の担い手として見る形而上学的な誤解である。他方は、ニーチェのもっとも極端な見解のように、「美しい対象」をそれが鑑賞者に与える生理的刺激から規定するような「非記号的」(asemantisch)な誤解である。美的対象は、超越的・形而上学的な「無限なもの」を表現するのではなく、理解しようという試みが無限に遅延することで生じる謎めいたものに他ならない。つまり無限なものとは、形而上学的な実体ではなく、過程的な経験である。また美的対象は、そもそも理解の対象ではなく単なる刺激を与える物としては捉えられず、既に述べたように、理解の試みを挫折させることによって物として立ち現れるのである。

こうしたメンケの議論を踏まえると、本書で概観したシュレーゲルの芸術論について、以下のような評価が可能であろう。

まず、シュレーゲルの美学が積極的に評価した芸術の「不可解さ」は、放棄されるべきではなく、まさに「不可解さ」、理解の挫折こそが、美的経験のメルクマール、すなわち、美的否定性の経験の本質的特徴である。美的経験における「不可解さ」は、非—美的経験における「自動反復」と正反対の関係にある。

しかしシュレーゲルは、芸術の「不可解さ」の根拠を、芸術が「超記号的な意味」の担い手であることに求める傾向があり、その点で批判されるべきである。たしかにシュレーゲルは芸術を単純に「無限なもの」の表現とみなしているわけではない。第六章で明らかにしたように、「アイロニー」とは「伝達の不可能性と必然性」の現れであり、言い表しがたい真理を言い表そうとすることの矛盾と困難それ自体の表現として規定されているからである。しかし、そうであったとしても、芸術家に超越的な真理や「無限なもの」についての知が前提とされているかのようにも読むことができる。さらに、シュレーゲルは多くのテクスト、とりわけ『超越論哲学講義』や『アテネーウム断片集』、『ルツィンデ』において、より直接的に芸術を個人の精神の潜在的な無限性の表現とみなしているが、メンケの表現を借りれば、「芸術作品において何かがわれわれに現われるのではなく、（われわれに）現われる当のものが芸術作品である」。つまり無限なのは芸術作品において表現される創造性と言うよりもむしろ、芸術作品が理解の試みを無限に遅延させ挫折させるという、その過程である。

すると、芸術創造における親密性の意義についても定式化し直す必要が生じる。『ルツィンデ』から読み取れるように、シュレーゲルは、親密性は芸術家の精神の無限性が承認される場であるために、親密性によって芸術創造が促進されるという見解に立っているが、では果たして、精神の「無限性」をこのように実体的に前提とすることなしに親密性に芸術創造の基盤としての意義を認めることは可能だろうか。

その場合に親密性は、シュレーゲルが『ルツィンデ』で批判したような、形式的・儀礼的なコミュニケーションに支配された硬直化した公共圏から解放されるための一種の避難所として理解できる。こうした形式的・儀礼的なコミュニケーションは、記号の使用と理解の「自動反復」性が極端まで押し進められたものと言える。その意味では親密性こそが美的対象の創造と経験を可能にすると言えよう。しかし、シュレーゲルがユリウスとルツィンデの関係として描いたような、二者間の全面的な肯定としての恋愛の関係においては、「不可解」な美的対象の十全な創造と経験は成就しえないことも明らかである。なぜなら、二者間の全面的な肯定の関係では、相互の完全な了解が前提とされており、不可解さや疎遠さが排除されているので、そもそも理解を試みる必要が認められないからである。ゆえに、硬直した公共圏における「自動反復」的な了解とも、恋愛の二者関係における全面的な肯定とも異なる、友情という多元的な親密性の意義が生じてくる。この場合の友情とは、互いの芸術創造について、理解しようと試み、それが挫折しつつも試みを反復するという関係である。つまり、「不可解さ」を通じたコミュニケーションという逆説的な関係によって結びあわされた共同体である。

さらに考察を進めると、芸術を精神の潜在的な無限性といった実体的な「超記号的な意味」から解放するならば、芸術の「不可解さ」を「不可解さ」として正当に評価する経験が、天才と天才との友情にとどまる必要もなくなるのではないだろうか。「不可解さ」の美的経験は、特権的な少数者の間での親密性に限定されることなく、「不可解さ」を許容しうるような公共圏へと広がりうるのではないか。シュレーゲルの表現を用いれば、これは「読むことのできる読者」から成る共同体であるが、これは彼のテクストが想定させるような、天才からなる共同体である必要はなく、「第二次の物」としての芸術作品の「不可解さ」のかたわらにとどまり、記号表現形成の遅延と理解の挫折を経験しつづけることによって成立するコミュニケーションの共同体である、と言えよう。

以上の検討を踏まると、芸術の「不可解さ」が放棄されるべきなのではなく、かといって、位階制のように、理解できる者と理解できない者とを分断するのでもなく、「不可解さ」を「不可解さ」として認める公共圏を開くことこそが要請されているのである。この要請のうちにこそ、ロマン主義美学の現代的意義が存在するのである。

註

（1）Christoph Menke: Die Souveränität der Kunst: Ästhetische Erfahrung nach Adorno und Derrida, Frankfurt am Main（Suhrkamp）1991.（クリストフ・メンケ（柿木・胡屋他訳）『芸術の至高性』、御茶の水書房、二〇一〇年）

（2）同書、第一部第二章を参照。

（3）同書、第一部第四章bを参照。

あとがき

本書は、二〇〇七年六月六日に提出し、一〇月一〇日に博士（文学）の学位を授与された論文「フリードリヒ・シュレーゲルにおける芸術と共同体」に加筆したものであり、出版にあたり、独立行政法人日本学術振興会から平成二十二年度科学研究費補助金（研究成果公開促進費・学術図書）の交付を受けた。

藤田一美、西村清和、渡辺裕、小田部胤久、宮田眞治の各先生には、貴重な時間を割いて厳密な査読をして頂いた。審査の際に頂いた指摘を本書において十分に生かせなかったことについては、自らの怠惰と非力さに恥じ入るばかりである。改めて大方のご叱正をお願いする次第である。

本書が成るまでの著者の研究の歩みにおいて学恩を頂いた方々はきわめて多岐にわたるので、ここでは特に指導教員（教官）等としてご指導を頂いた先生方のお名前を挙げるに留める。

著者は東京大学教養学部に在学中、故麻生建先生に卒業論文のご指導を頂いた。年の瀬もおしせまったころ、先生のご自宅で原稿の添削をして頂いたことが、著者の研究の出発点である。本来ならば一日で終わる予定が、原稿の内容も表現もあまりにひどいために一から書き直すことになり、お宅に二泊もして先生とご家族に大変なご迷惑をおかけした。その時のことを思い出すと、今でも恥ずかしさと申し訳なさで顔から火が出るようである。

本郷の大学院に進学してからは、小田部胤久先生にご指導頂いた。その学恩は言葉で言い表せないものがあり、今後の研究によって不充分ながらお応えしていくほかはない。とりわけ、修士論文執筆に際して煩悶する著者を先生が辛抱強く見守って下さらなかったならば、現在著者は研究を続けてはいなかったであろう。

大学院を退学した後、日本学術振興会特別研究員となってからは神戸大学および東京大学において宮田眞治先生にご指導を賜った。七年間を過ごした研究室を離れ孤独な研究をしていた著者にとって、先生の親身なご指導は大変心強いものであった。

また約一年間のドイツ滞在時には、ポツダム大学教授のクリストフ・メンケ先生に受入研究者として大変にお世話になった。極めて多忙な中、学生でない私のためにも定期的な面談の機会を設けて下さり、異郷にあって大いに勇気づけられた。博士課程のコロキウムでは私に報告の機会を与えて下さり、未熟な内容の報告を、ドイツ語の拙い私に代わって熱心に擁護して下さったことが懐かしく思い出される。

本書のほとんどの部分は、美学会、日本独文学会、日本シェリング協会、日本十八世紀学会における口頭発表と、各学会誌に掲載された論文に基づいている。本書は、各学会においてご質問、ご指摘を下さった方々、また論文の査読を担当された方々への拙い応答でもある。

さらにさかのぼれば、本書の各章の議論はそのほとんどが、まず東京大学美学芸術学研究室の大学院コロキウムにおいて報告したものである。研究室での日々をともに過ごした方々にこの場を借りてお礼申しあげる。

本書の出版に際しては、御茶の水書房の橋本盛作社長、小堺章夫氏に大変お世話になった。また、御茶の水書房を紹介して下さったのは金沢大学の仲正昌樹教授であった。

最後に、父母と妻に感謝する。

二〇一〇年八月　　著　者

文献表

一次文献

Fichte, Johann Gottlieb: Sämtliche Werke. Hrsg. von I. H. Fichte. Berlin（de Gruyter）1965.

Hegel, G. W. F.: Werke in 20 Bänden. Frankfurt am Main（Suhrkamp）1970.

Herder, Johann Gottfried: Briefe zur Beförderung der Humanität. Hrsg. von Heinz Stolpe in Zusammenarbeit mit Hans-Joachim Kruse und Dietrich Simon, Berlin und Weimar（Aufbau）1971.

Kant, Immanuel: Kants Werke: Akademie Textausgabe. Hrsg. von der Preussischen Akademie der Wissenschaften. 1902ff. Reprint: Berlin（de Gruyter）1968. [AA]

———: Kant im Kontext PLUS. Berlin（Karsten Worm）1997（CD-ROM）.

Rousseau, Jean-Jacques: Du Contrat Social; Écrits politiques. Édition publiée sous la direction de Bernard Gagnebin et Marcel Raymond. Paris（Gallimard）1964.

Schelling, F. W. J.: Sämtliche Werke. Hrsg. von K. F. A. Schelling. Stuttgart/Augsburg 1856-1861.

Schiller, Friedrich: Schillers Werke. Nationalausgabe. Begr. von Julius Petersen. Hrsg. von Lieselotte Blumenthal u. Benno von Wiese. Weimar（Böhlau）1940ff. [NA]

———: Sämtliche Werke. Hrsg. von Gerhard Fricke und Herbert G. Göpfert. München:（Carl Hanser）1962.

Schlegel, August Wilhelm: Vorlesungen über dramatische Kunst und Literatur. Stuttgart（Kohlhammer）1966.

Schlegel, Friedrich: Kritische-Friedrich-Schlegel-Ausgabe. Hrsg. von Ernst Behler unter Mitwirkung von Jean-Jaques Anstett u. Hans Eichner. Paderborn u. a.（Schöningh）1958ff. [KA]

Sulzer: Allgemeine Theorie der schönen Künste. Berlin（Directmedia）2002.

Winckelmann, Johann Joachim: Geschichte der Kunst des Altertums. Darmstadt（Wissenschaftliche Buchgesellschaft）1972.
Deutsche Literatur von Lessing bis Kafka. Ausgewählt von Mathias Wertram. Berlin（Directmedia）1998（CD-ROM）.

一次文献の翻訳

アリストテレース、ホラーティウス（松本・岡訳）『詩学・詩論』、岩波文庫、一九九七年
アリストテレス（山本光雄訳）「政治学」（『アリストテレス全集』第一五巻、岩波書店、一九六九年）
イマヌエル・カント『カント全集』、岩波書店、一九九九年―二〇〇六年
――（宇都宮芳明訳）『永遠平和のために』、岩波文庫、一九八五年
――（小倉志祥訳）『カント全集　第十三巻（歴史哲学論集）』、理想社、一九八八年
――（原佑訳）『純粋理性批判』、平凡社ライブラリー、二〇〇五年
プラトン（田中美知太郎訳）「ソクラテスの弁明」（『プラトン全集』第一巻、岩波書店、一九七四年）
フリードリヒ・シラー（石原達二訳）『美学芸術論集』、冨山房百科文庫、一九七三年
フリードリヒ・シュレーゲル（山本定祐編訳）『ロマン派文学論』、冨山房百科文庫、一九七八年
――（山本・平野他訳）『シュレーゲル兄弟』、国書刊行会、一九九〇年
――（薗田宗人編）『太古の夢・革命の夢――自然論・国家論集』、国書刊行会、一九九二年
――（浅井健二郎訳）「ゲーテの『〔ヴィルヘルム・〕マイスター〔の修業時代〕』について」（ヴァルター・ベンヤミン『ドイツ・ロマン主義における芸術批評の概念』、ちくま学芸文庫、二〇〇一年）
Schlegel, Friedrich: Dialogue on Poetry and Literary Aphorisms. Translated, introduced and annoted by Ernst Behler and Roman Struc. University Park & London（Pennsylvania State University Press）1968.
――: On the Study of Greek Poetry. Translated, edited and with a critical introduction by Stuart Barnett. Albany（State University of New York Press）2001.

ヨーハン・ヨアヒム・ヴィンケルマン（中山典夫訳）『古代美術史』、中央公論美術出版、二〇〇一年

二次文献

Anstett, Jean-Jacques: Mystisches und Okkultisches in Friedrich Schlegels spätem Denken und Glauben. In: Zeitschrift für deutsche Philologie. Bd. 88（1969）Sonderheft.

Behler, Ernst: Friedrich Schlegels Rede über die Mythologie im Hinblick auf Nietzsche. In: Nietzsche-Studien. Bd. 8, 1979.

――: Unendliche Perfektibilität: Europäische Romantik und Französische Revolution. Paderborn u.a.（Schöningh）1989.

――: Die Konzeption der Individualität in der Frühromantik. In: T. Sören Hoffmann u. S. Majetschek（Hrsg.）: Denken der Individualität. Berlin u. NY（de Gruyter）1995.

エルンスト・ベーラー（相良憲一訳）「フリードリヒ・シュレーゲルの超越論哲学講義」（ヴァルター・イェシュケ編（高山・藤田監訳）『論争の哲学史』、理想社、二〇〇一年）

フレデリック・バイザー（杉田孝夫訳）『啓蒙・革命・ロマン主義』、法政大学出版局、二〇一〇年

Benjamin, Walter: Gesammelte Schriften. Hrsg. von Rolf Tiedemann und Hermann Schweppenhäuser. Frankfurt a. M.（Suhrkamp）1974, Bd. I-1.（浅井健二郎訳『ドイツ・ロマン主義における芸術批評の概念』、ちくま学芸文庫、二〇〇一年）

Bercker-Cantarino, Baerbel: Schlegels Lucinde: Zum Frauenbild der Frühromantik. In: Colloquia Germanica. 10（2）1976/77.

Bertolett, Stefano Fabbri: Friedrich Schlegel über Leibniz. In: A. Heinekamp（Hrsg.）: Beiträge zur Wirkungs- und Rezeptionsgeschichte Leibniz. Stuttgart（Steiner）1986.

Bohrer, Karl Heinz: Die Kritik der Romantik. Frankfurt a. M.（Suhrkamp）1989.

Brinkmann, Richard: Romantische Dichtungstheorie in Friedrich Schlegels Frühschriften und Schillers Begriff des Naiven und Sentimentalischen, In: Friedrich Schlegel und die Kunsttheorie seiner Zeit.（Wege der Forschung Bd. 609）Hrsg. von Helmut Schanze. Darmstadt（Wissenschaftliche Buchgesellschaft）1985.（Zuerst in: Deutsche Vierteljahrsschrift für

Literaturwissenschaft und Literaturgeschichte 32. 1958.）
Cavallar, Georg: Pax Kantiana. Wien u.a.（Böhlau）1992.
Dannenberg, Matthias: Schönheit des Lebens: Eine Studie zum "Werden" der Kritikkonzeption Friedrich Schlegels. Würzburg（Königshausen & Neumann）1993.
ポール・ド・マン（上野成利訳）『美学イデオロギー』、平凡社、二〇〇五年
Dethlefs, Hans Joachim: Kunstleben oder Ausdrucksphobie? J. J. Winckelmanns Begriff der *Unbezeichnung*.（『ドイツ文学』一〇五号、二〇〇〇年）
Eichner, Hans: The Supposed Influence of Schiller's *Über naive und sentimentalische Dichtung* on F. Schlegel's *Über das Studium der griechischen Poesie*. In: The Germanic Review. Vol. 30, 1955.
Eichner, Hans: Friedrich Schlegels Theorie der romantischen Poesie. In: Friedrich Schlegel und die Kunsttheorie seiner Zeit. Darmstadt（Wissenschaftliche Buchgesellschaft）1985.
Elkholy, Sharin N.: What's Gender Got to do With it?: A Phenomenology of Romantic Love. In: Athenäum. 9. Jg, 1999.
Frank, Manfred: Der kommende Gott. Frankfurt a. M.（Suhrkamp）1982.
———: »Unendliche Annäherung«: die Anfänge der philosophischen Frühromantik. Frankfurt a.M.（Suhrkamp）1997.
———: Wie reaktionär war eigentlich die Frühromantik? In: Athenäum. Jahrbuch für Romantik. 7. Jg. Paderborn（Schöningh）1997.
Gerhardt, Volker: Die republikanische Verfassung. Kants Staatstheorie vor dem Hintergrund der Französischen Revolution. In: Deutscher Idealismus und Französische Revolution. Vorträge von Manfred Buhr u.a. Trier（Karl-Marx-Haus）1988.
———: Immanuel Kants Entwurf ›Zum ewigen Frieden‹. Darmstadt（Wissenschaftliche Buchgesellschaft）1995.
ディーター・ヘンリッヒ（本間・須田他訳）『神の存在論的証明――近代におけるその問題と歴史』、法政大学出版局、一九八六年
Hiller, Marion: Müßiggang, Muße und die Musen: Zu Friedrich Schlegels Poetik und seiner "Idylle über den Müßiggang" im Spannungsfeld antiker und moderner Bezüge. In: Athenäum. 10. Jg, 2000.

Höffe Otfried: Demokratie im Zeitalter der Globalisierung. München（Beck）1999.

Jauß, Hans Robert: Schlegels und Schillers Replik auf « Querelle des Anciens et des Modernes ». In: ders.: Literaturgeschichte als Provokation. Frankfurt a. M.（Suhrkamp）1970.

ゼーレン・キルケゴール（飯島・福島他訳）『イロニーの概念（下）』、白水社、一九六七年

Peter, Klaus: Stadien der Aufklärung. Moral und Politik bei Lessing, Novalis und Friedrich Schlegel. Wiesbaden（Athenaion）1980.

Littlejohns, Richard: The 'Bekenntnisse eines Ungeschickten': a re-examination of emancipatory ideas in Friedrich Schlegel's 'Lucinde'. In: Modern Language Review. Vol. 72（3）1977.

Lovejoy, Arthur O.: Schiller and the Genesis of German Romanticism. In: ders.: Essays in the History of Ideas. Baltimore（The Johns Hopkins Press）1948.

Luhmann, Niklas: Liebe als Passion. Frankfurt a. M.（Suhrkamp）1982.（佐藤・村中訳『情熱としての愛』、木鐸社、二〇〇五年）

インゲボルク・マウス（浜田・牧野訳）『啓蒙の民主制理論――カントとのつながりで』、法政大学出版局、一九九九年

Menke, Christoph: Die Souveränität der Kunst: Ästhetische Erfahrung nach Adorno und Derrida. Frankfurt a. M.（Suhrkamp）1991.（柿木・胡屋他訳『芸術の至高性』、御茶の水書房、二〇一〇年）

Mennemeier, Franz Norbert: Unendliche Fortschreitung und absolutes Gesetz: Das Schöne und das Häßliche in der Kunstauffassung des jungen F. Schlegel. In: Friedrich Schlegel und die Kunsttheorie seiner Zeit. Darmstadt（Wissenschaftliche Buchgesellschaft）1985.（Zuerst in: Wirkendes Wort 17. 1967.）

ヴィンフリート・メニングハウス（伊藤秀一訳）『無限の二重化』、法政大学出版局、一九八六年

Menze, Clemens: Leibniz und die neuhumanistische Theorie der Bildung des Menschen. Opladen（Westdeutscher Verlag）1980.

仲正昌樹『モデルネの葛藤――ドイツ・ロマン派の〈花粉〉からデリダの〈散種〉へ』、御茶の水書房、二〇〇一年

――『歴史と正義』、御茶の水書房、二〇〇四年

ジョン・ノイバウアー（原研二訳）『アルス・コンビナトリア』、ありな書房、一九九九年

小川伸子「初期フリードリヒ・シュレーゲルの芸術論――イロニーの概念を中心として」（『美学』一七九号、一九九四年）

小田部胤久「『美的なもの』と『学問的なもの』あるいは『公教的なもの』と『秘教的なもの』――『美的哲学』の成立と解体」（『美学藝術学研究』、十八／十九、一九九八／九九）
――『芸術の逆説――近代美学の成立』、東京大学出版会、二〇〇一年
――「ノヴァーリスにおける『断章』の精神についての一つの断章」（『美学芸術学研究』二四、二〇〇五年）
――『芸術の条件――近代美学の境界』、東京大学出版会、二〇〇六年
エルヴィン・パノフスキー（伊藤・富松訳）『イデア――美と芸術の理論のために』、平凡社ライブラリー、二〇〇四年
Petersdorff, Dirk von: Mysterienrede. Zum Selbstverständnis romantischer Intellektueller. Tübingen（Max Niemeyer）1996.
Piché, Claude: Das Ideal. Ein Problem der Kantischen Ideenlehre. Bonn（Bouvier）1984.
Polheim, Karl Konrad: Die Arebeske: Ansichten und Ideen aus Friedrich Schlegels Poetik. Paderborn（Schöningh）1966.
――: Friedrich Schlegels "Lucinde". In: Zeitschrift für deutsche Philologie. Bd. 88, 1969.
Rese, Friederike: Republikanismus, Geselligkeit und Bildung. Zu Friedrich Schlegels "Versuch über den Begriff des Republikanismus" In: Athenäum. 7. Jg. 1997.
Schlaffer, Hannelore: Frauen als Einlösung der romantischen Kunsttheorie. In: Jahrbuch der deutschen Schillergesellschaft. 21. 1977.
Schmidt, Ernst Günther: Jenaer Gräzistik um 1800. In: Evolution des Geistes: Jena um 1800. Stuttgart（Klett-Cotta）1994.
Schmitt, Carl: Politische Romantik. Berlin（Duncker & Humblot）1919[1], 1925[2].（大久保和郎訳『政治的ロマン主義』、みすず書房、一九七〇年）
Schnyder, Peter: Politik und Sprache in der Frühromantik. In: Athenäum. 9. Jg. 1999.
Strohschneider-Kohrs, Ingrid: Die romantische Ironie in Theorie und Gestaltung. Tübingen（Max Niemeyer）1960.
Szondi, Peter : Antike und Moderne in der Ästhetik der Goethezeit. In: ders.: Poetik und Geschichtsphilosophie I. Frankfurt a.M.（Suhrkamp）1974.
ジョルジョ・トネリ（高橋義人訳）「理想（ルネサンスから一七八〇年の哲学における）」（『西洋思想大辞典』、平凡社、一九九〇年、第四巻）

Weber, Heinz-Dieter: Friedrich Schlgegels “Transzendentalpoesie”: Untersuchungen zum Funktionswandel der Literaturkritik im 18. Jahrhundert. München (Fink) 1973.
Weigel, Sigrid: Wider romantische Mode. In: Stephan, Inge (Hrsg.): Die verborgene Frau. Berlin (Argument) 1988.

人名索引

（フリードリヒ・シュレーゲルは除く）

アイヒナー、ハンス　69
アキッレウス・タティオス　86
アドルノ、Th・W　213
アナクサゴラス　180
アリオスト、ルドヴィコ　77, 89, 106
アリストテレス　25, 68, 91
アリストファネス　7
ヴァイゲル、ジークリト　174
ヴィンケルマン、J・J　35, 127-132, 140, 142, 145, 146, 148, 149
ヴォルフ、F・A　35
オウィディウス　77
カント、イマヌエル　25, 26, 35, 50-58, 60, 66-69, 71, 127, 130-137, 140, 142, 145, 146, 149
キルケゴール、ゼーレン　158
ゲーテ、J・W von　40-44, 49, 63, 101, 102
コンドルセ　21, 47
シェイクスピア、ウィリアム　78, 79, 82, 87-89, 115, 122, 124, 126
シェリング、F・W・J　179, 205
シュトローシュナイダー＝コールス、イングリート　46
シュミット、カール　3-6, 8, 15, 20, 66
シュライアーマッハー、フリードリヒ　151, 179
シュレーゲル、A・W　28, 123, 151
ショーペンハウアー、アルトゥール　214
シラー、フリードリヒ　25, 26, 46, 71-74, 76-79, 82, 84, 85, 87-91, 93, 94-97, 105, 106, 109, 114, 120-124, 151, 209
スピノザ、バルーフ・デ　140, 187, 188
ズルツァー、J・G　25, 35, 148, 149
ゼウクシス　128

セルバンテス、ミゲル・デ　115
ソクラテス　15, 17, 182, 184–186, 189, 200–203, 211, 212
ソフォクレス　34, 36, 38, 39, 123, 197
ソンディ、ペーター　46
ティーク、ルートヴィヒ　7
トネリ、ジョルジョ　127, 128
ド・マン、ポール　46
ドロテーア・ファイト　191
仲正昌樹　173
ニーチェ、フリードリヒ　214
ノヴァーリス　6, 174
ハイデガー、マルティン　214
ハイネ、Ch・G　35
バウムガルテン、A・G　25, 35
パノフスキー、エルヴィン　128
バーク、エドマンド　25, 66
ピュタゴラス　180, 200–202
ピンダロス　106
フィヒテ、J・G　3, 6, 8, 22, 25, 26, 30, 69, 99, 137, 150, 173, 187
プラトン　15, 127, 180, 186, 193, 200–203
フランク、マンフレート　66, 150, 205
フリードリヒ二世　55, 62
フンボルト、K・F von　151
ヘーゲル、G・W・F　3, 4, 6, 8, 15, 20, 154, 172
ヘシオドス　178, 180, 181, 185, 188, 199, 211
ペーター、クラウス　69
ペータースドルフ、ディルク・フォン　178, 179, 185, 186, 189, 198, 204, 205
ヘッフェ、オトフリート　67, 68
ベーメ、ヤーコプ　188
ヘムステルホイス、フランス　193
ベッローリ、G・P　128
ヘルダー、J・G　124

ベンヤミン、ヴァルター　6-8, 150
ホメロス　79, 88-91, 93, 106, 178, 180-182, 185, 188, 199, 211
ボーラー、K・H　173
ポールハイム、K・K　122, 172
マルクス・アウレリウス　62
マールブランシュ、ニコラ　5
ミュラー、アダム　5
メニングハウス、ヴィンフリート　150
メンケ、クリストフ　207, 212-214
ユウェナリウス　77
ライプニッツ、G・W　131, 150, 151
ラヴジョイ、A・O　72
ルソー、J・J　68,77
ルーマン、ニクラス　174, 175

著者紹介

田中　均（たなか　ひとし）
1974年生まれ
1998年　東京大学教養学部卒業
2007年　東京大学大学院人文社会系研究科博士課程修了

現職　山口大学人文学部講師
著書　仲正昌樹編『歴史における「理論」と「現実」』、御茶の水書房、2008年
（共著）他

ドイツ・ロマン主義美学《しゅぎびがく》
——フリードリヒ・シュレーゲルにおける芸術《げいじゅつ》と共同体《きょうどうたい》

2010年10月25日　第1版第1刷発行

著　　者——田　中　　均
発 行 者——橋　本　盛　作
発 行 所——株式会社 御茶の水書房
〒113-0033　東京都文京区本郷5-30-20
電話　03-5684-0751

Printed in Japan

組版・印刷／製本——㈱タスプ

ISBN978-4-275-00908-1　C3010

ドイツ・ロマン主義研究
伊坂青司・原田哲史 編
菊判・六〇〇頁 価格九〇〇〇円

モデルネの葛藤
——ドイツ・ロマン派の〈花粉〉からデリダの〈散種〉へ
仲正昌樹 著
菊判・三六〇頁 価格四八〇〇円

芸術の至高性
——アドルノとデリダによる美的経験
クリストフ・メンケ 著
柿木・胡屋・田中・野内・安井 訳
菊判・三五〇頁 価格七〇〇〇円

ヘーゲルとドイツ・ロマン主義
伊坂青司 著
A5判・三〇〇頁 価格三二〇〇円

経済学者ヘーゲル
B・P・プリッダート 著
高柳・滝口・早瀬・神山 訳
A5判・四九〇頁 価格七五〇〇円

シュタインの社会と国家
——ローレンツ・フォン・シュタインの思想形成過程
柴田隆行 著
菊判・六〇〇頁 価格九〇〇〇円

マルクス パリ手稿
——経済学・哲学・社会主義
カール・マルクス 著
山中隆次 訳
柴田隆行 編
A5判・三〇〇頁 価格二八〇〇円

一八四八年革命の射程
的場昭弘・高草木光一 編
A5判・三三〇頁 価格三四〇〇円

資本主義国家の未来
ボブ・ジェソップ 著
中谷義和 監訳
菊判・四五〇頁 価格六二〇〇円

ヘーゲルを裁く最後の審判ラッパ
——ヘーゲル左派論叢[4]
良知力・廣松渉 編
A5判・四二〇頁 価格五〇〇〇円

行為の哲学
——ヘーゲル左派論叢[2]
良知力・廣松渉 編
A5判・四〇〇頁 価格七六〇〇円

民族問題と社会民主主義
オットー・バウアー 著
丸山・倉田・相田・上条・太田 訳
菊判・五五〇頁 価格九〇〇〇円

御茶の水書房
(価格は消費税抜き)